小虎妻智求多福

4 完

文創風 1223

途圖 著

目錄

第七十七章

趙霄恆離開劉府之後，一刻也沒有耽擱，逕自去了御書房。

「鎮南軍左翼虎符在此，還請父皇過目。」

李延壽三步併作兩步，從趙霄恆手中接過虎符，雙手呈到靖軒帝的案前。

靖軒帝瞥了桌上的虎符一眼，緩緩拿起，端詳片刻之後，才露出笑意。

「沒想到你這麼快就拿到虎符，當真是出乎朕的意料。」靖軒帝說著，語氣上揚了幾分。「眼下算是卸了薛弄康一半兵權，朕倒要看看，薛家還如何囂張起來。」

趙霄恆躬身拱手。「父皇英明。」

靖軒帝抬起眼簾，看向立在殿中的趙霄恆。「恆兒，這次你做得不錯。」

趙霄恆面無波瀾，恭謹答道：「都是父皇教導有方。不過……」

靖軒帝道：「不過什麼？」

趙霄恆沈聲說：「如今父皇削了薛家一半兵權，便是給了他們教訓。但薛家犯下之事，恐怕不只陷害蓁蓁、刺殺黃大人。」

靖軒帝聞言，眸色深了幾分，自龍椅上站起身，一步步走下階梯，來到趙霄恆面前。

「水至清，則無魚。」靖軒帝將手放到趙霄恆的肩頭上。「恆兒，朕知道你不喜歡薛家，但眼下薛家還算有些用處，不宜妄動。你身為儲君，做任何決策，都應權衡利弊，度量得失。有些事已經過去了，再提起來，對誰都沒有好處。你可明白？」

這話如同一把冰冷的匕首，直接插進趙霄恆的心頭，但他依舊揚起嘴角，溫言道：「多謝父皇教誨，兒臣明白了。」

靖軒帝面色稍霽。「近日來，你是越發懂事了，虎符的事辦得漂亮。說吧，想要什麼賞賜？」

趙霄恆道：「再過幾日便是母妃的生辰，兒臣想去皇陵祭拜，還請父皇允准。」

靖軒帝面上的笑意明顯僵了下。

李延壽瞧著靖軒帝的臉色，連忙打起圓場。「殿下立了大功，卻不求賞賜，當真是孝順至極。」

靖軒帝轉過身，冷聲道：「既然想去看望你母妃，那便去吧。朕還有事，你先退下。」

趙霄恆看著靖軒帝的背影，應道：「是，父皇。」

李延壽將趙霄恆送出御書房。

待兩人出了長廊，走到沒人的地方，李延壽才低聲開口。

「殿下，您今日是怎麼了？明知道官家最忌諱提起珍妃娘娘，怎麼還哪壺不開提哪壺呢？」

趙霄恆扯了扯唇角。「孤這麼做，自有孤的道理。」

李延壽點頭。「殿下素來有自己的主張。既然如此，小人便不多問了。」

趙霄恆打量他一眼。「公公的膝蓋，如今可好些了？」

李延壽笑著回答。「用了殿下給的藥，已經好多了。其實小人的毛病，也就在冬日裡發作，如今到了夏日，便不打緊了。」

趙霄恆淡聲道：「那就好。」

兩人一路走到月洞門，趙霄恆便道：「公公留步。」

李延壽卻開了口。「殿下……」

趙霄恆停下離開的腳步。「何事？」

李延壽猶豫片刻，說：「若殿下去了皇陵，可否代小人為珍妃娘娘上一炷香？」

平時李延壽跟在靖軒帝身旁，無論何時，都掛著一臉笑意。而今沒有笑容，眼神卻顯得真摯許多。

「好。」

見趙霄恆應下，李延壽鬆了口氣，躬身行禮。「小人恭送殿下。」

趙霄恆點點頭，便離開了。

趙霄恆走後，李瑋過來伺候，忍不住出了聲。

「乾爹，您怎麼突然想起要替珍妃娘娘上香了？」

李瑋入宮時，年紀尚小，只知珍妃寵冠後宮，待人卻很和善。宮人之間，也會暗地比較彼此的主子，眾人都以能伺候珍妃為榮。那段時日，就連李瑋都幻想著，有一天能被調到珍妃宮裡當差。

李延壽瞥了李瑋一眼，淡淡道：「若沒有珍妃娘娘，我這條腿，恐怕早就沒了。」

當年，李延壽還沒當上靖軒帝眼前的紅人，一著不慎，得罪了當時的德妃，也就是現在的薛皇后。

薛家勢大，德妃又佛口蛇心，表面上是教他規矩，實則讓他在雪地裡跪了一天一夜。最後，珍妃聽聞此事，到靖軒帝面前為他求情，德妃才赦免了他。

而後，珍妃請來太醫為他診治，雖然保住雙腿，但一到天寒地凍之時，膝蓋便疼痛難忍，落下嚴重的病根。

李瑋若有所思，道：「兒子明白。珍妃娘娘於乾爹有恩，但您這般向太子殿下提出請求，會不會……」

「你是想問，會不會不合規矩，惹怒了殿下？」

李瑋點頭。

「不會的。」李延壽凝視趙霄恆遠去的背影，語氣越發篤定。「殿下是珍妃娘娘的兒子，他們和後宮裡那些將人命視作草芥的主子不一樣。」

他說罷，抬起頭來，無聲望向夜空。

京城上空，烏雲密布，看不見一顆星星。

「李瑋。」李延壽驀地開了口。「你瞧瞧，快變天了不是？」

東宮之中，燈火如豆。

香爐換成春夏的花，為昏黃的室內增添一抹亮色。

寧晚晴著一襲淡紫色的寢衣，正倚在貴妃榻上看書。

這是一本兵書，講的是合縱連横的策略。以前寧晚晴並不愛看這樣的書，但如今她身處朝堂和後宮，才能覺出這些兵書的好處來。

房間中安靜至極，只聞翻頁的沙沙聲。

待翻完一本，寧晚晴放下書，不經意地抬頭，只見半掩的門邊有一個頎長的身影，正安靜地看著她。

「殿下？」寧晚晴有些訝異，繼而坐起身。「你什麼時候回來的？」

趙霄恆立在門邊已久，這才斂了神色，一步步向她走來。

「方才進門，見妳讀書入迷，就沒有打擾。」

她倚在榻上，周身被溫潤的燈光包裹，彷彿是一幅唯美的畫。他不出聲，便是不想破壞了這畫面。

畢竟，這樣平靜的日子，不知還能過多久。

趙霄恆低聲道：「怎麼不早些休息？」

寧晚晴一笑，挑眉看他。「今日不過是為劉副將『施針』而已，累不著的。對了，殿下回來得正好，妾身有一事想與你商量。」

趙霄恆問：「何事？」

寧晚晴低聲道：「過兩日便是母妃的生辰，殿下想不想去皇陵祭拜？」

趙霄恆有些意外。「妳如何得知？」

寧晚晴笑了下。「殿下忘了？這段日子妾身幫著嫻妃娘娘打理後宮，所以從內侍省了解了不少事情。」

趙霄恆盯著她一會兒。「若是孤沒記錯的話，早在母妃過世不久，內侍省在父皇的授意之下，銷毀不少關於母妃的文書，孤花了很大力氣，才保留一些母妃的東西。在舅父重新入朝之前，連母妃的忌日都不能光明正大地祭拜，妳又是如何從內侍省知道這些的？」

寧晚晴無奈，只得說了實話。「好吧，殿下說得沒錯，妾身是向元姑姑打聽的。」

趙霄恆又問：「為何突然打聽起這些事？」

寧晚晴道：「殿下，我們從九龍山回來後，你就沒有發自內心地笑過。」

九龍山上，趙蓁失蹤，趙霄恆帶人漫山遍野地找。

回到京城，趙霄恆派人保護黃鈞，但黃鈞仍然受了傷。

就算趙霄恆嘴上不說，但寧晚晴知道，他內心是十分自責的。

趙霄恆頓了下，感動逐漸湧上心頭，溫聲道：「孤沒事，妳不用擔心。」

寧晚晴卻道：「妾身做這些，只是希望殿下能好受一點。」

趙霄恆深深看她一眼。「連妳都記得母妃生辰，而他卻連提都不想提了。」

寧晚晴微怔。「殿下說的是父皇？」

趙霄恆眼瞼微垂，沒說話。

寧晚晴道：「殿下有心事，不如說給妾身聽一聽。就算幫不上忙，心中也能輕鬆些。」

趙霄恆沈吟片刻，低沈開口。「小時候，孤最喜歡的日子便是母妃生辰，因為每當那時候，父皇就會為母妃準備各種各樣的驚喜。

「有一年，父皇偷偷帶著我們出宮，那天晚上，我們乘著畫舫遊覽繞城河，一路聽著歌謠、吃著美食，看遍了繞城河的夜景。還有一年，母妃說想吃餃子，父皇便陪著母妃一起包餃子，我不會包，他就手把手地教。後來餃子多到吃不完，還賞了好些給宮人們……」

趙霄恆波瀾不驚地說著。有些事，他以為自己忘了，現在才發現，他只是刻意不讓自己陷入回憶。

若非從前的快樂太真，後來也不會那般痛苦。

「自從母妃離開之後，除了孤以外，沒有人敢再提這個日子。」趙霄恆說罷，目光落到寧晚晴身上。「沒想到，妳卻放在了心上。」

放在心上，對他來說，就是極好的慰藉了。

寧晚晴默默看著趙霄恆，在玉遼河一戰的變故發生之前，他也是被所有人疼愛、寄予厚望的孩子。

這世上最遺憾的事，莫過於得到一切之後，再失去所有。

寧晚晴道：「殿下的母妃，就是妾身的母妃，即便她已經不在了，只要我們心中掛念她，便不算完全消逝。等玉遼河一案真相大白，將薛家、歐陽家和白家繩之以法，宋家也能洗清罪名，到時候，想必父皇就不會這麼忌諱了。」

趙霄恆聽到這話，沈默下來。

寧晚晴感覺出他的異樣，抬起頭。「殿下，你怎麼了？」

趙霄恆道：「方才送虎符給父皇，父皇很高興，打算暫時放過薛家。」

寧晚晴一愣，秀眉微蹙。「薛顏芝對蓁蓁動手在先，薛家對黃大人動手在後，如今才判了薛顏芝流放，就打算不了了之嗎？」

趙霄恆眸色微冷，語氣也有了寒意。

「別人的生死，與他有什麼相干？他要的是實實在在的權勢。對他而言，如今不但敲打了薛家，還收回一半兵權，而薛家仍然為他所用，這不就是最好的結局？

「也許，這就是帝王之術。在他眼中，公正不重要，真相也不重要，只要皇權能穩固，那就天下太平。」

趙霄恆說著，面上浮現一絲嘲諷的笑。

寧晚晴抿唇。「只要薛家對父皇還有一絲作用，父皇恐怕都捨不得動他們。如此行事，與姑息養奸有什麼區別？」

「妳說得不錯。」趙霄恆的面色冷漠又平靜。「但……若他們沒用了呢？」

寧晚晴看著趙霄恆。「殿下打算如何？」

趙霄恆再次沈默。

如今船匠王賀年在他們手中，也畫下了當年造船的圖紙。周昭明查出吏部尚書白榮輝和戶部尚書歐陽弘參與其中，只需一道聖旨，便可重新調查玉遼河的案子，讓宋家沈冤得雪。

但今夜之事，彷彿將趙霄恆打回十一年前那個冰冷的晚上。

當時的他，瞧見母親倒在雪地裡，寒意從心底蔓延到四肢百骸，只能無助地抱住母親，眼睜睜看著她的生機一點點流逝，卻無力挽回。

如今，哪怕他韜光養晦，蟄伏多年，手上已經有人證和物證，卻抵不過那個人輕飄飄的一句——「權衡利弊，度量得失」。

趙霄恆緩緩抬頭看向窗外，漆黑的夜空彷彿是一張密不透風的黑幕，將光隔絕在外，讓人覺得有些壓抑。

「孤不想再等了。」

寧晚晴凝視著趙霄恆。

她明白，這樣簡單的一句話背後，他要承受多少、付出多少。

「殿下想好了？」

趙霄恆神情堅定，無聲點頭。

寧晚晴握住他的手。「既然殿下想好了，妾身就支持你。」

趙霄恆凝視眼前人。「妳可知，若此事不成，很可能……」

「很可能會失去一切？」寧晚晴接過趙霄恆的話，面上反而多了一絲笑意。「妾身當然知道。」

趙霄恆道：「以前妳最大的願望，不是離開皇宮，避開是非嗎？只要妳想，孤可以想辦法送妳離開京城。」

「殿下。」寧晚晴神情從容。「妾身曾與您約法三章，不過是為了求一條安心的退路。玉遼河的事，妾身雖然沒有親身經歷，但那些為國盡忠的將士們不該枉死，殿下的至親也不該蒙冤至今。若此事不解決，無論妾身走到哪裡，都不會安心的。」

寧晚晴看著趙霄恆的眼睛，低聲道：「況且，妾身擔心殿下，不想讓你一個人面對這些……殿下?!」

她的話沒說完，趙霄恆便吻住了她的唇。

窗外烏雲漸散，露出一彎月。月華灑落，照亮了兩人的面容。

趙霄恆反手，與寧晚晴十指相扣，冰冷柔軟的嘴唇輕輕摩挲她的唇瓣，親密地呢喃著。

「晴晴……」

寧晚晴睜眼看他，眸中水光瀲灩。

趙霄恆依然閉著眼，心頭的陰霾被驅散，胸腔裡被情愫填滿，只想緊緊地抱住她，深深淺淺地吻她。

一吻結束，趙霄恆才緩緩與寧晚晴分開，低下頭，輕觸她的額。

寧晚晴抬起手，輕輕捧住他的臉。

兩人氣息糾纏，親密無間。

趙霄恆一字一句道：「登上萬人之巔也好，跌下修羅地獄也罷。只要有妳在身邊，孤就不會後悔。」

寧晚晴篤定道：「殿下不會掉下修羅地獄，妾身也不會。我們要一起努力，把更多活在地獄裡的人，拉上來。」

第七十八章

太尉府中，注定今夜無眠。

劉奎跪在廳中，耷拉著腦袋，連大氣都不敢出。

一旁的薛弄康氣得臉紅脖子粗，亮出手中的匕首，恨不得殺了眼前的人。

「你到底是幹什麼吃的？連虎符都能讓出去，怎麼不把你的腦袋讓出去?!」

薛弄康本就是粗獷武人，大吼之下，直接一腳踹翻劉奎。

劉奎吃痛地跌倒在地，欲哭無淚。「薛將軍，末將也不想將虎符讓出去啊。可太子和太子妃都來了，他們要奪虎符，末將如何攔得住？」

薛弄康怒道：「太子不過是個病秧子，太子妃又是女流之輩，如何能奪你的虎符？況且，你不是都稱病不見了，就不知道繼續裝下去？如今北疆開戰，正是朝廷用兵之際，若是拖上三、五日，說不定官家就收回成命了！」

劉奎哭喪著臉道：「薛將軍，當時太子妃手裡可是有上百根銀針，如果末將不從，只怕會被捅成馬蜂窩。」

薛弄康還想再罵，靜坐一旁的薛茂儀卻擺了擺手。「罷了，任你如何打罵他，虎符都被收走了，於事無補。」

劉奎感激涕零。「薛太尉說得對，並非末將不想留下虎符，而是當時實在是無可奈何。」

薛茂儀淡淡道：「薛家不養無用的狗，既然守不住兵符，留著你也沒什麼用了。從今日起，你從哪兒來的，回哪兒去，別礙本官的眼了。」

劉奎一愣，忙道：「太尉大人，末將入伍二十年，一直對薛家忠心耿耿。這次的事，確實是末將無能，末將願將功贖罪，還請太尉大人給末將一個機會。」

薛茂儀手指撚著茶杯蓋，面對劉奎聲淚俱下的求情，沒有絲毫動容。

「若機會想要便能有，又如何能體現出其珍貴呢？去吧，別逼本官趕盡殺絕。」

劉奎憤恨交加，卻只能接受這樣的結局，扭頭離開了。

薛弄康道：「父親，劉奎雖丟了虎符，但到底跟了我多年，不如讓他繼續留在軍中？」

「婦人之仁，如何能成大事？」薛茂儀冷冷瞥自己的兒子一眼。「你就不怕他已經成了趙霄恆的人？」

薛弄康面色一頓。「父親說得有理，但眼下我們沒有保住顏芝，就連兵權都被奪了。官家此番行事，是不是當真要動薛家了？」

薛茂儀沈吟片刻，道：「想當年，他初登帝位，朝綱不穩，要不是靠著薛家和宋家的扶持，只怕早就被人拉下來。如今他忌憚薛家，就如同當年忌憚宋家一樣。官家心裡生了釘子，每個人都能推波助瀾，等釘子越釘越深，痛到深處，便會狠狠地連根拔起。」

薛弄康怔了一下。「父親，您的意思是，官家知道我們當年的所作所為，甚至默許？」

薛茂儀冷笑了聲。「不然呢？若他真的相信宋家才是玉遼河一案的罪魁禍首，又怎麼敢重新引宋楚河入朝？」

薛弄康聽得有些糊塗。「不是因為敵軍犯我北疆，朝中無人能敵，才被迫求宋楚河出山的嗎？」

薛茂儀悠悠道：「官家想讓宋楚河抗敵不假，但他敢多次起用宋家的人，就是篤定宋家不會造反。」

他微微側頭，目光落到旁邊未下完的棋局。

「帝王之術，不過是一盤棋，宋家也好，薛家也罷，都是他手中的棋子。他藉著我們上位，再看著我們將宋家鬥敗。待我們勢大了，他再冊封趙霄恆為太子，宋楚河為鎮國公，讓我們相互牽制，坐收漁翁之利。」

薛弄康眉頭擰緊。「父親，我們難道就只能這樣任人宰割？」

薛茂儀眸色漸深。「與其坐以待斃，不如先發制人。之前讓你聯絡齊王，怎麼樣了？」

薛弄康道：「齊王那個老東西，態度總是不清不楚。依我看，他是一朝被蛇咬，十年怕草繩。趙霄恆與他長子趙獻關係匪淺，就算趙霄恆登上帝位，也能保他一方安穩。」

薛茂儀眸中精光閃現。「若他當真安分守己，便不會想辦法將趙霄昀送回京城了。」

薛弄康忍不住問：「父親的意思是？」

薛茂儀捋了捋鬍鬚。「如今齊王按兵不動，不過是想觀望局勢。既然如此，就讓他好好看看，到底該跟誰站在一起。」

薛弄康聽罷，連忙問道：「父親有何打算？」

薛茂儀隨手拾起桌面棋盤上的棋子。「皇陵不是還有一顆棋子嗎？」

薛弄康思量片刻，恍然大悟。「父親說的是二皇子趙霄昀？」

薛茂儀勾唇，伸手將某顆棋子往前一推。

「瞧瞧，不起眼的卒，未必不能將軍。」

翌日一早，東宮中便忙碌起來。

寧晚晴也早早起床，離開寢殿後，逕自去了偏廳。

偏廳中，元姑姑正帶著思雲、慕雨準備祭奠的東西，聽到寧晚晴的聲音，立即轉過來，略微福身。

「太子妃，已經都準備好了，請您過目。」

寧晚晴微微頷首，走到長案前，對著清單一一檢查，又出聲囑咐。

「供品記得多備些。還有香燭紙錢，也要足夠才好。」

元姑姑溫言笑道：「太子妃放心，奴婢備了許多呢。」

待備好祭奠的什物，趙霄恆也到了。

「殿下，你看看，可還有什麼缺的？」寧晚晴將冊子遞給趙霄恆。

趙霄恆順勢牽住她的手，將冊子放到一旁的桌上。

「既然妳看過，那孤就不看了。」

思雲和慕雨見了，偷偷抿唇笑起來。

元姑姑朝她們遞了個眼色，思雲和慕雨會意，連忙跟著元姑姑出去，其餘的宮人也識趣退下。

趙霄恆順勢摟了寧晚晴的腰。「辛苦妳了。」

寧晚晴笑了下，挑眉看他。「殿下打算何時啟程？」

趙霄恆凝神看她。「只要東西準備好了，隨時可以啟程。只是……」

寧晚晴道：「只是什麼？」

趙霄恆沈聲道：「這次祭奠，孤不能帶妳去了。」

寧晚晴有些意外地看著他。「為何？」

趙霄恆壓低了聲音。「因為，孤還有更重要的事需要妳幫忙。」

寧晚晴問道：「什麼事？」

趙霄恆微微一笑，湊近寧晚晴的耳畔，低語幾句。

寧晚晴聽罷，會意點頭。「妾身明白了，妾身便在宮中等著殿下。」

趙霄恆摟緊寧晚晴的腰肢。「孤會早些回來。宮裡的事，就靠妳了。」

寧晚晴莞爾。「殿下放心，妾身會處理好的。」

「嗯。」趙霄恆應了聲，摟著寧晚晴的身子卻沒有絲毫放鬆的意思。

寧晚晴抬眸看他，發現趙霄恆正雙目含笑地看著她，似乎是在等待什麼。

寧晚晴眨了眨眼。「殿下還不走嗎？」

趙霄恆長眉微挑。「孤要出門一趟，愛妃就這般敷衍相送？」

寧晚晴問：「那依殿下的意思，如何相送不算敷衍？」

趙霄恆不說話，微微側過臉來。

寧晚晴忍俊不禁，緩緩湊上去，在他臉頰邊輕輕一吻。

趙霄恆笑容舒展，抬手輕捏她的下巴，薄唇印上她的唇瓣。

直到寧晚晴笑著將他推開，趙霄恆才怏怏作罷。

他被寧晚晴催促著動身，走到門邊，還不忘回過頭來看她。

「晴晴。」

寧晚晴立在廳中，目光清澈地看著他。

趙霄恆道：「妳可相信孤？」

寧晚晴不假思索地點頭。「信。」

趙霄恆深深地看她一眼，唇角溢出滿足的笑，隨即轉身，走進盛夏的驕陽之中。

寧晚晴目送趙霄恆出了東宮，轉過身，吩咐身旁的元姑姑。

「備些精緻的點心，下午本宮要去給太后請安。」

元姑姑領命去了。

皇陵坐落在京城西南側，山水環繞，風景秀麗，是不可多得的風水寶地。

太子儀仗行至皇陵入口，才緩緩停下。

于書下馬，快步走到馬車前，低聲道：「殿下，皇陵到了。」

馬車車簾被掀起一角，趙霄恆的聲音傳來。「孤交代的事，都安排好了？」

于書俯下身。「回殿下，都已經安排妥當。」

趙霄恆嗯了一聲，下了馬車。

恭候在一旁的皇陵總管孫勝見狀，殷勤地迎上來。

「小人叩見殿下。祭拜之禮準備好了，還請殿下隨小人移步奉仙殿。」

趙霄恆對此人頗有印象，在宋家落魄那幾年，他也曾過來祭拜，但孫勝看人下菜碟，不但踢翻他祭拜用的供品，還對福生好一通羞辱。

趙霄恆瞥他一眼。「孫公公，別來無恙。」

孫勝面色一僵。「殿下能記得小人，當真是小人前世修來的福氣。」

趙霄恆笑了聲。「孫公公真會說話。對了，孤的二皇兄不是在皇陵守孝嗎，怎麼沒見到他？」

孫勝忙道：「回殿下，近日二殿下染了風寒，故而沒能出來相迎，還望殿下見諒。」
趙霄恆冷冷盯著他，似笑非笑。「聽起來，孫公公與二皇兄應該很熟悉了？」
孫勝道：「殿下說笑了。如今二皇子住在皇陵，小人身為皇陵總管，自然要隔三差五去請安。」
他頓了頓，繼續道：「吉時快到了，不如小人先帶殿下去祭拜珍妃娘娘吧？」
趙霄恆沒再問旁的，道：「走吧。」
孫勝暗暗鬆了口氣，立即走在前面，恭恭敬敬地為趙霄恆帶路。

偌大的皇陵寬廣而安靜，陵墓前方是一排莊嚴氣派的大殿，用於皇室祭拜。
孫勝引著趙霄恆一行人，沿著長廊而行，半刻鐘後才到了奉仙殿。
相較於其他大殿，奉仙殿位置略偏，裡面列著不少後宮妃嬪的牌位。
趙霄恆緩緩抬頭，珍妃的牌位也赫然在列。
「你們先出去吧。」
眾人退下，福生安排好祭拜的東西之後，也快步離開了大殿。
孫勝亦隨眾人退到門外，笑得諂媚。
「諸位遠道而來，實在辛苦了。太子殿下祭拜珍妃娘娘，恐怕要一會兒，不如諸位移步到偏房，喝杯茶吧？」

于書道：「不必了，多謝孫公公。」

孫勝細眉微攏，似是有些為難。

「于侍衛客氣了。說實話，奉仙殿裡供奉的都是皇室妃嬪，小人是怕今天來的人太多，陽氣太盛，擾了祖宗們清靜。」

于書與福生對視一眼，心照不宣。

于書道：「這樣吧，我帶著兄弟們到偏房等候，福生和于劍守在此處吧。」

孫勝聽了，眉開眼笑。「多謝于侍衛！」讓手下的太監們將人帶去偏房，又以方便為由，離開了奉仙殿。

出了奉仙殿，孫勝一面往陵墓的方向走、一面左顧右盼，直到遠遠看見一位身著白色孝服的男子，才飛快向對方奔過去。

孫勝滿臉堆笑，向男子行禮。「小人叩見二殿下。」

趙霄昀緩緩轉過臉來。他離宮多日，削瘦不少，高聳的顴骨、凹陷的臉頰，整個人看起來更加陰鷙。

他看著孫勝，眸色微眯。「人到了？」

孫勝忙不迭點頭。「太子殿下已經到了，現在正獨自待在奉仙殿祭拜。小人按照您的吩咐，支開侍衛了。」

趙霄昀勾唇，笑了下。「做得好，這是給你的。」從懷中掏出一把銀票，遞給孫勝。

孫勝目光一亮，急忙接過。「多謝二殿下。小人願為殿下做牛做馬，肝腦塗地。」說著，忍不住數起手中的銀票。

趙霄昀唇邊笑意更盛。「是嗎？既然你如此忠心，那我會厚葬你的。」

孫勝聞言一愣，還未反應過來，便聽見一聲悶響——

他的胸前被一柄短劍貫穿，霎時血流如注，雙目圓睜，難以置信地瞪著趙霄昀。

「二殿下，你好狠……」

趙霄昀輕輕笑了起來。「我若早些狠下心，也不至於落得如此田地。如今，我便要把失去的一切都奪回來。」

孫勝頹然倒下。殺他之人，正是趙霄昀的心腹。

「殿下，孫勝已死。」

趙霄昀瞥著倒在血泊中的孫勝，神情露出一絲嫌棄。

「處理得乾淨些，別讓人發現了。」

侍衛應下。「是。那奉仙殿那邊？」

趙霄昀笑意猙獰。「太子遠道而來，就為了祭拜他的母妃，可見思念至極。既然如此，我便幫他一把，讓他趁早與珍妃團聚。」

奉仙殿中，趙霄恆立於香案前，一手攏住衣袖、一手燃香。

檀香點燃後，散發出一陣宜人的香氣。

趙霄恆雙手舉香，虔誠地對著珍妃的牌位拜了三拜，將香插進案上的香爐，喃喃自語。

「許久沒來看您了，母妃會不會怪罪兒臣？」

肅穆莊嚴的大殿中，唯有燭火微微閃爍，並沒有人回答他。

趙霄恆沈默下來。

這奉仙殿，他來得不多，卻記憶深刻。

按照珍妃的品級，理應供奉在更大的殿中，但當時靖軒帝對宋家有雷霆之怒，故而沒有厚葬珍妃，只按照普通妃嬪的位分，草草安葬在皇陵。

珍妃死後幾年，宋家一蹶不振，趙霄恆也不受靖軒帝喜愛。即使靖軒帝帶所有皇子來皇陵祭祖，趙霄恆也只能悄無聲息地跟在後面，等大殿的儀式完成，才能偷偷溜到奉仙殿，單獨祭拜珍妃。

直到宋楚河重新入朝為官，趙霄恆被立為太子，他才有更多機會來奉仙殿。

但是，即便靖軒帝重新起用宋家，依然沒有來過奉仙殿祭拜珍妃一次。

此時此刻，趙霄恆一聲不吭地立在牌位前。安靜的殿裡，彷彿有什麼東西，一下又一下撞擊著他的心臟，疼痛而無聲。

大殿之中，檀香味越發濃厚。

不知過了多久，趙霄恆忽然感覺出一絲異樣，不由邁了一步，身子卻不受控制地倒下。

他連忙以手撐地，才勉為其難坐起來。剛想開口喚人，卻發現自己嗓子似啞了一般，發不出任何聲音。

這時，大殿偏門露出白色孝服的一角，趙霄昀逐漸走進趙霄恆的目光裡。

「太子殿下，這迷香的滋味如何？」趙霄昀的聲音充滿壓抑過後的興奮，彷彿十分樂於見到眼前的情景。

趙霄恆目不轉睛地盯著他，沒有吭聲。

趙霄昀走到趙霄恆面前，居高臨下地看著他，冷冷笑了起來。

「趙霄恆，你瞪著我做什麼？裝模作樣那麼多年，讓所有人都以為你是個廢物，如今居然栽在我的手裡，沒想到吧？」

趙霄恆冷冷盯著他，虛弱的聲音幾乎從齒縫裡擠出來。「你要做什麼？」

趙霄昀大笑。「瞧瞧，多虛弱啊！除了我，沒人能聽見你說話了。」

他忽而抬手，指向香案後面的牌位。「你不是最敬愛你母妃嗎？今日，我便要在你母妃面前，將你千刀萬剮！」

趙霄恆面無懼色，氣若游絲道：「你殺了我，自己也沒有好下場。」

趙霄昀目光陰鷙地盯著趙霄恆，一把抓住他的衣襟。「好下場？早在你們驅逐我出京，害死我母妃時，我就沒有退路了。」

趙霄恆道：「那是你母妃咎由自取，她害人在先，必自食惡果。」

趙霄昀惡狠狠地瞪著趙霄恆。「你我同為父皇的兒子，要不是你舅父宋楚河趁人之危，父皇怎麼會迫於局勢，立你為太子？母妃不過是為我爭取應得的，又有什麼錯！」

「你母妃為了一己私慾草菅人命，而你性情暴虐，身邊人稍有不慎，便會被拳腳相向。你落到如今的境地，都是咎由自取。」

趙霄恆的語氣越是淡漠，越是激得趙霄昀發狂，他一把掏出懷中的匕首，貼上趙霄恆的脖子，冷笑起來。

「好啊，看看是誰咎由自取！」

第七十九章

御花園中，寧晚晴正陪著太后賞花。

今日太后興致好，便在御花園裡多逛了一會兒，寧晚晴還親手為太后編了一個花環，哄得太后十分開心。

太后溫言道：「難為妳陪了哀家一下午，坐下喝杯茶吧。」

寧晚晴略微福身。「多謝皇祖母。」

於是，寧晚晴扶著太后，在御花園旁邊的涼亭中坐下來。

過沒多久，靖軒帝便到了。

「兒臣給母后請安。」

太后含笑點頭。「你國事繁忙，實在不必日日來請安的。」

靖軒帝道：「禮不可廢。」

太后笑了笑，沒有多說什麼，指了指一旁的座位。「皇帝，坐吧。」

靖軒帝依言坐下，寧晚晴起身行禮。

靖軒帝看了她一眼。「太子妃怎麼過來了？」

寧晚晴道：「回父皇，近日東宮小廚房製出新點心，殿下和兒臣想送給皇祖母嚐嚐。」

太后笑得和藹。「東宮小廚房做的點心，味道是不錯。」
靖軒帝聽罷，點了點頭。「你們有心了。」
寧晚晴一笑。「父皇過獎了，這都是兒臣應該做的。」
就在這時，一名宮人匆匆而來，神色慌張地靠近李延壽，對著他耳語幾句。
李延壽聽完，也變了臉色，不敢耽擱，來到靖軒帝面前，躬身道：「啟稟官家，大事不好了！」
靖軒帝難得片刻閒暇，聽了這話，頗為不悅。「何事驚慌？」
李延壽猶豫一下，終究還是當著眾人的面說出來。
「官家，太子殿下去皇陵祭祖，遇到刺殺，身上中了一刀……」
「什麼?!」寧晚晴驚得站起來。
太后也難以置信地瞪大了眼。「恆兒現在人在何處？」
李延壽道：「殿下已被送回東宮，如今生命垂危，還在救治當中，請官家速派太醫院院首過去。」
靖軒帝面色一沈。「來人，安排院首去東宮。」
宮人連忙應是，立即下去安排。
太后心疼不已，蹙眉道：「皇帝，刺殺儲君非同小可，此事務必嚴查。」
靖軒帝點頭，冷著臉問：「是誰這麼大膽，竟敢對儲君下手？簡直不把朕放在眼裡！」

李延壽沈聲回答。「是二皇子。人已經逃了，要不要公開抓捕，還請官家示下。」

靖軒帝咬牙切齒。「當然要抓！那個逆子，朕給他一條生路，他居然自己找死，那朕便留不得他了。章泱——」

御林軍統領章泱出列。「末將在。」

靖軒帝怒道：「你出宮一趟，與京兆尹一起帶人去尋。就算將整個京城翻過來，都要把那個逆子抓回來！」

章泱領命而去。

寧晚晴忙道：「父皇，兒臣能否先回東宮探望殿下？」

靖軒帝斂眉。「走，朕也要去看看恆兒。」

東宮因為太子遇刺的事亂成一團，被御林軍嚴防死守，連一隻鳥都飛不出去。

寧晚晴趕到時，太醫已經為趙霄恆包紮好傷口，但趙霄恆傷勢太重，陷入昏迷。

她來到床邊，只見趙霄恆眉頭緊鎖，面上沒有一絲血色。他的上衣被褪去，胸前裹著一層厚厚的白布，即便剛包紮好，鮮紅血跡仍然滲了出來。

寧晚晴握住他的手。昔日溫暖的手指，此刻卻冰冷至極。

她強壓住心頭的顫抖，問道：「殿下如何了？」

寢殿中，瀰漫著濃郁的血腥味和藥味。

于書垂首而立，沈聲道：「太子妃，殿下在皇陵祭拜時，被二皇子捅了一刀。太醫說，幸好偏了半寸，否則神仙難救。」

寧晚晴神色一痛，質問道：「這麼多人守著，為何二皇子有機會近身刺殺殿下？」

于書跪下，滿臉自責。「太子妃，殿下說想一個人獨處，我等不敢靠得太近。孰料，二皇子點了迷香，殿下無法呼救，最終打翻燭臺，弄出聲響，我們才發覺有異。都是小人護衛不力，還請太子妃責罰。」

寧晚晴道：「二皇子狼子野心，怪不得你們。」

靖軒帝沈著臉立在一旁，聽到這話，才緩緩開口。「恆兒什麼時候能醒來？」

一旁的太醫連忙答道：「回官家，若情況好，應該就三、五日；若情況不好……」

靖軒帝長眉一攏。「什麼叫情況不好？」

太醫嚇得連忙跪下。「官家，殿下的傷離心口太近，幸好在皇陵搶救及時，這才保住性命。至於是否能好轉，微臣不敢斷言。」

靖軒帝冷冷盯著他，怒道：「食君之祿，擔君之憂，太子乃朕的兒子，又是大靖的儲君。若是出了事，你可知會掀起多少波瀾?!」

太醫跪在地上，抖如篩糠。「微臣一定盡力而為。」

寧晚晴起身，眼眶泛紅，聲音有些哽咽。「父皇，兒臣有個請求，不知當不當說？」

靖軒帝斂了怒氣。「妳說。」

寧晚晴恭敬地福身。「父皇，此番殿下遇刺，實在是意料之外，但眼下凶手還未抓捕歸案，而殿下又昏迷不醒。兒臣想請父皇加派人手保護東宮，以免宵小之徒趁虛而入。」

靖軒帝點了點頭。「妳說得有理。李延壽——」

李延壽上前，躬身道：「小人在。」

靖軒帝吩咐。「通知御林軍，加派三倍人手護衛東宮。除了朕和太子妃以外，誰也不得到東宮打擾恆兒養傷。」

李延壽領命稱是。

靖軒帝交代完此事，才緩緩坐到趙霄恆的床榻邊。

平日他見到趙霄恆，都是居高臨下。唯有此時，趙霄恆靜靜躺在榻上，靖軒帝才發現，趙霄恆的五官輪廓與他年輕時非常相似。

他凝視著面色慘白的趙霄恆，心中五味雜陳。

若說完全不心疼兒子，那是假的。

但靖軒帝對於趙霄恆受傷的心疼，敵不過心中對局勢的焦慮。

趙霄恆乃是宋家唯一的血脈，若他真出了事，宋楚河還會安分地守著北疆嗎？

除此之外，趙霄恆還是常平侯寧暮的女婿，萬一他就此殞命，難保宋楚河與寧暮不會聯手謀反。

若真如此，單憑京城的軍隊，加上薛弄康的鎮南軍，如何抵擋得住？

原本他讓宋家與寧家聯姻，便是為了讓這兩家忠心耿耿地扶持他。趙霄恆是其中的紐帶，若是紐帶斷了，那他的一番心血，豈不是要付諸東流？

於是，靖軒帝一字一句道：「傳令給太醫院，務必要治好太子。若太子有什麼閃失，朕要整個太醫院陪葬！」

靖軒帝說完，拂袖而去，寧晚晴起身恭送。

直到靖軒帝走遠了，她才直起身來，道：「于書。」

于書立即上前。「太子妃有何吩咐？」

寧晚晴壓低了聲音。「幫本宮送個口信給周叔，讓他與間影衛盯緊戶部、吏部和薛家。殿下受傷昏迷，對他們來說，便是最好的時機。」

于書會意，沈聲應是。

「你們都出去吧。」

眾人依言退下，思雲見寧晚晴神色疲倦，本想留下來陪她，但慕雨卻拉住思雲，朝她搖了搖頭。

思雲和慕雨遂也退出去，輕輕帶上了殿門。

寢殿重新安靜下來。

寧晚晴坐在床榻邊，怔怔地凝視趙霄恆。

天色已經徹底暗下來，清冷月光靜靜照耀在他的面容上，依舊丰神俊美，但他卻一動不動，彷彿沒有了任何生機。

半晌後，寧晚晴吹熄蠟燭，和衣躺在趙霄恆身旁，在黑暗中無聲地拉住他的手。

與此同時，太尉府也得到太子遇刺的消息。

薛茂儀端坐於案桌前，手中端著一盞茶。

「如今，東宮的情況如何？」

薛弄康道：「聽說太子傷及心脈，若是太醫再晚一刻鐘到，恐怕就回天乏術了。」

薛茂儀又問：「趙霄昀呢？」

薛弄康回答。「說來也奇怪，本來我們答應要助他脫身，但他刺殺趙霄恆之後，便一直沒有露面，不知躲到哪兒去了。趙霄昀為何不瞄準一點，若他成事，這天下不就是我們薛家的嗎?!」

他說著，一臉惋惜。

薛茂儀聽罷，長眸微瞇。「一擊不中，東宮必然守衛森嚴，只怕很難再下手。」

薛弄康說：「父親別急，我已經託人打聽消息。趙霄恆半死不活，說不定拖上幾日，便會斷氣……」

「愚蠢。」薛茂儀打斷了薛弄康的話。「有了趙霄恆，就等於握住宋家和寧家，官家怎麼會讓他死？」

「趙霄昀雖然無用，好歹替我們添了五分勝算，但僅僅五分，依然不夠。」

薛茂儀說著，用杯蓋撥了撥浮動的茶葉。

「世間之事，浮沈都在一夕之間。當年的宋家盛極一時，卻因為玉遼河一戰，至今未能徹底翻身。薛家與宋家最大的不同，便是從不相信帝王情義，唯有把權柄牢牢掌握在自己手中，才是最可靠的。與其等待上天宣判結果，不如自己爭取一把。」

薛弄康似懂非懂。「父親的意思是？」

薛茂儀哐的蓋上茶杯。「送帖子入宮。是時候見一見你姊姊了。」

夜色漸濃，靖軒帝坐在御書房中，眼前的奏摺堆積如山，他卻沒有心思查看。

「朕交代的事，安排下去了嗎？」

李延壽見靖軒帝臉色陰沈，小心翼翼答道：「回官家，小人已經吩咐下去了，太子殿下遇刺之事，不可傳揚出去，尤其……不可傳到軍中。」

靖軒帝勉強點了點頭。「鎮國公正在與北僚交戰，若是知道恆兒的傷勢，只怕會影響到他，還是先瞞下為好。」

李延壽賠著笑臉道：「官家說得是。」

靖軒帝斂神，正想打開奏摺，卻又聽見一陣通報聲。

「官家，皇后娘娘求見。」

靖軒帝有些疑惑地瞥了宮人一眼。「皇后來做什麼？」

宮人遲疑一下，道：「小人不知。」

靖軒帝沈思片刻，道：「罷了，讓她進來吧。」

片刻後，薛皇后的身影出現在御書房門口，面色溫和地向靖軒帝行了禮，開門見山地說出來意。

「官家，妾身聽說太子殿下遇刺，本想去東宮探視，卻聽聞官家下了禁令。妾身心中仍擔心太子，故而來問問情況。」

靖軒帝無聲盯著她，目光裡有一絲審視。「皇后什麼時候開始關心太子了？」

薛皇后聽到這話，面上露出一絲驚訝，連忙撩起繁複的裙裾，跪了下去。

「官家，從前妾身行事雖然有所不妥，但經過九龍山一事，已經徹底悔過。妾身先是官家之妻，後才是薛家之女，自然要與官家一心。」

靖軒帝居高臨下地看著她，不冷不熱道：「皇后能有此心意，倒是出乎朕的意料了。起來吧。」

薛皇后應聲而起，問道：「不知太子醒了沒有？」

靖軒帝道：「還未甦醒。」

薛皇后蛾眉微攏，神色關切。「若是如此，妾身倒是有一個想法。」

靖軒帝瞧了她一眼。「但說無妨。」

薛皇后說：「妾身來之前，特意找欽天監卜了一卦，說是太子殿下此番遇刺後，天象已示不吉。官家乃真龍天子，若能親臨祭臺祈福，必然對太子的傷勢有益。」

靖軒帝聽罷，面色沒有多少好轉，只淡淡道：「欽天監的卦象若當真準確，又為何沒有提前算出恆兒有此一劫？」

薛皇后似乎早就料到靖軒帝的回答，不慌不忙道：「卦象自然是信則有，不信則無，但親臨祭臺祈福，卻能彰顯官家對太子的愛護之心，不是嗎？」

薛皇后來之前，靖軒帝正在擔心宋楚河知道此事後的反應。

若趙霄恆能好轉，便是皆大歡喜；倘若真的天不遂人願……至少，他身為父皇，也有所交代了。

於是，靖軒帝微微頷首，道：「皇后說得不無道理，就按妳說的辦吧。」

薛皇后聽罷，俯身一拜，溫聲道：「妾身遵旨。」

一離開御書房，薛皇后面上的笑容立即消失殆盡。

「莫桐。」

莫姑姑應聲。「奴婢在。」

薛皇后幽幽道：「妳去告訴譽兒，最近幾日留在宮中，哪兒也別去。」

莫姑姑點頭稱是，猶豫片刻，還是忍不住問：「娘娘，官家可是您當初自己選的夫婿，您……當真想好了嗎？」

薛皇后轉過頭，目光冷鬱地看向御書房中那一抹明黃的燈光。

「他將本宮禁足、將六宮之權移交給嫻妃那個賤人之時，可曾想過，本宮是他的結髮妻子？走著瞧吧，勝負就快分曉了。」

第八十章

兩日之後，東宮接到聖旨。

寧晚晴道：「李公公，父皇去祈福是好事，為何會突然指名要本宮隨行？如今殿下還昏迷不醒，本宮若離了東宮，實在放心不下。」

李延壽朗聲道：「太子妃，官家擔心殿下安危，才在百忙中抽空前往郊外祭壇，為殿下祈福，這麼重要的事，您怎能不去呢？況且，東宮有太醫和侍衛守著，定然出不了紕漏。」

他說完，壓低了聲音道：「是皇后安排的。」

寧晚晴心頭一動，頓時明白過來。「多謝李公公提點，本宮這就收拾一番，晌午隨父皇出宮。」

李延壽笑了笑。「那就有勞太子妃了。」說罷，行了個禮，退出東宮。

寧晚晴看著手中明黃的聖旨，陷入沈思。

于書沈聲道：「太子妃，皇后只怕沒那麼好心。」

寧晚晴沈吟。「本宮明白，但父皇都開了口，定然是要去的。于書，待本宮離開之後，你請嫻妃娘娘過來守著，你也不可離開東宮，當心有人趁虛而入。」

于書拱手應下。「是，太子妃。」

一旁的于劍道：「太子妃，小人護送您去祭壇吧。」

寧晚晴微微頷首。「也好。」

祭壇位於城郊的西南邊，這裡草木茂盛，流水潺潺，本是一處風景極好的地方。奈何今日天公不作美，才過了晌午，便開始烏雲密布。

「太子妃，還有半刻鐘就到祭壇了。」于劍策馬護衛在馬車一側，低聲稟報。

寧晚晴聽了這話，伸手撩起車簾往外看。

密密麻麻的儀仗隊伍有條不紊地向前行進，鈍重的腳步聲聽起來彷彿轟隆的雷聲，讓本就不亮的天色，顯得更加暗沈。

靖軒帝的車駕位於隊首，薛皇后車駕次之，寧晚晴的馬車則落在最後。長風漸烈，山林之中頗有風聲鶴唳之感，總讓人覺得不安。

寧晚晴問：「今日參與祈福的，還有哪些人？」

于劍低聲答道：「回太子妃，小人打聽過了，這次祈福安排得有些突然，官家並未讓群臣陪同，皇后就沒有邀請別人。除了您之外，只有欽天監的人了。」

寧晚晴思量片刻，道：「知道了。」

車簾被重新放下。

馬車徐徐前進，在微微泥濘的官道上，軋出兩道長長的軌跡，一直延伸到偏僻的京郊渡清觀。

祈福的祭壇，便設在渡清觀中。

靖軒帝下了馬車，守在渡清觀的欽天監立即迎了上來。

寧晚晴無聲打量四周，發現渡清觀地方雖大，卻沒有多少人。因是皇家廟宇，又設在山中，故而有些清冷。

薛皇后緩緩開口，打斷了寧晚晴的思緒。

「太子妃是第一次來渡清觀？」

寧晚晴回答。「是。」

薛皇后微微一笑。「那太子妃可不要亂走，畢竟渡清觀不是普通的皇家廟宇。」

寧晚晴聽到這話，沈聲問道：「皇后娘娘的意思是？」

薛皇后道：「當年，元帝還未開國，在與敵軍廝殺之際，將敵人逼進這座山坳。因為不熟悉山中地形，我軍一直圍而不攻，雙方就這樣僵持了一個多月。

「直到元帝派人入山打探情況，才發現敵人因缺少糧食，已經全部餓死了。元帝擔心此處煞氣太重，遂修建一座皇家廟宇，以震懾亡魂。」

寧晚晴悠悠道：「皇后娘娘說得是。那心中有鬼之人，更不能亂走，若是遇上什麼不乾淨的東西，可就糟了。」

薛皇后勉強扯了扯嘴角。「太子妃可真會說笑。」

話音落下，靖軒帝隨欽天監邁入渡清觀，薛皇后和寧晚晴一前一後地跟了上去。

欽天監將靖軒帝等人帶到了前殿。

靖軒帝手持一炷清香，向道觀中的神虔誠一拜。

欽天監立在一旁，口中誦念著經文。

拜完前殿的神像之後，欽天監又帶眾人去後殿。

寧晚晴觀察四周。渡清觀地方不大，前後各有一座大殿，中間供著一方巨大的香爐。那香爐有專人打理，香燭長日不斷。

後殿相較於前殿，更加寬敞，裡面供奉若干座寶相莊嚴的神像。每一尊神像神情各異，雕刻得栩栩如生。

欽天監上前，躬身道：「官家，拜過諸神，便要去祭壇祈福了。」

靖軒帝點頭，按照欽天監的指引，依次對著後殿的神像拜下。

薛皇后跟在他後面，面無表情地持香祭拜。

待兩人拜完之後，欽天監單獨為寧晚晴焚了香。「太子妃請。」

寧晚晴從欽天監的手中接過燃著的香，一步步走到殿中。站定後，正要拜下，但不知怎麼回事，面對眾多神像，她總有一種怪異的感覺。

那些表情各異的神像，似乎成了一個個活生生的人，正在窺探著她。

薛皇后開口道：「太子妃，為何不拜？」

寧晚晴斂神，順勢拜了下去。

待殿中的禮儀行完，欽天監又道：「請官家移步祭壇，為太子殿下祈福。」

靖軒帝頷首，無甚情緒。「走吧。」

眾人跟隨聖駕出了後殿，走了不久，來到山腳下。

一條天梯直接通向山腰祭壇，遠遠看去，祭壇像一方空中樓閣，遙不可及。

欽天監掐指一算，又抬頭看了看天色，道：「官家，殿下遇刺，實為不吉。此次祈福，需至靜至誠，方可打動上蒼。士兵們身上殺氣太重，不如還是留在祭壇外守護吧。」

靖軒帝點頭。「罷了，留一半人在山下，另一半人隨朕上去，守在祭壇外。」

於是，御林軍頃刻之間分成了兩隊。

寧晚晴抬起眼簾，看向祭壇。祭壇不過兩至三層高，外表的壁畫絢爛繁複，彷彿一個巨大的華麗擺飾，坐落在山間。

趁人不注意，寧晚晴對著于劍耳語幾句。

于劍會意，悄悄去了。

片刻後，靖軒帝在欽天監的引導下，一步步走向高處的祭壇。

越往高處走，耳邊的風聲越大。直到他入了祭壇，一眾御林軍才分兩列排開，守在祭壇外面。

祭壇的門被重重關上，欽天監手持拂塵，開壇作法。

靖軒帝和薛皇后默立於祭臺前。

寧晚晴無聲抬眸，只見內部的牆壁上篆刻著不少道家經文。這祭壇沒有窗戶，但頂上卻有個圓形的天窗，意為「天圓地方」。

祭臺分為三階，最上面的一階，是開國元帝祭天時所在之處；第二階為歷代帝王祭祀之位；而第三階，才是皇后、太子等人站立的地方。

欽天監口中念念有詞，手中拂塵微蕩，祭壇內的道士們跟著誦經，眾人的聲音匯聚成一道低沈的旋律，縈繞在耳畔。

誦經畢了，欽天監讓到一旁，躬身道：「請官家、皇后祈福。」

靖軒帝徐徐上前，登上第二層祭臺，薛皇后緊跟其後。直到兩人都站定了，欽天監才獻上香。

靖軒帝口中默念幾句，雙手持香拜下。

薛皇后卻立在他身後，一動不動。

靖軒帝滿臉疑惑地看向薛皇后。「皇后怎麼了？」

薛皇后幽幽道：「方才妾身在想，若今日受傷的是譽兒，官家是否還會如此上心，親臨祭壇祈福？」

靖軒帝勃然變色，怒道：「皇后，妳乃六宮之主，說話可別忘了自己的身分！」

薛皇后卻輕輕笑了起來。「官家還記得妾身是六宮之主？這些年來，六宮諸事要麼被珍妃把持，要麼是嫻妃在打理，官家何時顧惜過妾身的顏面和感受？」

靖軒帝眉宇擰緊，訓斥道：「六宮之權為何被奪，妳自己不清楚嗎？要不是妳屢屢犯錯，太后與朕何至於讓嫻妃打理六宮事務？這幾日見妳籌備祈福祭典，朕還以為妳洗心革面，沒想到居然變本加厲。如此出言不遜，該當何罪？」

薛皇后輕蔑地看了靖軒帝一眼，隨後自顧自地越過他，在眾目睽睽之下，登上元帝曾經所在的首層祭臺。

靖軒帝怒目圓睜。「薛拂玉，妳想反了不成?!」

祭壇中，氣氛陡然劍拔弩張，眾人屏住呼吸，連大氣都不敢出。

薛皇后大笑起來，立在高臺之上，張開雙臂，迤邐華美的衣袖如同兩片翅膀，恣意又瘋狂地伸展。她死死盯著靖軒帝，目光狠辣又暢快。

「反了又如何？在你眼中，薛家不是早有反意嗎?!」

祭壇之中，燭火閃爍，天上的烏雲也翻滾著，讓照進室內的光暗了下去。

靖軒帝面色鐵青，忍不住破口大罵。「薛家果然是狼子野心，汲汲營營這些年，恐怕就是為了今日行大逆不道之事！」

薛皇后幽聲道：「是又如何？是你逼我們走到這一步的。」

靖軒帝不忿。「妳這個賤人，朕待薛家不薄，你們這是以怨報德！」

薛皇后聽罷，尖聲笑了起來。「官家，你是不是年紀大了，有些健忘？」她毫不畏懼地盯著靖軒帝，一字一句道：「當年，珍妃與妾身先後入宮，可官家幾乎日日陪著珍妃，不肯多看妾身一眼。後來，得上天垂憐，妾身懷有身孕，為官家誕下長子，可官家仍一心考慮珍妃，唯恐她因無子而難過，即便譽兒到了滿月，都不願大肆操辦。」

薛皇后說著，眼中流露出一絲幽怨之色。

靖軒帝卻道：「當年朕沒有大肆操辦譽兒的滿月酒，是因為北疆戰事頻繁，將士傷亡慘重，如何還有心思慶祝？」

「就算滿月酒是因為北疆戰事，那後來呢？」薛皇后不甘地盯著靖軒帝。「玉遼河一戰，北驍軍損失過半，宋楚天責無旁貸。可官家只抓了宋家的人，卻遲遲沒有判刑，對珍妃更是睜一隻眼、閉一隻眼。可惜啊，人家珍妃不領情，非要逼著你放過宋家，哈哈哈哈……」

薛皇后神情瘋狂，又有幾分嫉妒。「你總覺得妾身一心向著薛家，那珍妃呢？她哪怕是死，都在為娘家籌謀呢！」

「住口！妳有什麼資格與珍妃相提並論？」靖軒帝額頭青筋暴起，指著薛皇后，聲音因盛怒而顫抖。「玉遼河一戰，戰敗的責任到底在不在宋家，妳難道還不清楚？」

「哈哈哈哈！」薛皇后笑得猙獰。「這才是官家的真心話吧？不過，官家的真心話，敢讓你心心念念的珍妃知道嗎？她若是泉下有知，不會上來纏著官家，質問你為何對宋家的冤屈視而不見？」

寧晚晴聽了這話，眸色微凝，卻沒有多說什麼。如今情勢混亂，她帶來的人又留在外面，還是靜觀其變為好。

靖軒帝氣得臉色發白，忍不住抬步上前，想要抓住薛皇后。但兩旁的士兵瞬間閃到薛皇后面前，兩桿長槍一擋，便攔住了靖軒帝。

靖軒帝暴怒。「混帳，你們不想活了嗎?!」

兩名士兵對靖軒帝的憤怒置若罔聞。

靖軒帝還想上前，李延壽忙拉住他。「官家小心！」

薛皇后冷笑一聲。「官家，到了這裡，你還以為自己是高高在上的帝王嗎？看看吧，真正忠於你的，只有個閹人罷了。」

靖軒帝面色一凜，忽然發瘋般衝向祭壇門口。

「開門！給朕開門！」

祭壇門口的士兵也是薛皇后的人，任由靖軒帝如何聲嘶力竭地吼，仍紋絲不動地站著。

靖軒帝活到現在，從沒遇過叫天天不應，叫地地不靈的時候。

薛皇后立於高臺上，看著靖軒帝這般狼狽又無可奈何的樣子，竟冷不防開了口——

「開門！」

靖軒帝一頓，抬頭看去，祭壇的門緩緩開啟——

濃密烏雲沈甸甸地掛在渾濁的天空裡，閃電穿梭在雲層間，天地時明時暗，山中樹木被狂風吹得簌簌作響。

原本守在祭壇外的御林軍們，有不少人已經躺在血泊中，屍體橫七豎八地堆在門口，彷彿一座小山。

三丈之外，薛弄康正坐在階梯上，擦拭著長刀上的血跡，似笑非笑地看著靖軒帝。祭壇兩邊的士兵，全換成了著黑色甲冑的鎮南軍，烏泱泱一片，將整座祭壇圍起來。

薛弄康唇角一勾，悠悠道：「官家，章統領不在，這些御林軍居然不聽臣的調派，微臣只得為官家清理門戶了。」

靖軒帝面色煞白，怒不可遏。「亂臣賊子！你們怎麼敢……」

薛弄康冷冷一笑。「如今這祭壇附近已經被我們控制，哪怕是一隻鳥都飛不出去。若要搬救兵，官家就不必想了。」

前有薛弄康，後有薛皇后，靖軒帝氣得渾身發抖，也只能道：「你們到底想要什麼？」

薛弄康對一旁的士兵使了個眼色，士兵立即會意，端著筆墨上前。

薛弄康抬起手中長刀，指向托盤中的筆墨。「如今北僚進犯，朝綱不穩，偏偏太子在此時病危，實在不堪承儲君之位，官家理應馬上冊立新的儲君才是。」

靖軒帝沈著臉，抬手掀翻了滿盤筆墨。硯臺與地上的血跡混在一起，一下便染污了一處石階。

「想讓朕為你們這些亂臣賊子鋪路？作夢！朕就是死，也不會讓你們如願的！」

薛皇后走出祭臺，聽到這話，眉頭緊緊蹙了起來。

「官家，你已到如此田地，何必還垂死掙扎呢？你我夫妻一場，只要你按照我們的意思，改立譽兒為太子，妾身可以保證，給你留下最後的體面。」

靖軒帝冷笑。「今日栽在你們手中，是朕太過輕敵。你們要殺便殺，但要朕為你們的犯上作亂遮掩，不可能！」

薛弄康本就沒什麼耐性，聽了靖軒帝這話，恨不得立即上前捏斷靖軒帝的脖子。

薛皇后攔住他，目光幽幽地看著靖軒帝。

「官家恐怕還不知道，妾身已經放出話來，您為了替太子祈福，要沐浴齋戒七七四十九天，朝中一切事務交由妾身父親打理，所有人不得上山打擾。所以，官家不要妄想有人來救你了。」

靖軒帝的薄唇抿成一條線，充滿恨意地瞪著薛皇后。

薛皇后卻毫不在意，唇角甚至掛了一絲笑意，不疾不徐地開了口。

「官家，既然最終的結果都一樣，你若配合些，還能少受點苦。如果你能下旨立我兒為太子，我便承諾，不會傷及太后、六皇子、七公主；如果你堅持要與妾身作對，就別怪妾身無情了。與奪得帝位相比，揹上罵名實在不算什麼。妾身最多給你一日工夫，你可以好好地想清楚。」

薛皇后說罷，薛弄康便命人將靖軒帝綁起來，強行推回祭壇中。

處置完靖軒帝，薛弄康瞥見角落中的寧晚晴，一把將她拉出來。

寧晚晴推開他，平靜道：「我自己會走。」

這般冷靜的態度，倒是讓薛弄康有些意外，問薛皇后。「太子妃怎麼辦？」

薛皇后笑得嘲諷。「太子都快沒了，留著太子妃又有什麼用？」

薛弄康聽了，眼神凶狠不少。「顏芝被發配到不毛之地，少不了你們夫婦的功勞吧？來人，將她推下山去！」

士兵們領命而上，左右抓住寧晚晴。

寧晚晴沒有掙扎，輕蔑地笑了。「愚蠢的莽夫。」

薛弄康這輩子最恨的就是別人罵他蠢，聽了寧晚晴的話，頓時暴跳如雷。

「妳說什麼？有種再說一遍！」

原本薛皇后對寧晚晴不甚上心，此時也轉過臉來看她。

寧晚晴淡淡道：「我說，你是個愚蠢的莽夫。殺了我，你不過能泄一時心頭之恨；若留著我，說不定能讓大皇子名正言順地登上皇位。」

薛弄康滿臉不屑。「笑話，妳一個丫頭片子，能有什麼辦法？」

薛皇后雖然不喜歡寧晚晴，但她在後宮與寧晚晴不只打過一次交道，自然明白對方是個聰明人。

於是，薛皇后打斷了薛弄康，道：「妳有什麼辦法？」

寧晚晴道：「先放開我。」

薛皇后一擺手，兩邊的士兵便退到一旁。

寧晚晴活動自己的手腕，不慌不忙道：「皇后娘娘與父皇相處這麼多年，難道還不清楚父皇的為人？親人也好，妃嬪也罷，誰都不能影響他的聲譽，更不能撼動他的皇權。皇后娘娘用太后及其他人的命威脅他，只怕難以成功。況且，皇后娘娘圍困渡清觀，父皇知道他橫豎都逃不過一劫，既然如此，又怎麼會成全你們？」

薛皇后眯了眯長眸。「所以，太子妃的意思是？」

寧晚晴直視薛皇后的眼睛，一字一句道：「皇后娘娘，妳敢不敢與我做一筆買賣？」

第八十一章

長風獵獵，吹得寧晚晴衣袂翻飛。她靜立於祭壇之前，神情冷靜至極，彷彿她才是掌控局面之人。

薛皇后無聲審視著寧晚晴，半晌後才緩緩開口。「什麼買賣？」

寧晚晴額前碎髮略微紛亂，但一雙眼睛自信而從容，淡聲回答。「若我能幫皇后娘娘說服父皇，拿到改立太子的詔書，那皇后娘娘可否答應我兩個條件？」

薛皇后與薛弄康對視一眼，狐疑地看向寧晚晴。「妳且說說看。」

寧晚晴道：「第一，放父皇一條生路；第二，容許我帶太子殿下離開京城。」

薛弄康冷哼一聲，轉了轉手中的長刀。「長姊，與她囉嗦什麼？直接殺了便罷！」

薛皇后忍不住冷笑起來，撥了撥手上嫣紅的指甲，幽聲道：「如今妳不過是個階下囚，有什麼資格與本宮談條件？」

寧晚晴也笑了，不慌不忙道：「皇后娘娘不覺得，整座渡清觀裡，只有我最具資格去勸說父皇了嗎？至少，我不是他的敵人。」

薛皇后神色一頓，不禁沈思起來。

寧晚晴不但是靖軒帝欽點的太子妃，還是常平侯之女。常平侯父子掌握西凜軍，說不定能利用她將寧家父子騙回來，順勢奪取兵權。

於是，薛皇后定了定神，道：「既然如此，那本宮便給妳一個機會。兩個時辰之內，如果妳不能帶著詔書出來，就別怪本宮不講情面了。」

薛皇后說罷，遞了個眼神給莫姑姑。

莫姑姑會意，走到寧晚晴身旁，語氣不善道：「太子妃，請吧。」

寧晚晴好整以暇地理了理衣襟，隨著莫姑姑重新入了祭壇。

薛弄康有些不悅，瞥薛皇后一眼。「妳莫不是對皇帝老兒狠不下心，真打算放了他和他兒子？」

薛皇后轉過身。

遠處起伏綿延的山脈，已經與夜色融為一體，滿天滿地都被黑暗侵襲。天上的烏雲，更是一團化不開的濃墨，彷彿隨時要染指人間。

她凝視著這一切，口中言語冷得不能再冷。

「當年珍妃奪了屬於本宮的夫君之愛，她兒子又占了吾兒的儲君之位。這些年，本宮在後宮如履薄冰，卻換不來官家一絲好臉色，放過他們？簡直是癡心妄想。

「等拿到改立太子詔書，本宮會讓他們知道——這世上有些活法，比死了更痛苦。」

祭壇內，燈火十分昏暗。

大殿中，立著十幾名士兵，靖軒帝與李延壽被圍困在角落裡，其餘人近身不得。

寧晚晴目光一掃，對莫姑姑道：「請姑姑屏退左右，本宮要單獨與父皇說話。」

莫姑姑面有疑慮。「太子妃，皇后娘娘能給妳機會，已是妳的福氣，可別得寸進尺。」

寧晚晴道：「諸位在此，想來父皇也不願多言。若誤了出詔書的時辰，你們誰擔得起責任？」

莫姑姑嘴角癟了下，冷聲道：「既然如此，那這裡交給太子妃了。若兩個時辰內拿不到詔書，奴婢倒要看看，太子妃還憑什麼硬氣。」

寧晚晴笑了聲。「這就不勞莫姑姑操心了。」

莫姑姑心中不滿，卻不敢多說什麼，只得一招手，將祭壇內的幾名士兵帶走了。

寧晚晴斂了斂神，向角落走去。

靖軒帝被五花大綁地扔在這裡，面色鐵青、髮髻微亂，與今早高高在上的模樣，簡直是判若兩人。

儘管他如此落魄，寧晚晴依舊沒有輕視他，從容不迫地來到靖軒帝面前，微微屈膝。

「兒臣見過父皇。」

靖軒帝緩慢地抬起頭，見她身無枷鎖，儀容整潔，面色更是難看。

「妳是怎麼進來的？難不成，妳也投了薛家？」

寧晚晴沈聲道：「兒臣出自寧家，寧家家訓乃『忠勇報國』，生死不忘，兒臣怎敢投誠於亂臣賊子？」

靖軒帝聽了這話，面色稍霽。「那薛拂玉為何會放了妳？」

寧晚晴繼續道：「兒臣略施小計，騙得他們放我進來。眼下局勢不容樂觀，整座山上，只怕都是他們的人，我們必須想辦法與京城聯繫才行。」

靖軒帝道：「說下去。」

寧晚晴壓低了聲音。「父皇，實不相瞞，兒臣在渡清觀前殿祭拜時，覺得觀中有些古怪，到了山腳後，便暗地遣于劍去附近查探。若是他發覺有異，就會立刻回城搬救兵。」

靖軒帝的神色亮了幾分。「此話當真？」

寧晚晴認真點頭。「兒臣不敢欺騙父皇。」

靖軒帝心中燃起希望。「好、好！接下來，妳有何打算？」

寧晚晴道：「渡清觀到京城，一來一回要一日，我們要做的，就是努力拖延時間。如今皇后想要改立太子的詔書，還請父皇先假意順從，寫一份給她，再以沒有隨身帶著玉璽為由，派人回京去取。若能熬到明日下午，我們便有被救的機會了。」

靖軒帝眸色一凝。「詔書一出，萬一他們不耐煩等玉璽，豈不是功虧一簣？」

寧晚晴冷靜解釋。「父皇放心，皇后之所以還沒有殺我們，就是想要一份完整的詔書。唯有父皇手書，卻沒有蓋印，她怎會甘心？」

靖軒帝凝神想了一會兒。「妳說得倒是有幾分道理，只是……」

寧晚晴看穿靖軒帝的心思，道：「父皇想問，為何兒臣不與薛家聯手奪取江山，反而要來救您？」

靖軒帝面色僵了僵，索性將心中的話說了出來。

「不是朕要疑心妳，而是寧家手握重兵。如今薛家不過是控制京城的局面，只要妳父兄回來，兩軍交鋒，贏面不小，你們大可棄了朕與太子，與薛家共用江山，又或者……坐看鷸蚌相爭，收漁翁之利。」

寧晚晴一笑。「兒臣是太子之妻，也是常平侯之女，若是行不忠不義之舉，天下人會如何看待兒臣，如何看待寧家？父兄鎮守邊疆，並非是求家門顯赫，而是希望能為國盡忠，守護百姓。寧家拳拳報國之心，還望父皇明鑑。」

「況且，兒臣親眼見證薛家謀朝篡位，單憑這一點，他們就不會放過兒臣。救父皇，便是救兒臣自己。」

寧晚晴知道靖軒帝十分多疑，若是不將其中的利害關係陳述清楚，只怕他會心存疑慮，反而壞事。

果然，靖軒帝聽到這裡，連神色都激動了起來。

「不愧為寧暮之女，朕沒有看錯寧暮，也沒有選錯妳這個兒媳。筆墨伺候，朕這就手書一封改立太子的詔書，讓薛家作一回白日夢！」

兩個時辰之後，寧晚晴自祭壇出來。

莫姑姑在外面等了許久，一見到她，拉著臉上前。「太子妃可真準時，詔書呢？」

寧晚晴晃了晃手中摺好的紙。「詔書在此。」

莫姑姑面上一喜，立即伸手去接。

寧晚晴卻將詔書收回去，冷聲道：「就憑妳也配接詔？本宮要見皇后。」

莫姑姑的眉頭皺起來。「太子妃，都什麼時候了，妳還把自己當個人物？」

寧晚晴悠悠開口。「既如此，這詔書，你們不要便罷。」作勢要撕掉白紙。

莫姑姑嚇得連忙接話。「太子妃別生氣，奴婢這就帶妳去見皇后。」

一炷香的工夫之後，寧晚晴被帶到後殿附近的廂房。

廂房之中，有濃郁的檀香，還有紙張燒焦的味道。兩者混合在一起，聞起來有些刺鼻。

薛皇后坐在高榻上，旁邊放著幾冊經書。腳邊的火盆裡，還有一些經文的紙灰，看起來是燒完不久。

薛皇后放下手中的經書，目不轉睛地看著寧晚晴。「詔書已經拿到了？」

寧晚晴看著她，並不回答，反而道：「沒想到素來誦經念佛的皇后娘娘，居然在這兒燒經，當真是聞所未聞。」

薛皇后的唇角勾了下。「這些年裡，本宮也想做個賢德的皇后，享有夫妻之愛、母子之情，日日誠心禮佛。佛偈普渡世人，但本宮誦經念佛多年，在官家奪我六宮之權，對薛家步步緊逼之時，神佛可曾渡我？

「既然沒用，不如燒了。」薛皇后微微抬起下巴，笑中帶狠。「過了今日，本宮也不需賢后之名了。」

薛皇后說罷，隨手拿起一本經書，直接扔進火盆裡。

火苗立即舔舐經書，頃刻之間，便將經書燒得面目全非。

薛皇后看著經書付之一炬，語氣輕快了幾分，道：「詔書呢？」

寧晚晴自袖袋中掏出靖軒帝手寫的詔書，遞給薛皇后。

薛皇后抬手接過，迫不及待地拆開。短短幾行字，她卻彷彿讀不懂似的，看了好一會兒，半晌之後，才喃喃開口。

「不錯，這是他的筆跡。他終於願意立譽兒為太子了！」

寧晚晴並未回應，只靜靜地看著薛皇后。

薛皇后忍不住將這封信來來回回看了好幾遍，而薛弄康聽說寧晚晴已經拿到詔書，也急匆匆地破門而入。

「長姊，當真拿到詔書了？」

薛皇后揚起手中的詔書。「你快看看。」

薛弄康一目十行地看完詔書，面上也露出貪婪的笑意。「好啊，有了這詔書，大靖就是我們的了！」

薛皇后正要答話，面色卻微微一變。「等等，這詔書為何沒有蓋印？」

薛弄康一聽，也變了臉色，倏而看向寧晚晴。「這是怎麼回事？」

寧晚晴道：「父皇來渡清觀祈福，怎麼會把傳國玉璽帶在身旁？若要蓋印，須得派人回宮去取。」

薛弄康勃然大怒，兩步上前，掐住了寧晚晴的喉嚨。「妳在耍我們？」

寧晚晴的脖子被攥得生疼，但神色依舊鎮定。

「薛將軍，如今我在你們手中，如何敢戲耍你們？玉璽當真不在父皇身旁，你若不信，大可以帶人去搜……咳咳咳……」

薛皇后比薛弄康冷靜得多，眼看寧晚晴被掐得面容蒼白，對薛弄康道：「少安勿躁，先放開她。」

薛弄康雖然不情願，卻只得按照薛皇后的意思辦。

寧晚晴的脖子一下鬆了箝制，不由自主地跌坐在地，咳嗽了好一陣子，才慢慢緩過來。

薛皇后道：「太子妃，妳應當知道，耍花樣救不了你們的命，唯有幫本宮拿到蓋印的詔書，才是妳唯一的生機。」

寧晚晴說：「當然，既然大皇子要登基，必得名正言順。我已經說服父皇寫下詔書，自然也知道如何取得蓋印。」

薛皇后聽了這話，仍然心存疑惑。「傳國玉璽在尚寶監手中保管著，他們只聽官家的命令，我們如何能取得？」

寧晚晴一笑。「皇后娘娘說得不錯，尚寶監一向是得了父皇面諭，才會取來傳國玉璽。否則，就算翻遍整個皇宮，恐怕也找不到真正的玉璽。

「但凡事總有例外，李公公是父皇的心腹，若父皇不在宮中，由李公公前去，加上父皇的手諭，也可取得傳國玉璽。只是，此法之前不對外人道罷了。」

薛皇后的目光緊緊鎖著寧晚晴。「此話當真？」

寧晚晴氣定神閒。「是不是真的，皇后娘娘派人去試試不就行了？」

薛皇后心中仍有疑慮，手握詔書，悠悠道：「莫桐，先將她帶下去，關入祭壇。」

莫姑姑立即上前，將寧晚晴拉走了。

薛弄康哼了一聲。「照我說，先殺了這個巧言令色的女子，再去取傳國玉璽也不遲。」

薛皇后道：「官家最喜猜忌旁人，他能聽信寧晚晴的話，為譽兒寫下詔書，說不定留有後手。為了萬無一失，還是等拿到蓋印的詔書，再處置他們為好。」

薛弄康不悅。「罷了，便讓他們多活幾個時辰。」

薛皇后又問：「對了，如今京城形勢如何？」

薛弄康扯開嘴角笑了笑。「妳放心，朝中有父親主持大局，江太傅帶人來鬧了兩輪，要求見昏君，都被駁了回去。趙霄恆更是半死不活地躺在東宮裡，若不是父親擔心旁人起疑，早就送他歸西了。」

薛皇后微微頷首。「如今譽兒離皇位只有一步之遙，我們務必要萬分謹慎，本宮要讓他名正言順地成為九五之尊！」

寧晚晴回到祭壇不久，李延壽便被人帶走了。

偌大的祭壇中，除了看守在側的士兵們，只剩下靖軒帝和寧晚晴。

靖軒帝背靠石壁而坐，雙目沈沈地看著不遠處的三層祭臺，神色複雜。

寧晚晴輕聲問：「父皇在想什麼？」

靖軒帝自嘲。「今日登上祭臺，朕還在想，何時能有與元帝一般的作為，登上那至高無上的祭臺？沒想到，一日之內，便成了階下囚。」

寧晚晴沈聲說：「李公公已經回了京城，他定會想方設法拖延工夫，還請父皇寬心。」

靖軒帝卻道：「李延壽跟了朕幾十年，頂多是個總管太監，若薛氏許他重金高位，難保他不會動心。朕若有其他法子，也不會將此事交託給一個太監。」

寧晚晴靜靜看著他。「兒臣斗膽，想問父皇一句話。」

許是今日經歷的事情太多，靖軒帝身邊也沒別的人，對寧晚晴多了幾分信任和親近，道：「但說無妨。」

寧晚晴問：「這些年來，父皇可曾遇過能真心信任之人？」

話音落下，祭壇中安靜了一瞬。

靖軒帝目光上移，凝望天窗外濃重的夜色。空氣濕潤而悶熱，讓他清晰地想起少年時。那時的他，只是個不受寵的皇子，在後宮中並不起眼。旁人的目光都在別的皇子身上，唯有宋家二姑娘宋楚珍，會對他發自真心地笑，還會在他淋雨時，溫柔地送上一把油紙傘。

靖軒帝想起那雙明媚柔婉的眼睛，心頭微微一動，但思及後來的蘭因絮果，眸中又蒙上了一層寒意。

「朕見過無數人受名利蠱惑，趨之若鶩地追求權勢，有些人看著忠心，背地裡卻在算計著朕。並非朕不願相信別人，而是大多數人都不值得朕相信罷了。」

寧晚晴無聲看著這位落魄的帝王，一時竟不知該說些什麼。此時此刻，他甚至懶得再掩飾自己的薄情與寡義，反而將心中所想剖白而出。

靖軒帝見寧晚晴沈默下來，便道：「不過，經此一事，朕更加明白了養虎為患的道理；有些畜生，即便養得再久，也是養不熟的。朕最後悔的便是沒有早些廢了薛氏，殺了薛茂儀，若朕能從渡清觀安然無恙地出去，必然不會放過他們！」

寧晚晴默然斂神，道：「兒臣祝願父皇，心願得償。」

這漫長的一夜中，靖軒帝靠在石壁上，神色沈鬱，似乎在不停地盤算著什麼。

寧晚晴抱膝坐在一旁，無聲地數著時辰。直到半夜，才閉上眼，安靜地瞇了片刻。

兩人就這樣各懷心思，過了一夜。

第八十二章

天光大亮時，外面忽然傳來一陣嘈雜的腳步聲與說話聲。

寧晚晴立即睜眼，坐起身，只見靖軒帝已經醒來，一雙眸子精光閃現，目不轉睛地盯著門口。

守在祭壇內的士兵們，個個拿起了兵器，嚴陣以待。

寧晚晴問道：「父皇，外面出了什麼事？」

靖軒帝的語氣隱約有些期待。「外面似乎亂起來了。」

亂起來，表示有人來了。

但兩人還沒來得及高興，祭壇的門就被人一腳踢開。

薛弄康手持長刀，目光凶狠地掃向寧晚晴，怒道：「賤人，是不是妳安排人去通風報信了?!」

寧晚晴心頭一震，不動聲色地問：「薛將軍此言何意？」

薛弄康幾步上前，一把揪住寧晚晴的胳膊。「山下忽然來了一幫子老臣，連京郊的駐軍也來了，鬧著要求見官家，這是怎麼回事？」

寧晚晴冷聲道：「薛將軍，我這一夜都被關在祭壇，並未離開一步，哪裡知道這是怎麼回事？莫不是薛將軍治軍不嚴，身邊出了叛徒？」
薛弄康氣結。「妳……死到臨頭了，還敢嘴硬！」
寧晚晴迎上他的目光，毫不畏懼。「難道薛將軍拿到了父皇的手諭，便想翻臉不認人，隨便找個理由將我處置了？」
薛弄康一時語塞，心中怒氣更甚，偏偏笨口拙舌，只得道：「老子殺了妳！」
「將軍！將軍！」
這時，薛皇后身旁的莫姑姑心急火燎地奔了過來。
薛弄康煩得要命，斥責道：「嚷嚷什麼？」
莫姑姑忙道：「將軍，那些老臣藉著守軍之力，已經衝上山了，皇后娘娘召您去前殿商議對策。」
薛弄康問：「山下的人呢？為何沒攔住他們？」
莫姑姑解釋。「來的不過是些文臣和護衛軍，人雖不多，但品階都不低。山下的守軍擔心殺了他們，反而惹人生疑，猶豫之間，竟讓他們衝了上來。」
薛弄康氣不打一處來。「一群廢物！罷了，既然他們已經上來，便先哄一哄他們，若是哄不住，就一個不留，全殺了！」
莫姑姑道：「皇后娘娘也是這個意思，她讓您把太子妃也帶去。」
寧晚晴一聽，唇角微勾。「將軍，我好歹還有些利用價值，你確定要對我如此無禮？」

薛弄康的臉色垮得不能再垮，推開寧晚晴。「等會兒妳若是敢多說一句，老子摘了妳的腦袋！」

薛皇后不愧在後宮浸淫已久，即便前殿外鬧得不可開交，卻依然冷靜地派人為寧晚晴梳妝更衣。

她死死盯著寧晚晴，道：「太子妃，今日來的不過是些老頭子，可別妄想他們能救你們。該說什麼，不該說什麼，妳自己心裡有數。」

寧晚晴微微一笑。「皇后娘娘放心，我不會讓您失望的。」

外面的聲討越演越烈，薛皇后定了定神，才命人將殿門打開。

老臣們一擁而上，為首的是大理寺卿胡大人，他年過六十，才剛養好病回京，爬上山來已是氣喘吁吁，連說話都喘著粗氣。

「皇后娘娘，聽說官家要在渡清觀齋戒祈福七七四十九日，但國不可一日無君，還請皇后娘娘通稟一聲，臣等要求見官家！」

薛皇后早已收起之前冷漠的神色，笑意溫和地回答。「胡大人少安勿躁。官家此舉，也是為了太子殿下的身體著想，若齋戒一日便出關，只怕會惹神明不滿。」

江太傅立在人群之中，朗聲道：「如今太子殿下重傷未癒，官家為殿下祈福，是人之常情。但臣等確實有要務啟奏，還請皇后娘娘通融一番。」

薛皇后道：「官家已經說了，任何人都不見。諸位有什麼事，便與本宮說，本宮必然會向官家一一傳達。」

江太傅義正詞嚴道：「後宮不得干政。皇后此舉，莫不是壞了規矩？」

薛弄康道：「江太傅，你敢對皇后不敬？」

江太傅淡然回答。「老臣不敢，但老臣身為兩朝元老，受先帝之託，領輔政之責，不能看著官家置江山社稷於不顧。」

此言一出，其他老臣紛紛七嘴八舌地斥責起他們。

薛弄康最忌這幫喜歡口誅筆伐的老臣，氣得面色鐵青，卻又無可奈何。

薛皇后心裡恨得牙癢癢，面上卻只能強裝鎮定，道：「江太傅乃太子之師，情急之下說的話，本宮自然不會計較，但官家旨意已下，就算是本宮也得遵從。你們若是不信，可以問太子妃。」

眾人的目光都匯聚到寧晚晴身上，江太傅道：「太子妃，官家到底身在何處，是否自願閉關清修，還請如實告訴我們。」

薛皇后瞥寧晚晴一眼，悠悠道：「是啊，太子妃可要如實道來，別讓諸位大人擔心。」

寧晚晴被推至風口浪尖，仍鎮定自若地走到眾人面前，目光掠過江太傅、胡大人等人之後，又回到薛皇后身上。

她緩緩抬手，指向薛皇后。「皇后薛氏一門，意圖謀朝篡位，犯上作亂。如今官家被他們囚禁在後山的祭壇之中，還請各位大人設法營救！」
此言一出，現場先是鴉雀無聲，隨後便炸開了鍋。
不知誰喊了一句。「國賊當誅！」討伐之聲此起彼伏而來——
「薛家反了，抓住他們！」
「亂臣賊子，簡直是喪心病狂！」
「殺了薛賊，營救官家！」
隨之而來的駐軍立即層層展開，將薛弄康與薛皇后等人團團圍住。
寧晚晴的臨陣倒戈弄得薛皇后猝不及防，懵了片刻之後，厲聲道：「殺了他們！」
這話更是坐實了薛家造反，京城駐軍在江太傅的指揮之下，與薛弄康的軍隊混戰起來。
小小的前殿根本擠不下那麼多人，縱使薛弄康有不少兵馬在外，一時也幫不上忙。
眼看局面失控，薛弄康氣得一把抓住寧晚晴，怒道：「妳這個賤人，妖言惑眾，老子殺了妳——」
薛弄康舉起長刀，冷銳的刀風襲來，寒光一閃間，寧晚晴心頭驚跳，不由閉了眼。
眼前的景象消失，耳邊的嘈雜隱去，一切彷彿都靜止了。
寧晚晴的手臂被人緊緊箍著，彷彿隨時要折斷一般，還來不及害怕，腦海中卻浮現了另外一幅場景——
在宋宅的那一夜，月色皎潔，趙霄恆一襲白衣，纖塵不染，坐在梨樹下撫琴，眼眸微垂，身姿端雅，好看得有些不真切。

悅耳的曲調，如水一般，緩緩流入了她心裡。

原來，她那麼早就動心了啊。

寧晚晴不禁惋惜，沒有早點將這些話告訴趙霄恆。

就在千鈞一髮之際，她耳邊突然傳來一聲悶響！

隨後，手臂上的箝制一鬆，寧晚晴失去平衡，直直向後倒去。

耳邊是一片尖叫聲，寧晚晴還未弄清楚發生了什麼事，便落入一個結實的懷抱。

淡淡的木蘭香傳來，寧晚晴倏然睜眼，趙霄恆俊逸的五官映入眼簾。

他似是從天而降，伸手將她從惡人手中奪了回來。

「晴晴，妳怎麼樣？」趙霄恆眼神關切，聲音也罕見地有些顫抖。

只差一點，那把長刀就要傷到她，若是他晚來半刻……

趙霄恆不等寧晚晴回答，便緊緊抱住她。

寧晚晴回過神來，喃喃道：「殿下，我沒事……」

趙霄恆這才發覺自己的失態，連忙鬆開寧晚晴，但仍攥著她的手，將她拉到身後。

「別看。」

短短兩個字，寧晚晴便猜到發生了什麼事。

薛弄康額間中箭，連慘叫都來不及發出，當場斃命。

他就這麼直挺挺地躺在地上，雙目圓睜，神情猙獰又不甘，看著十分駭人。

薛皇后看著自己的弟弟死在眼前，怔了下，厲聲問道：「趙霄恆，你怎麼會在這裡？你不是已經快死了嗎?!」

趙霄恆道：「皇后娘娘當然希望孤死，可惜的是，二皇兄無能，不但沒能殺了孤，反而落到孤的手裡。孤便順勢從他嘴裡套出你們的計劃，將計就計。」

薛皇后尖叫起來。「趙霄恆，你居然將本宮從頭騙到尾，本宮要你償命！」

可薛皇后才一起身，就被趙霄恆的人死死摁住，在場的臣子們激憤無比，無不指責薛家狼子野心。

趙霄恆冷冷瞥了薛皇后一眼，道：「薛氏謀反，人證物證俱全，即刻拿下。」

「是！」御林軍齊聲應和。

守軍本就心虛，再看見薛弄康被一箭斃命，嚇得放棄抵抗。更有甚者，連兵器都扔了，直接跪下求饒。

一刻鐘後，靖軒帝被趙霄恆從祭壇中迎出。

靖軒帝雖然儀容不整，但已經恢復了高高在上的氣度，走到薛皇后身邊，居高臨下地看著她。

「事到如今，妳還有什麼話好說？」

薛皇后緩緩抬頭，眼裡全是恨意。「差一點，就差一點！老天為何如此不公？」

靖軒帝冷哼一聲。「若犯上作亂還能得上天相助，那才是真的不公。」

薛皇后盯著靖軒帝，忽然笑了起來。「官家，妾身雖然敗了，但你也沒有贏。官家可知，太子根本沒有受傷，他裝模作樣地躲在東宮，就是為了引我們上鉤，連官家都是太子手中的籌碼。」

靖軒帝面色一頓，看向了趙霄恆。

趙霄恆從容不迫地回答。「父皇，兒臣確實在皇陵遇刺，但兒臣只是受了些輕傷，是為了引出身邊歹人，才出此下策。孰料，歹人不曾對兒臣下手，卻打起了皇位的主意。都是兒臣的疏忽，還請父皇責罰。」

寧晚晴跟著點頭。「父皇，殿下若是真有二心，大可以等皇后害了父皇之後再出現，那樣一來，他不就能名正言順繼承皇位嗎？」

靖軒帝思索片刻，這才相信了他們的話。

他一腳踢在薛皇后肩上，怒道：「妳這毒婦，自己落到如此田地，居然還想著挑撥我們父子，真是該死！大理寺何在？」

胡大人立即出列。「官家，微臣在。」

靖軒帝冷聲道：「薛氏一門，結黨營私，以下犯上，意圖謀朝篡位。即日起，廢黜薛氏皇后之位，罷免薛茂儀太尉之銜，滿門下獄，交由大理寺候審。七日之內，必須要給朕一個交代！」

胡大人連忙應聲。「微臣領命。」

靖軒帝又看了看趙霄恆與寧晚晴。「此次有驚無險，多虧了太子妃。她也受了不少驚嚇，你早些帶她回去休息吧。」

趙霄恆應聲。「是，父皇。」

靖軒帝說罷，抬步向山下走去。

待他走到山腳，才緩緩回頭，看了聳立在山腰處的祭壇一眼，想起這兩日的經歷，長眸一瞇，冷然開口。

「封了祭壇。以後，誰也不許進去了。」

眾人聽了，不敢多問，只得低頭應下。

趙霄恆帶寧晚晴上了馬車，坐在一旁，仔仔細細地打量她。

寧晚晴被他看得有些不好意思。「殿下，妾身沒什麼大礙。」

趙霄恆心懷歉意。「妳本可以不這麼冒險的。」

趙霄恆早就收到消息，薛家勾結齊王和二皇子趙霄昀，遂主動去了皇陵。

然而，就在趙霄昀以為即將得逞之時，趙霄恆出手抓住他，還藉此事傳出太子重傷難治的消息。

在趙霄恆的推演裡，薛家定會有所動作，而唯一超出他預料的，便是靖軒帝到渡清觀祈福，還帶上了寧晚晴。

寧晚晴卻不甚在意。「殿下，妾身知道你急著收拾薛家，是擔心在大靖和北僚開戰的關鍵時刻，他們乘機發難。好在一切有驚無險，薛家下獄，父皇也下令徹查，真相很快就會水落石出的。」

趙霄恆握緊她的手，溫聲道：「但願如此。」

七日之後，滿朝文武聚集在福寧殿，等候著薛家的判決。

薛家謀逆之事牽連甚廣，不少官員親眼目睹，故而大理寺審理之時，格外謹慎，直到今日早晨，才寫好最終的摺子。

此刻，靖軒帝正襟危坐於龍椅之上，目光沈沈盯著大理寺卿胡大人與大理寺正黃鈞。

「兩位愛卿，薛家之案查得如何？」

胡大人抱著笏板上前，神情肅穆地開口。「回官家，薛家一百二十四口人，上至廢后薛氏，下至三歲孩童，無一例外，皆審訊了一遍。

「薛氏勾結齊王與二皇子，刺殺太子，謀奪皇位，鐵證如山，其罪一也。此外，薛家與戶部尚書歐陽弘狼狽為奸，藉鹽稅之名，行斂財之實，導致民怨沸騰，苦不堪言，其罪二也。其罪三……」

胡大人講到此處，語氣似有猶疑。

靖軒帝緩緩抬起眼簾看他。「其罪三，如何？」

文武百官也豎起了耳朵，等著胡大人的下文。

胡大人定了定神，深吸一口氣，道：「回官家，微臣在查抄薛家時，發現了若干書信，經查證之後，居然牽扯出十幾年前的大案。」

靖軒帝聽到這句話，臉色陡然難看了幾分。但薛家之事牽連甚廣，文武百官都有監聽之權，只能沈下臉追問。

「哪一樁大案？」

胡大人的背後滲出汨汨汗意，正要開口，一旁的黃鈞卻微微欠身。

「回官家，十一年前，薛氏勾結戶部尚書歐陽弘，將霉爛的米糧摻雜在軍糧之中，導致大批將士帶病上陣殺敵。此外，薛氏還與當時的工部侍郎，也就是如今的吏部尚書白榮輝密謀，將原本防腐的木材換成普通木材，導致戰船遇水腐壞，故而大批戰船在行船途中沈沒。」

此言一出，全場譁然！

「玉遼河一戰戰敗，難不成是因為米糧和戰船有問題？」

「果真如此！我就說，宋將軍治軍嚴明，怎麼可能貽誤戰機？八成是被冤枉的。」

「薛氏也太狠毒了！那可是幾萬將士的性命啊，必須嚴懲不貸！」

群臣你一言、我一語地說著，而戶部尚書歐陽弘和吏部尚書白榮輝緊張得冷汗涔涔，忙不迭跪了下去，高呼冤枉。

靖軒帝眸色深沈地盯著黃鈞。「黃愛卿，玉遼河一案，十一年前便已蓋棺定論。如今你道出驚天之語，萬一有錯漏之處，可承擔得起後果？」

黃鈞不卑不亢道：「官家，微臣入大理寺，為的便是秉心持正，明辨是非。以上罪責，人證物證俱在，若兩位大人不服，可隨時來大理寺與微臣對質。若微臣說錯了半個字，願主動請辭，還望官家明鑑。」

「好一個秉心持正，明辨是非。朕問你，薛氏落網不過短短七日，你是如何在七日之內，拿到玉遼河一案的人證與物證的？」

靖軒帝盛怒，殿中鴉雀無聲，唯有趙霄恆越眾而出，走到了殿前。

他長身玉立，緩緩抬眸，對上靖軒帝的目光，一字一句道：「父皇，人證與物證，都是兒臣交到大理寺的。」

話音落下，靖軒帝的臉色肉眼可見地變了。「所以，你早就在收集他們的罪證，意圖為宋家翻案，是不是？回答朕！」

趙霄恆深吸一口氣，平靜答道：「是。」

簡簡單單一個字，將他十餘年來小心謹慎維護的父子之情，瞬間撕得粉碎。

靖軒帝一拍案桌，不怒反笑。「好啊，你表面裝得順從聽話，實則一身反骨。這麼多年來，忍氣吞聲，恐怕都是為了今日吧？」

趙霄恆薄唇微抿，閉口不言。

群臣皆知玉遼河一戰是靖軒帝的逆鱗，那次慘烈的戰役，是靖軒帝執政時最大的污點。但他們萬萬沒有想到，素來溫順低調的太子，當眾揭開了此事。

李延壽見狀，連忙湊到靖軒帝耳邊，打起了圓場。「官家，薛氏罪行罄竹難書，人神共憤。至於太子殿下提到的玉遼河一案，不知算是政務，還是家事？」

靖軒帝聽了這話，冷靜了幾分，道：「若無別的事，今日先退朝吧，太子留下。」

群臣頓時如蒙大赦，紛紛散去。

江太傅離開之前，忍不住看了趙霄恆一眼，彷彿在勸他，千萬不要與靖軒帝針鋒相對。

趙霄恆卻對江太傅淡淡一笑。

他等著這一天，已經很久了。

無論付出多少代價，他都要為那些死去的人討回公道！

第八十三章

福寧殿中，人已散盡。

李延壽見靖軒帝與趙霄恆面色各異，識趣地退了出去。

空蕩蕩的大殿中，只剩下靖軒帝與趙霄恆。

靖軒帝盯著自己的兒子，冷冷道：「什麼時候開始的？」

趙霄恆沈默片刻，回答。「自母妃死後。」

靖軒帝咬牙冷笑。「小小年紀便有如此城府，朕到底該罵你，還是該誇你？你處心積慮，就是為了在今日讓朕顏面掃地？你這個逆子！」

趙霄恆不再掩飾自己的內心，淡然道：「父皇，事到如今，您還以為兒臣此舉，是為了讓您顏面盡失？」

他微微仰頭，毫不畏懼地迎上靖軒帝質問的目光。

「玉遼河一戰，五萬軍民喪生，這是何等的禍事？此處沒有外人，平心而論，玉遼河戰敗當真是舅父的錯嗎？薛氏、歐陽弘、白榮輝，他們在其中渾水摸魚，知法犯法，這才是導致玉遼河戰敗的真正原因。」

「真正原因是什麼，重要嗎？結局早已定下。」靖軒帝狠狠瞪著趙霄恆，斥道：「你可知朕為了北伐，付出了多少努力？玉遼河一戰，承載著朕穩定朝綱的希望。朕將此事託付給宋楚天，可他是如何回報朕的？他以為自己戰死沙場，便一了百了？後面的爛攤子，還不是朕來收拾。你也知道，此案牽連甚廣，若是當年翻出，朝廷豈不是更加風雨飄搖！」

趙霄恆定定看著靖軒帝。「所以，父皇便將此事壓下，心安理得地立薛氏為后，奉薛茂儀為太尉，甚至還將鎮南軍交到薛家手上。父皇此舉，與助紂為虐何異？」

「混帳！」靖軒帝暴跳如雷。「朕做的這一切，還不是為了平定內亂，穩定朝綱？你以為這些年來，朕過得容易嗎？你有什麼資格來指責朕?!」

趙霄恆直勾勾地看著靖軒帝，沈聲道：「兒臣斗膽，想問父皇一句，若是此次薛家沒有謀反，您是不是打算一直姑息養奸下去？」

靖軒帝聽到這裡，拍案而起，陰沈道：「朕明白了，你早就知道薛家要謀反，所以欲擒故縱，好讓朕看清他們的真面目，然後再將玉遼河一案翻出，好讓朕騎虎難下，必須稱你心意，重審舊案，是不是？」

趙霄恆昂首道：「不錯。五萬人枉死，我舅父戰死沙場，屍骨無存；母妃為了求您細審此案，最終落得一屍兩命；外祖父曾赴太學講課，於您有師徒之誼，最後卻在牢獄裡飲恨而終。這些人，是您的子民、臣子、至親，難道父皇就不想還他們一個公道？」

趙霄恆的話擲地有聲，靖軒帝只覺心頭一震，好似被重重錘了一記。怒氣散去幾分，神情複雜地看著趙霄恆。

「朕知道你心有不甘，但皇權面前，不講公道，只講利弊。當年，朕也猜到了這個案子有問題，但那時局勢不穩，朕若一意孤行，便是給了歹人趁虛而入的機會，於大局有何好處？後來不查，也是有其他苦衷，不能妄動薛氏一脈。此乃帝王之術，你還太年輕，想得太過簡單……」

「父皇。」趙霄恆凝視著自己的父親。「難道，這世道不該簡單些嗎？是非分明，功賞過罰，連小孩子都知道的道理，父皇為何不明白？您以為自己這麼做能穩固皇權，殊不知，那些蛀蟲得了機會，便在您看不見的地方肆意作亂。父皇的姑息，無法換來他們的回頭，反而會讓他們變本加厲。百年之後，若朝廷腐朽，貪官污吏橫行，後人將如何評價父皇？一時穩定與長久安定，到底孰輕孰重？」

靖軒帝這才發現，不知不覺間，趙霄恆已經比他高出了半個頭，如一棵筆直的樹，漸有參天之勢，但仍然不想承認。

「你說得如此輕巧，不過是因為你還沒有站在朕的位置上。若有一日，你嘗到了權力的滋味，必然會有權衡之下的妥協。」

「有些事可以妥協，但有些不能，其間的界線當涇渭分明，讓所有的文臣武將都知道，什麼是對，什麼是錯，無論什麼人觸到規則的底線，都應該付出代價。若要為了皇權放棄原則與底線，那這皇位，兒臣不要也罷！」

趙霄恆字字清晰，將靖軒帝氣得發抖。

「你這個逆子，太讓朕失望了！你身為儲君，豈能說出這樣大逆不道的話？」

趙霄恆撩袍跪下。「父皇，正因為兒臣身為儲君，才希望吏治清明，世道公平。兒臣別無他求，只盼您能重審玉遼河一案，還五萬北驍軍一個公道，也還宋家一個公道。」

趙霄恆說罷，以頭觸地，重重地叩拜。

靖軒帝看著趙霄恆俯下的背脊，一時心情複雜。兩人之間明明只隔了一丈多，卻好似一條永遠也無法跨越的鴻溝。

靖軒帝無力地閉上眼，幽聲道：「滾出去，別再讓朕見到你。」

午後的陽光格外刺眼。

趙霄恆走出福寧殿時，整個人都有些搖晃。

福生擔心地走上來，想扶趙霄恆，卻被他抬手制止。

趙霄恆蒼白著臉，心不在焉地走下臺階，忽然聽見一聲熟悉的呼喚——

「殿下！」

他慢慢抬起眼簾，發現寧晚晴立在臺階下等他。

寧晚晴見趙霄恆面色難看，拾階而上，很快走到他的面前。

「殿下，你沒事吧？」

見趙霄恆不說話，眼眶也有些發紅，寧晚晴不禁秀眉微蹙。

趙霄恆靜靜看著寧晚晴，半晌後，才聲音沙啞地開了口。

「晴晴，如果孤失敗了，他們可會怪我？」

這一刻，趙霄恆不僅是大靖太子，還是宋家後人。有那麼多枉死的人在等著他翻案，等著他讓真相大白於天下，可他……終究沒能做到。

寧晚晴鼻子微酸，聲音有了幾分哽咽。「不會的，殿下已經盡力了。」

趙霄恆虛弱地笑了下，還未開口，便倒了下去。

東宮裡，寧晚晴凝視著趙霄恆沈睡的面龐，問道：「殿下如何了？」

太醫回答。「太子妃，之前殿下遇刺受傷，沒有徹底痊癒，又連著忙碌多日，情緒起伏之下，這才暈倒了。微臣開兩副安神的藥，殿下只要喝下，好好休息兩日，便能痊癒。」

寧晚晴微微頷首。「有勞了。」

太醫安靜地退下。

寧晚晴伸出手，輕輕撫上趙霄恆的面龐。

剛認識他時，他總是笑得溫和無害，當她嫁入東宮之後，才發現，真實的趙霄恆，因為背負得太多，很少能輕鬆笑出來。他待人接物，總有種看破一切的通透感，與內心深處的她極像。

「元姑姑。」

元姑姑應聲而來。「太子妃有何吩咐？」

寧晚晴沈吟片刻，道：「本宮記得，鐘禧宮的木匣裡，放著一把油紙傘？」

元姑姑回憶了一下，答道：「不錯，那是一把特製的油紙傘，相較於尋常的傘更大，足夠兩個人並肩而行，是以前珍妃娘娘常用的。」

寧晚晴輕輕嗯了聲。「將這把傘送去給父皇。」

元姑姑愣住。「太子妃，官家對娘娘的死心有芥蒂，已經多年不踏足鐘禧宮，當真要將娘娘的傘送去嗎？」

寧晚晴認真點頭。「也許，這是我們最後的機會了。」

趙霄恆走後，靖軒帝在福寧殿枯坐許久，才緩緩起身，回了御書房。

御書房中的摺子堆積如山，但靖軒帝卻沒有多少心思批閱，好半天才看完一本摺子。

李延壽見靖軒帝有些疲累，便道：「官家，不如先傳膳，順便休息一會兒吧？」

靖軒帝搖了搖頭，冷著臉。「不必了。」

李延壽見狀，不好再勸，只得繼續守在一旁。

片刻後，李瑋叩門通報。「官家，太子妃送來一只匣子，說是獻給您的。」

靖軒帝不禁有些疑惑。「匣子裡放的是什麼？」

李瑋道：「小人不知。」

靖軒帝思索一會兒，道：「罷了，呈上來吧。」

李瑋進來，將匣子送到靖軒帝面前。

李延壽走上去，抬手將匣子打開，一柄天青色的油紙傘展露在眾人眼前。

靖軒帝微微一怔，不由將傘拿起來。這傘已經有些年頭，傘衣上的圖案雖然褪色了，但整把傘仍保存得完好無損。

靖軒帝的手指觸到油紙傘，不禁陷入了回憶……

那一年，他與宋楚珍新婚不久。

那個春日的雨水格外頻繁，有時他去御書房議政，沒有帶傘，不想叨擾旁人，便會在先帝的御書房外多待一時半刻，待雨小了再回去。

有一回，他被細雨淋濕，患上風寒，宋楚珍心疼不已地照料他好幾日。後來，每逢下雨，她便會主動為他送傘。

即便他捨不得她多跑一趟，她也不肯聽勸，只道：「在民間，若丈夫外出謀生，逢雨難歸，妻子便會打傘去接。夫妻一起踏雨而歸，不也是一件樂事嗎？」

後來，只要下雨，即便身旁伺候的宮人備了傘，他也會立在廊上，多等一會兒。

要不了多久，她就會出現在迴廊之後，纖細的雙手親自握著傘柄，笑吟吟道：「殿下，久等了吧？」

久而久之，送傘成了他們夫妻之間的默契和樂趣，即使他後來登基為帝，也不曾更改。

可宋楚珍死後，再也沒有人替他送過傘了。

高牆圍築的皇宮中，多的是伺候他的宮人，又有誰敢讓天子淋雨呢？

曾經的送傘之舉，看似多餘，對靖軒帝來說，卻是彌足珍貴。

靖軒帝沈默片刻，將雨傘輕輕放回去，沈聲問道：「太子妃何在？」

李瑋道：「回官家，太子妃還在門外候著，沒有離開。」

靖軒帝頓了頓，道：「宣太子妃覲見。」

李瑋一聽，立即出去稟報。

很快，寧晚晴的身影出現在靖軒帝面前。

「兒臣叩見父皇。」

靖軒帝沈默地打量她一會兒，問道：「為何送傘給朕？」

寧晚晴垂眸回答。「之前兒臣在鐘禧宮整理母妃的東西時，看到了這把傘。這把傘放在寶匣中，又被擺在最重要的位置，故而有些好奇，所以向元姑姑問了由來。得知父皇以前也常用這把傘，便自作主張地送過來，若父皇不喜，兒臣立刻拿走。」

御書房裡安靜了片刻，靖軒帝才緩緩開口。「恆兒所圖之事，妳已經知道了？」

寧晚晴不假思索地回答。「是。」

靖軒帝眸色微凝。「太子妃以為，妳送了一把傘來，朕便會網開一面，允你們重翻舊帳？未免太異想天開。

「當年，這把傘確實是朕的珍愛之物，而珍妃也是朕最寵愛的女人。可惜，玉遼河一案發生之後，她為了家族，不惜對朕以死相逼，甚至害死了我們的孩子……經此一事，她早就不是朕心裡的珍妃了。」

寧晚晴默默看著靖軒帝。「父皇，您當真不明白母妃為何會在雪地裡跪那麼久嗎？」

靖軒帝疑惑。「妳這話是什麼意思？」

寧晚晴淡聲道：「父皇與母妃在一起那麼多年，她可曾為家族謀過任何利益？」

「這……」靖軒帝思索著。「確實不曾謀求利益。但玉遼河一案，宋楚天責無旁貸，她明知朕站在風口浪尖，還要逼著朕饒恕宋家……」

寧晚晴低聲道：「父皇，母妃跪在雪地裡求您，並非是希望您饒恕宋家，而是希望您能公開審理此案，您卻遲遲不肯見母妃。母妃以為您對宋家恨之入骨，她身為宋家人，也想多贖一分罪，讓您息怒……這才釀成了後面的悲劇。」

靖軒帝驀地抬頭，難以置信地問道：「妳是如何得知這些的？」

寧晚晴道：「這些事，都是母妃身邊的元姑姑告訴兒臣的。當年，母妃逝世，父皇忙著處理玉遼河的案子，沒有見到母妃最後一面，自然不清楚這些事。」

靖軒帝聽到這裡，面上血色盡褪。

當年，他以為珍妃要以死相逼，讓他放過宋家，故意不肯見她。

後來，她暈倒在雪地中，傷了身子，難產而亡，他也沒來得及見她最後一面。

許多年裡，他都不願意提起她，只因對她有惱怒、怨懟，還有一絲不為人知的愧疚。

寧晚晴凝視著靖軒帝，一字一句道：「父皇，在渡清觀的那一夜，您說，許多人會被權勢所惑，變得面目全非。如今玉遼河一案，人證、物證擺在眼前，您卻不肯面對，是否也違背了當初要做一位明君的初衷？」

此言一出，靖軒帝渾身僵住。

他初登帝位時，便對珍妃說過，他想做一位明君。

那時朝廷內憂外患，民間動盪不安，許多人都對君王怨聲載道，唯有她真的相信，他將成為一代明君。

可是，這些年裡，他在權力的頂峰待久了，忘記了自己的初衷和來處。

他希望自己成為人人稱頌的明君，故而不敢有任何污點，也拒絕面對玉遼河一案。殊不知，趨利避害只會讓他的路越走越偏，唯有迎難而上，才是一位聖明君主應有的擔當。

靖軒帝沈默須臾，道：「妳退下吧，朕要好好想一想。」

寧晚晴俯身叩首。「多謝父皇。」

翌日，一道聖旨頒下，震驚朝野——

玉遼河一案另有隱情，交由大理寺重審，再行三司會審定奪。

此事牽連甚廣，一經傳出，一石激起千層浪，連民間也議論紛紛。

大理寺審完之後，馬不停蹄地將人證和物證交到刑部和御史臺。

刑部和御史臺也不敢有任何耽擱，日以繼夜地翻查案牘、審訊證人。僅僅用了三日，便將審理的結果，連夜送到了御書房。

靖軒帝坐在案前，垂著眼，盯著摺子看了許久，未曾打開。

「李延壽。」

李延壽上前。「官家有何吩咐？」

靖軒帝道：「朕是不是老了？」

李延壽一聽，神情緊張了幾分。「官家春秋鼎盛，怎麼會老呢？」

靖軒帝沒說什麼，拿起桌上的摺子，深吸一口氣，緩緩打開。

上面的內容寫得簡明扼要，卻字字清晰。靖軒帝提起硃砂御筆，默然批了。

待靖軒帝放下筆，忽然覺得心中輕鬆不少。

「太子可好些了？」

李延壽笑道：「這些日子，太子妃一直在照料太子殿下，聽說是好多了。」

靖軒帝微微頷首。「知道了。」說罷，徐徐站起身。

李延壽問：「官家這是想去哪兒？」

靖軒帝沈聲道：「許久沒去鐘禧宮了……朕想去那裡看看。」

第八十四章

玉遼河一案的判決出來時，趙霄恆的身子也徹底好了。

「薛氏、白榮輝和歐陽弘的罪行，被大理寺一一挖出來，遠至當年玉遼河的慘案，近至之前的歌姬案等，皆大白於天下。主謀判斬首示眾，其餘族人流放北疆，終身為玉遼河服行苦役，不得離開，所有財物充公，以撫慰那些在玉遼河一戰中喪生士兵的家人。至於五公主，則是被廢為庶人。」

于書認真複述完看到的判決，垂手立在一旁。

趙霄恆問：「趙霄譽呢？」

于書道：「大皇子謀奪皇位不成便逃了，後來刑部派人將他捉拿歸案，還牽扯出張美人……」

提到張美人，趙霄恆與寧晚晴互換了一個眼神。

寧晚晴問道：「父皇可知這件事？」

于書遲疑片刻，回答。「知道了……聽說，張美人當晚便『自縊』了。大皇子先是被貶為庶人，到牢裡之後，不知怎的患上鼠疫，太醫說，只怕活不過半個月了。」

趙霄恆頷首。「嗯，還有什麼別的消息？」

于書忙道：「方才李公公來過了。」

趙霄恆瞧他一眼。「李延壽？」

于書點點頭。「是，李公公傳來官家口諭，說殿下的身子若是好了，明日早些去御書房議政。鎮國公將北僚打得節節敗退，如今已經到了求和的關鍵，若是能一舉簽下議和書，對北疆的百姓而言，就是大功一件了。」

趙霄恆聽罷，唇角不覺上揚。「好。」

自玉遼河的案子重審之後，靖軒帝就病了，精神不濟，只能把政務交給趙霄恆。

如今趙霄恆不用再收斂鋒芒，安撫因戰亂而流離失所的百姓，嘉獎為北疆一戰付出的士兵，整頓吏治，恩威並施。

一時之間，朝臣與百姓交口稱讚，讓他在朝野和民間的威望更甚。

為了方便議事，趙霄恆成日待在御書房。每每回到東宮，已是深夜，連一頓晚膳都沒辦法陪寧晚晴一起用。

眼看又要天黑了，御書房中的老臣們仍在喋喋不休，趙霄恆不禁在心中嘆氣。

半個時辰之後，政務終於一一討論完，老臣們告退，趙霄恆終於鬆了一口氣。

「于劍，你先回東宮一趟，告訴太子妃，孤回去陪她用晚膳。」

「是！」于劍領命，轉身要走。

趙霄恆交代完，開始聚精會神地批起摺子，可沒過多久，禮部尚書田升來了。

趙霄恆有些意外。「今日田大人不是休沐嗎，怎麼這時候來了？」

田升微微欠身，笑道：「太子殿下，過段日子，北僚使臣便要進京。這次和談，乃是兩國之間的大事，不但鎮國公會回來，常平侯也會，老臣想與您商量接待上的安排。」

趙霄恆心中雖然惦記著寧晚晴，聽了也只得先留下來，與田升討論此事。

使臣入京並非小事，兩人一聊便聊了一個時辰。

待田升告退時，天色已經徹底暗下了。

趙霄恆離開御書房，急匆匆地回到東宮，卻沒有瞧見寧晚晴的身影。

元姑姑迎上來行禮，趙霄恆問她。「太子妃何在？」

元姑姑答道：「回殿下，太子妃正在寢殿收拾行裝，似乎是要離宮……」

「離宮?!」趙霄恆忽然想起兩人大婚時簽的那紙協議，面色驟變，來不及多言，立即奔去了寢殿。

一入寢殿，趙霄恆還未見到寧晚晴，便發現原本寬敞的寢殿中，突然多了兩口木箱。靠近一看，裡面不但放了寧晚晴常用的衣衫、稱手的物件，還有她喜歡的書，東西滿滿當當地裝了兩大箱，彷彿搬空了半個寢殿。

趙霄恆盯著這兩口箱子，臉色難看得嚇人。「這是在做什麼？」

思雲和慕雨正在收拾東西，聽到這聲低吼，都嚇了一跳。

思雲連忙答道：「回殿下，奴婢們在收拾太子妃離宮的東西……」

寧晚晴聽到聲響，從內室走出來。見到趙霄恆，詫異一下。「殿下什麼時候回來的？」

趙霄恆沒有回答，沈著臉問：「妳為何要離宮？」

寧晚晴覺得他有些奇怪，隨口道：「妾身為何離宮，殿下不知道嗎？」

趙霄恆心頭微頓，抿了抿唇，忽然兩步上前，伸手扣住寧晚晴的腰。

「孤知道自己這段日子太忙，冷落了妳。今夜本想陪妳用膳，無奈政務纏身……但妳也不能一生氣就離宮！妳走了，孤怎麼辦？」

寧晚晴聽罷，眨了眨眼。「所以，殿下的意思是，妾身不該離宮？」

「當然不該！」趙霄恆手臂收緊，聲音也沈了幾分。「孤曾經答應過妳，等一切事了，可以放妳離去。可是……」

「可是什麼？」寧晚晴秀眉微微一挑，目不轉睛地看著他。

趙霄恆長眉微攏。「那時，妳我初相識，並不了解彼此。經歷了這麼多事，孤已經確定自己的心意……晴晴，妳便是孤最想相伴一生之人。」

寧晚晴聽了，面頰倏而泛紅，嬌嬌俏俏地覷他一眼。

思雲和慕雨忍不住掩唇笑起來，立即識趣地出去了。

趙霄恆見寧晚晴不說話，拉住了她的手。「妳還在生氣嗎？」

寧晚晴見他這般小心翼翼的樣子，噗哧一聲笑了出來。

「殿下誤會了。妾身出宮，是因為嫂嫂懷孕了，而兄長還要過一段時日才能回京，故而想回去小住，陪陪嫂嫂。」

趙霄恆狐疑地看著她。「此話當真？妳怎麼不早說？」

寧晚晴笑道：「連日以來，殿下忙得腳不沾地，每次回來都半夜了，這樣的小事，妾身哪敢打擾你？本想今日同你說，可你一回來就……」

趙霄恆無言地放開寧晚晴，輕咳了下，問道：「妳要去多久？」

寧晚晴瞧他一眼。「妾身能去多久？」

按照大靖皇宮裡的規矩，太子妃出宮，也需要太子允准。

趙霄恆自然希望她一刻也不要離開，嘴上卻道：「妳想去多久，便去多久，孤會在宮裡等妳回來。」

趙霄恆話音才落，忽覺面上一暖——

寧晚晴踮起腳尖，在他臉頰輕輕落下一吻。

「殿下真好。」寧晚晴眉眼輕彎，笑吟吟地看著他，眸子比夏夜的星星還亮。

趙霄恆目不轉睛地看著她，壓低了聲音道：「還有更好的，想不想試試？」

寧晚晴美目微睜。「嗯？」

趙霄恆一俯身，將寧晚晴打橫抱起，入了內室。

夜風溫柔，內室的幔帳緩緩揚起。燈火跳動，似有幾分愉悅，悄無聲息地為今夜添彩。

寧晚晴很快便知道了，趙霄恆說的「好」，到底是什麼。

趙霄恆著實是個有耐心的人，輕吻如春雨一般，細細碎碎落下，哪怕隔著衣裳，都有些灼人。

寧晚晴不覺抓緊了身下的褥子。

趙霄恆停下來，目光繾綣地看她，說話聲有些啞。「晴晴，可以嗎？」

寧晚晴看清了他眸中的情意，還有不為人知的隱忍，紅著臉，若有似無地嗯了聲。

趙霄恆心頭一動，俯身吻上她的唇。

綾羅褪下，一地凌亂與華美。

幔帳後，很快便傳來婉轉的輕吟。

寧晚晴只覺得自己熱得快要冒煙了，整個人無力地掛在趙霄恆身上，眼裡淚水汪汪，惹人憐愛至極。

趙霄恆眼裡全是她，仍在精力充沛地耕耘著……

這一場雲雨，半夜方休。

寧晚晴雖然疲累，卻有些睡不著。

趙霄恆攏起她的長髮，在她額頭上輕輕一吻，溫聲問道：「想不想上去賞月？」

寧晚晴聽了，唇角一彎。「想。」

趙霄恆為寧晚晴穿上寢衣，又將她裹進薄毯裡。片刻後，兩人便上了房頂。

今夜月色甚好，圓圓一輪掛在蒼穹上，讓人看了也覺得圓滿。

趙霄恆從後面抱住寧晚晴，道：「小時候，孤覺得自己擁有一切，後來，又眼睜睜地看著自己失去一切。本以為會獨行一生，沒想到，遇見了妳。原本認為上天不公，如今孤才發現，妳就是上天給孤的補償。」

寧晚晴想起自己難言的前世，又念及今生的種種，反手抱住趙霄恆。

「那我們可要好好珍惜彼此。殿下守護大靖，妾身守護你。」

趙霄恆神情微動，伸手攬她入懷，將下巴埋在她肩頭，鄭重道：「好。」

月色皎潔，此生漫長，唯有攜手共度，方能不負這一場相遇。

翌日，天光大亮之時，寧晚晴才悠悠醒轉。

她茫然睜眼，雙眸惺忪，一翻身，渾身的痠痛感讓她忍不住嘶了一聲。

這時，腳步聲快步而來，帳子一撩，趙霄恆便到了寧晚晴面前，眉眼含笑。

「晴晴，怎麼了？」

寧晚晴悶聲道：「疼。」

她彷彿一夜之間連登了好幾座山，如今腰痠腿軟得厲害，一點也不想起床。

趙霄恆聽罷，面上微微一頓，很快明白過來，欺身而下，湊近了她。「哪裡疼？」

寧晚晴小聲控訴。「哪裡都疼……」

他不是病才好嗎？不知道哪裡來的精力，居然折騰了大半夜。

趙霄恆難得見到寧晚晴這般幽怨的樣子，忍不住低低笑開，沈聲道：「幫妳揉揉。」

趙霄恆說著，手撫上寧晚晴的腰肢，輕輕揉按起來。

寧晚晴唇角微揚，面上帶著小小的得意，索性翻過身，任由趙霄恆為她效勞。

她愜意地趴著，綢緞般的長髮鋪在床上，露出一段雪白的脖頸。

美背纖薄，細腰不堪一折，趙霄恆不由心猿意馬起來。

就在寧晚晴舒服得差點又睡著時，突然覺得背後微熱，趙霄恆貼了過來。

寧晚晴腦子發出嗡的一聲，立即側頭看他，如臨大敵。

「殿下，你、你不用休息的嗎？」

昨夜趙霄恆食髓知味，眸色深深地看著寧晚晴。「妳不是全身都疼嗎？孤不檢查一下，怎麼能放心？」

寧晚晴頭搖得像撥浪鼓。「不不，妾身的身子已經好了，一點也不疼了！」

趙霄恆一笑。「當真？那更好了。」

「更好了」三個字一出，簡直讓寧晚晴頭皮發麻。

趙霄恆低頭，輕吮她的耳垂。

小巧的耳垂不禁逗弄，很快便嬌豔欲滴。就在寧晚晴快要淪陷之時，趙霄恆卻從她背後翻身而下，重新坐到窗邊。

寧晚晴不禁有些意外，坐起身，側頭看他。「殿下怎麼了？」

趙霄恆輕咳了下。「妳不是不舒服嗎？還是……待妳好些再說。」

寧晚晴一聽，嘴角不覺勾了勾，不經意瞄了他腰下，忍不住瞪大了眼。

趙霄恆連忙拉過一旁的衾被蓋住自己。「若是身子不適，就多休息一會兒……孤很快就去上朝了。」

寧晚晴這才發現，他早已穿戴整齊，床頭的桌上還放著幾本摺子。

在她醒來之前，恐怕他已經處理好一會兒政務了。

寧晚晴心道，還好趙霄恆能管住自己，不然，將來她豈不是成了魅惑君主的妖女？想到這裡，她不禁笑了起來。

趙霄恆疑惑地看著她。「怎麼了？」

寧晚晴忙道：「沒什麼……妾身想著，今日要回常平侯府見嫂嫂，有些高興。」

趙霄恆點了點頭。「孤送妳。」

寧晚晴笑著去挽他的胳膊。「不必了，殿下去忙吧。妾身的事，自己處理便好。」

無論前世，還是今生，她都是獨立的女子。即便與他在一起，她也不想只做一枝依附男人而生的女蘿。

這也是趙霄恆最欣賞她的地方。

趙霄恆看著她，眼中滿是寵溺。「好，那就依妳。」

趙霄恆上朝後，寧晚晴很快起了床。

思雲和慕雨進來伺候，不到半個時辰，便收拾妥當。

「太子妃，車駕已經在宮門外候著了。」元姑姑低聲道。

寧晚晴笑著頷首。「元姑姑，這幾日東宮就有賴妳照顧了。」

元姑姑含笑欠身。「太子妃放心，奴婢一定盡心盡力。」

嫁入東宮後，寧晚晴很少回常平侯府。並非不能回去，而是經常在宮宴上見到黃若雲，故而不覺得想念。

但從九龍山回來後，她便諸事纏身，直到黃若雲送信說有孕了，寧晚晴才驚覺自己很久沒回常平侯府，這才打算回去小住。

待馬車停到侯府門前，寧晚晴迫不及待地下車，逕自向正院走去。

黃若雲得了寧晚晴要來的消息，一早就等著了。聽到動靜，立即笑吟吟地迎出來。

「見過太子妃。」

寧晚晴忙道：「嫂嫂，這裡又沒有外人，妳何必如此拘禮？從前怎麼喚我，如今便怎麼喚我。」

黃若雲抿唇一笑。「現在不一樣了。聽聞太子殿下理政有方，在朝堂上極受稱讚，越是這樣的時候，我們越要謹慎，萬萬不能叫人抓到錯處。」

寧晚晴知道黃若雲是為她好，認真點頭。「嫂嫂放心，我心中有數。」

黃若雲唇角輕抬，溫言道：「那就好。」

姑嫂兩人肩並著肩，一路往花園走。

寧晚晴盯著黃若雲的肚子，道：「嫂嫂，聽聞妳懷孕三個月了，這樣的好消息，怎麼不早些告訴我？」

黃若雲掩唇笑了笑。「妳又不是不知道，之前我身子不好，一直未曾有孕。這次能懷上，我也是緊張得很，還未坐穩，便不敢張揚。」

寧晚晴道：「嫂嫂放心，我已經送信給太醫院，請了最好的太醫，每隔一段日子來為嫂嫂診脈，一定不會有問題的。對了，我還帶了一些東西回來，都是給嫂嫂和小姪兒的。」

寧晚晴說罷，一擺手，箱子一個接一個如流水般抬了進來。

「這些都是我選過的好書。想來嫂嫂有孕，不方便出門，可以在府中打發時間。」

「那些是江南上貢的蜜餞和酸棗，最宜孕婦食用。」

「還有滋補之物，按照裡面的方子，每日燉湯，喝上一盅，母子康健。」

黃若雲見寧晚晴一本正經地交代著，忍不住笑了起來。「多謝晴晴，等孩子生下來，只怕跟妳最親。」

寧晚晴道：「那就太好了。無論姪兒還是姪女，我都要把他們帶進皇宮玩。」

黃若雲聽罷，莞爾一笑。「妳呀，何時也能對自己的事上心一些？」

寧晚晴不禁有些奇怪，問道：「什麼事？」

黃若雲拉著她的手，湊近她耳邊說：「妳嫁入東宮後，太子殿下對妳還好吧？」

不知怎的，寧晚晴忽然想起昨夜那一幕，面頰微熱，沒敢多想，低聲回答。「他對我很好。」

黃若雲思量片刻，道：「按理說，妳嫁過去快一年了，太子殿下又沒有納側妃，但妳還未有身孕，可找太醫看過？」

寧晚晴終於明白了黃若雲的擔心，頓時眼角微抽。

「嫂嫂，我與殿下的身子都很好，並不需要看太醫……」

「那可不行！」黃若雲曾經吃過二房的虧，鄭重囑咐道：「妳忘了我之前的教訓了？回了東宮，一定要找太醫看一看，早些調理，對你們更好。」

寧晚晴不好細說個中緣由，又不忍拒絕黃若雲的好意，只得道：「好，多謝嫂嫂，我記下了。」

黃若雲這才放下心來，攜著寧晚晴繼續往前走。走了沒兩步，又想起一件事，輕輕捏了捏寧晚晴的手。

「對了，要懷上孩子，單單調養身子可不夠。」

寧晚晴見她一臉神秘，忍不住有些好奇。「嫂嫂的意思是？」
黃若雲見四下無人，湊近了些，對著寧晚晴耳語幾句。
寧晚晴聽到後面，目瞪口呆，難以置信地看著黃若雲。
「這……不好吧？」
初夏的長廊下，姑嫂二人親暱地站在一起，黃若雲鄭重其事道：「有什麼不好的？這可是醫女教我的，妳一定要記住……」
黃若雲還想細說一番，卻有下人來稟。「少夫人，黃大人到了。」
寧晚晴忙岔開話。「嫂嫂，既然黃大人來了，快請他進來吧。」
黃若雲這才止住話頭，吩咐下人。「讓他去正廳稍候片刻。」看向寧晚晴。「妳想不想隨我一起見見正清？」
寧晚晴點頭。「正好，我有事想問黃大人。」

第八十五章

寧晚晴和黃若雲一起到了正廳。

黃鈞抬眸，見到寧晚晴，有些意外，連忙起身行禮。

寧晚晴笑著擺了擺手。「黃大人不必拘禮，請坐。」

黃鈞這才應聲落坐。

黃若雲問道：「你怎麼有空過來？」

黃鈞回答。「今日休沐，母親聽聞長姊有孕，囑咐我來探望。母親備了好些東西給妳，已經交給管家了。如今妳的身子可還好？」

黃若雲笑著頷首。「我一切都好，你回去同母親說，讓她放心。不過，之前你不是連休沐的日子也要去衙門嗎？今日過來，會不會耽誤你的差事？」

黃鈞點頭。「長姊放心，我心中有數。」

黃若雲溫言道：「你的差事，我自是不擔心，但你若能將終身大事放在心上就好了。對了，上次我幫你介紹的張家二姑娘，你去見過了沒有？」

黃鈞有些尷尬，沈聲道：「未曾。」

黃若雲忍不住追問道：「可是張二姑娘有哪裡不好？」

黃鈞忙道：「長姊挑的人，自然是好的。」

黃若雲更不解了。「既然張二姑娘不錯，你為何不見人家？人家早就聽過你的名聲，對你印象很好。若是能見個面，說不定這事就成了……」

「長姊。」黃鈞不由打斷了她的話。「如今妳懷有身孕，還是不要為我的事操心了，我暫時沒有成婚的打算。」

黃若雲一聽這話，詫異地瞪大了眼。「你這話是什麼意思？」

黃鈞沈默片刻，道：「玉遼河一事雖然翻案，但這不過是個開端而已。薛茂儀為官數十年，在朝中的關係盤根錯節，如今我們還在抽絲剝繭地查，要將他的關係剔除乾淨，還需不少時日，我實在無暇顧及其他。況且，接下來，我可能會離開京城一段時日。」

黃若雲問：「你要去哪裡？」

黃鈞見寧晚晴也在一旁，遂沒有避諱，直接道：「太子殿下打算修訂《大靖律典》，需要四處體察民情，我便主動請纓，接下了這件差事。」

黃若雲看著他，溫言道：「你幫忙修訂律典，是天大的好事，也是黃家的榮耀，但這與你成婚不相干啊。」

黃鈞垂眸。「修訂律典，快則一、兩年，慢則三、五載。既然我不在京城，何必耽誤人家？」

「你……」黃若雲嘆了口氣。「你這又是何必呢？」

黃鈞抿了抿唇。「長姊，我心意已決，還請長姊日後莫要為我張羅婚事了。」說罷，站起身，對著黃若雲與寧晚晴一揖。

黃若雲見黃鈞要走，不好多說什麼，只得讓他離開。

寧晚晴見黃若雲憂心忡忡，開口問道：「嫂嫂，妳沒事吧？」

「正清不知怎麼了，從前同他說婚事，還沒有那麼抗拒，如今一提成親，怎麼臉色都變了？」黃若雲說著，腦中靈光一閃。「他是不是有心上人了？」

寧晚晴秀眉微挑，輕輕笑了起來。「嫂嫂莫急，妳先坐著休息一會兒，我去看看。」

黃若雲別無他法，只得點了點頭。

黃鈞信步離開正廳，還未走出庭院，便聽見有人喊他。

「黃大人，請留步。」

黃鈞微頓，回過頭來，垂眸道：「太子妃可是還有別的吩咐？」

寧晚晴笑了笑。「黃大人，本宮冒昧問一句，嫂嫂可知你與七公主的事？」

黃鈞面色一僵。「微臣只是見過七公主幾次，並無任何牽扯，還請太子妃不要誤會。」

寧晚晴道：「是嗎？可七公主在本宮面前時，總是一口一個黃大人。難不成，是她自作多情？」

黃鈞靜靜立著，如一根修長的青竹，氣質乾淨而純粹，沈默好一會兒，才出了聲。

「太子妃，七公主猶如天上繁星，璀璨奪目；而微臣猶如地上頑石，毫不起眼，實在不敢高攀。」

寧晚晴微微蹙眉。「這話，黃大人可曾對七公主說過？」

黃鈞薄唇微抿，似是艱難地開口。「說過，但七公主不以為意。還請太子妃出面，勸說公主一二，微臣感激不盡。」

寧晚晴打量黃鈞的面色，見他神情鄭重，遂問：「既然你對七公主無意，為何又幾次三番捨命救她？」

黃鈞沈聲回答。「公主是君，危急時刻，微臣挺身而出，乃是臣子本分。況且，上一次七公主遇刺，乃是受了微臣連累……總之，微臣以後不會去打擾七公主，也請太子妃轉告七公主，莫要再花心思在微臣身上。」

黃鈞不等寧晚晴多問，對她深深一揖。「若太子妃沒別的事，微臣先回大理寺了。」說完，頭也不回地走了。

一旁的慕雨忍不住道：「太子妃，奴婢記得，之前在九龍山上，黃大人為了保全七公主的名節，還不肯宣揚是他救下公主的。如今為何急著與七公主劃清界線，當駙馬不好嗎？」

寧晚晴若有所思。「是有些奇怪。不過，這終究是他們之間的事，情況如何，也唯有他們自己知曉，妳們不可在外亂嚼舌根。」

慕雨乖巧應下。「是。」

了房。

寧晚晴斂神，回了正廳。

黃若雲見她回來，撐著身子坐起來。「正清可有說什麼？」

寧晚晴搖搖頭，淡淡一笑。「沒什麼。如今嫂嫂懷了身孕，還是先顧著自己為好，不如我陪妳回去小憩一會兒？」

黃若雲著實有些犯睏，便道：「被妳一說，還真有些累了。」站起身，由寧晚晴陪著回了房。

寧晚晴將黃若雲送回房後，才回到聽月閣。

這裡還是原來的樣子，可見黃若雲經常派人來打掃。

她走到書架前，目光一掃，見到那本《大靖律典》，順手取下來。

她有許多本《大靖律典》，但眼前這本，才是她初來乍到時看的那一本。

學習律法，是她認識這個世界的方式之一，因為律法展現了一個時代的態度與價值觀。

律法對於罪刑的衡量與懲治，也能看出上位者對於民間的統治方式。

當時，寧晚晴在律法之中看到明顯的男女不平等，便開始思量自己的後路，才有了後來與趙霄恆簽訂的協議。

回想起那夜趙霄恆上當受騙的神情，她忍不住笑出聲來。

慕雨立在一旁打扇，見寧晚晴笑開，忍不住問道：「太子妃這是怎麼了？」

「想起一樁趣事罷了。」寧晚晴忍住笑意，看了桌上的筆墨紙硯一眼，一時興起。「慕雨，過來幫我研墨。」

慕雨一聽，立即放下手中的扇子，走到寧晚晴身側，認真研墨。

「姑娘是想作畫嗎？」

寧晚晴微微一笑，輕聲道：「不是作畫，是寫信給某人。」

到了夏日，午後的風也是暖的，幸好室內放了冰塊，寧晚晴也不覺得熱。

她坐在案前，不到一炷香工夫，便寫好了一封短信。擱下筆後，簡單掃了一眼便將信紙對摺，放進信封。

「于劍，這封信你收好，幫本宮交到殿下手上。」

趙霄恆擔心寧晚晴在外遇到危險，這次派了于劍隨身保護她。

于劍接過信，仔仔細細地收妥。「是，太子妃。」

常平侯府離皇宮不遠，可一路不但要穿街走巷，入了宮還要通過重重關卡。

待于劍回到東宮時，已經入夜。

聽聞趙霄恆在御書房議事，還未回來，于劍不敢去打擾，便在東宮等著。

一個多時辰後，趙霄恆回了東宮，見到于劍，長眉微蹙。

「你怎麼回來了，不是讓你保護太子妃嗎？」

于劍忙道：「殿下放心，太子妃好好的呢，是太子妃派小人回來的。」說罷，從懷中掏出一封信，雙手呈上。「這是太子妃給您的信。」

趙霄恆垂眸一看，信箋封面，四個大字盈盈在目——吾夫親啟。

他的唇角不覺勾了勾，從于劍手中接過信。

回到寢殿，他一坐下，就迫不及待地打開了信。

信上不過寥寥數語，寧晚晴先說她見到了長嫂，得知家人康健，很是高興，也十分期待孩子的降臨。而後，她請趙霄恆注意身體，莫要日日熬得太晚。

最後，她只簡單地道了句：勿念。

趙霄恆將信紙翻過去，背面卻是一片空白，遂抬眸看于劍。

「只有這一頁？」

于劍茫然。「太子妃只給了這封信，是不是一頁，小人也不知道。」

「罷了。」

寧晚晴寫字不算好，也不愛寫字，能提筆給他寫一封信，已經很難得了。

接下來，趙霄恆將寧晚晴的信放到一旁，拿起一旁的狼毫筆，開始回信。

于劍站得遠，好奇地伸長脖子偷看。

一旁的福生揪住他的衣袍，壓低了聲音道：「這也是你能看的？」

于劍小聲嘀咕。「你不是也在偷看嗎？」

福生辯解。「我哪裡看了？我只是在想，需不需要過去幫太子殿下研墨。」
于劍瞟他一眼。「那你倒是去啊。」
福生回敬他一眼，湊到趙霄恆跟前，笑道：「小人幫殿下研墨。」
「不必了。」趙霄恆面無表情道：「一旁待著。」
福生扯了扯嘴角。「是。」
于劍差點笑出來，還是于書捅了捅他，他才忍住。
福生只能回到旁邊，同他們一起等著。
趙霄恆筆走遊龍，很快便寫完了信，長指一撚，將信紙整齊地對摺好，放進信封。
「交給太子妃。」
話音落下，無人應和。
趙霄恆疑惑抬眸，卻見福生、于書和于劍都瞪大了眼，盯著信封上的字看——
致吾妻晴晴。
趙霄恆輕咳了聲，三人才連忙收起目光，裝作無事發生。
于書再次用胳膊捅了捅于劍。「還不快去。」
于劍剛回東宮不久，又得去常平侯府一趟，不禁欲哭無淚。但他不敢多說什麼，只得取了信，寶貝似的揣到懷裡。

待出了寢殿，于劍忍不住道：「哥，殿下和太子妃不會日日這樣鴻雁傳書吧？」

于書瞥他一眼。「怎麼，如今膽子大了，敢議論主子的事了？」

于劍忙道：「我哪敢！但我好歹也是一等侍衛，京城裡沒幾個人是我的對手，若淪為信差，那豈不是大材小用？」

于書挑眉。「看開些，殿下這不是為了鍛鍊你的輕功嗎？」

于劍撇撇嘴。「早知道，我就同殿下說，與你換一換了。」

于書不慌不忙地說：「你想換，也不是不可以。不過你也知道，如果守在殿下身旁，少不得要聽那一幫老臣嘮嘮叨叨，不但要賠著笑臉從早站到晚，還時不時要幫殿下抵擋唇槍舌劍。若是殿下忙不過來，還會把一些雜事扔給我做，比如翻查十年前的案牘啦、去尋去年戶部的摺子啦、寫十篇八篇文書啦……」

「打住！」于劍抬手，一臉冷靜道：「哥，我忽然覺得，去送信也挺好。天色不早，我先走了！」

于劍說完，腳底抹油似的溜了。

福生見狀，同情地搖搖頭。「你到底是不是于劍的親哥哥？我總覺得你會將他賣了。」

于書笑了笑。「于劍心思單純，與其讓他在宮裡提防這個、提防那個，不如讓他出去透透氣。說不定，他去了常平侯府，能有別的福氣呢。」

福生聽了，心裡的八卦蟲子又開始蠢蠢欲動。「什麼福氣？」

于書悠悠道：「有種福氣，叫『兒孫自有兒孫福』。」

福生無語。

于劍健步如飛地回了常平侯府。

彼時，寧晚晴已經用完晚膳，正坐在院子裡乘涼，見到于劍，有些詫異。

「你怎麼這麼快就回來了？」

于劍伸手掏出趙霄恆的信，恭恭敬敬地呈給寧晚晴。「太子妃，小人受殿下之命，送信給您。」

寧晚晴更驚奇了。「他這麼快就回了信？」

于劍認真答道：「是。殿下一收到信，立即提筆回了，小人就在旁邊看著呢。」

寧晚晴接過信，掃了信封一眼，心中湧上一股甜蜜。

她並沒有急著打開，而是打量于劍一下，見他跑得滿頭大汗，對慕雨道：「倒一杯茶給于劍，再讓後廚備些酥山來。」

于劍有些受寵若驚。「多謝太子妃。」

寧晚晴笑了笑。「今日辛苦你了，用過飯，便去休息吧。對了，我兄長有間藏書閣，裡面收藏了許多兵書、劍譜等等，平日他的同僚也常過來借閱。你若感興趣，可以去看看。」

于劍一聽，眼神亮了起來。「當真？」

寧晚晴笑著點頭。「自然是真的。不過，你若想把書帶出府去，便要知會管家一聲。」

于劍雖然不愛看書，卻是一個十足的武癡，一聽說有兵書跟劍譜可看，高興極了，立即點頭答應。

「太子妃放心，小人記下了！」

于劍告退後，去了常平侯府的藏書閣。

管家駱叔將藏書閣的門打開，笑著介紹。「于侍衛，這裡便是我們將軍的藏書閣了，請進吧。」

于劍道了聲謝，隨著駱叔進門。

這藏書閣比他想像的還大，一列列書架排得十分整齊，種類繁多，應有盡有。

于劍二話不說，很快找到劍譜所在的位置，還沒來得及高興，又被旁邊牆上陳列的東西所吸引。

「這裡怎麼還有這麼多兵器？」

駱叔道：「我們侯爺和將軍走南闖北，見過的兵器種類何止上百，如果有特別的，他們便會帶回來，一部分交給工部研究，一部分收藏在這裡。所以，這裡不僅是藏書閣，也算是個藏兵閣。」

于劍聽罷，頓時更加崇拜寧家父子。「侯爺與將軍乃是真英雄，我心嚮往之。」

駱叔笑道：「多謝于侍衛誇獎。那小人不打擾了，有什麼事，喚我即可。」說罷，便離開了藏書閣。

片刻後，下人為于劍送來酥山。這酥山是侯府特製的，不知放了什麼香料，吃起來格外香甜。

于劍一邊翻看劍譜、一邊吃著冰涼的酥山，心情別提有多美了，不禁感嘆。還是他哥對他好，待在常平侯府，可比在皇宮裡舒服多了！

于劍埋頭看劍譜，一看便看到了深夜。

與此同時，東宮之中，卻沒這麼清閒。

「殿下，夜已經深了，不如早些休息吧？」

福生提醒之下，趙霄恆才發覺自己批了一夜的摺子，著實有些累了，遂放下了手中的硃砂筆。

「什麼時辰了？」

福生回答。「再過半刻鐘，就到子夜了。」

趙霄恆輕點了下頭，站起身，略微活動一下肩膀，隨口問道：「于劍怎麼還沒回來？」

此言一出，福生和于書都愣了愣。

于書道：「殿下，于劍出宮時，已經過了傍晚。今夜就算太子妃寫好回信，派他送回，宮門也下鑰，進不來了。」

趙霄恆聽罷，臉色明顯地沈了下去。

東宮的書房之中，聲音落針可聞。

福生與于書靜立在一旁，眼觀鼻、鼻觀心，沒一個人敢接話。

趙霄恆靜坐片刻，忽然幽幽開了口。「誰說宮門下鑰，就無法出入皇宮了？」

此言一出，福生和于書面面相覷，殿下這是想做什麼？

第八十六章

常平侯府。

「太子妃，水溫可還好？」慕雨一邊往木桶裡加水、一面輕聲問道。

「很好，不必再加了。」寧晚晴說罷，慕雨便將小桶放了下去。

思雲伸手攏過寧晚晴的秀髮，輕輕揉搓著，不禁讚嘆道：「太子妃的頭髮又黑又順，可真好看。」

慕雨忍不住笑。「可不是嗎？太子妃不但髮色如墨，連肌膚都像剝了殼的雞蛋似的。如果我是太子殿下呀，便日日抱著，不肯撒手。」

「妳這丫頭。」寧晚晴又好氣、又好笑。「再拿我尋開心，我就把妳嫁出去。」

慕雨一聽，立時瞪大了眼。「不行、不行，奴婢可是要一輩子跟著太子妃的。」

寧晚晴挑眉笑道：「妳這麼口無遮攔，該找個人管管妳才是。我想想……于劍如何？他可是一等侍衛呢。」

素來文靜內斂的思雲聞言，也抿唇笑起來。「奴婢覺得太子妃說得不錯，之前于侍衛外出辦差，還帶過蜜餞給慕雨吃呢。」

慕雨的臉倏然紅了。「胡說什麼？那蜜餞妳沒吃嗎，又不是帶給我一個人的。那個……

奴婢突然想起外面的衣服還沒收，我去去就來。」紅著臉，急匆匆地走了。

寧晚晴忍俊不禁。

思雲繼續伺候寧晚晴沐浴，寧晚晴坐在木桶中，熱騰騰的水氣將身子包裹起來，覺得渾身的毛孔都打開了，十分愜意。

思雲道：「太子妃，這水有些涼了，奴婢再去幫您打些熱水來。」

寧晚晴點點頭，思雲便撩起珠簾，轉身出去了。

淨房裡安靜下來。

寧晚晴抱著膝蓋，背輕輕貼上溫熱的木桶。水氣凝結成水珠，徐徐上升，掛在木桶壁上，又一顆顆掉落下來。

寧晚晴看得百無聊賴，心情慢慢沈下。

此時，趙霄恆睡了沒有？

近日他政務繁忙，只怕還在伏案批閱奏摺，恐怕沒有工夫想起她。

寧晚晴伸手撫去木桶邊的水珠，彷彿是收斂了自己的思緒。

這時，身後珠簾微動，發出了悅耳的聲響。

寧晚晴頭也未抬，道：「思雲，不必加水了，幫我拿布巾過來吧。」

思雲沒有應聲，但片刻之後，一條乾淨的布巾觸到了寧晚晴的肩頭上。

寧晚晴隨手接過布巾，順勢站起身，裹布巾的同時，回頭道：「慕雨怎麼還沒回來……殿下?!」

趙霄恆雙手抱臂，站在木桶旁邊，正似笑非笑地看著她。

寧晚晴的臉頓時紅到了耳根。「你怎麼會來？這個時辰，宮門不是應該下鑰了？」

她一邊東拉西扯、一邊慌張地用布巾將自己的身子掩好，但雪白的後背和修長筆直的腿，豈是一塊小小布巾能藏住的？

趙霄恆覺得寧晚晴羞窘的樣子十分可愛，目光裡的熾熱更盛。

「晴晴忘了書房裡的密道嗎？」

寧晚晴恍然大悟。「可是，從密道出來，再到常平侯府，也有一段路啊……」略一推算，便知趙霄恆至少花了一個時辰。

趙霄恆笑了笑。「是有些遠。之前孤已經吩咐了于書，安排匠人在密道中新開一條岔路，直接挖到常平侯府來。妳這閨房旁邊，剛好有個地窖，正適合連接。」

寧晚晴立時無言，只覺得趙霄恆的目光緊緊黏在她身上，更加不敢看他。按著胸口的布巾，正尋思著該如何跨出浴桶，卻聽見趙霄恆輕笑一聲。

下一刻，她身子一輕，被趙霄恆攔腰抱起。

寧晚晴驚呼一聲，抱住了趙霄恆的脖子。

她長髮濕漉漉的，眼睛也是濕漉漉的，水漬弄濕了趙霄恆的衣袖，也撩動他的心。

趙霄恆二話不說，抱著寧晚晴回了臥房。

他將寧晚晴放到榻上，整個人順勢壓了下來。

「晴晴……」這一聲呼喚，包含繾綣的情意，還有濃濃的慾念。

寧晚晴渾身一個激靈，瞧了瞧身上的白色布巾，覺得自己像一隻待他入口的小綿羊，哭笑不得。

「殿下，思雲和慕雨等會兒就回來，萬一被人發現你私自出宮，就不好了……」

「孤來看自己的太子妃，有什麼不好？」趙霄恆理直氣壯地剝開寧晚晴身上的布巾，彷彿在拆一份珍貴的禮物。「況且，孤方才進來之前，就見到她們了，已經打發她們今夜守在院子外。」

寧晚晴無語。

小綿羊還未開口求救，就被狼剝了個精光。

這裡的床榻不如東宮寢殿的寬敞，寧晚晴只覺得自己一會兒被趙霄恆放到身上、一會兒又被揉進他懷裡，既覺得招架不住，又不禁沈溺其中。

不到一盞茶的工夫，寧晚晴便香汗淋漓。

趙霄恆低頭看她，只見寧晚晴貝齒咬住紅唇，隱忍又無助地盯著他，那雙眸子明明清澈至極，卻又無比勾人。

美人酥香入骨，繾綣難捨。

寧晚晴險些忘了這裡是常平侯府，只覺得頭頂的緋色幔帳轉得讓人暈眩。

不知過了多久，趙霄恆才鬆開她。

寧晚晴覺得自己最後一點力氣都被榨乾了，趴在榻上，一動也不想動。

趙霄恆在床邊坐了一會兒，伸手摸摸她的髮。「要不要再去沐浴一番？」

寧晚晴搖頭。「沒力氣了。」

趙霄恆低低笑起來。「那孤幫妳。」

他用薄毯裹住寧晚晴，抱起她，重新去了淨房。

熱水已被重新換過。

趙霄恆將寧晚晴慢慢放入熱水中，寧晚晴這才覺得自己活了過來。

這木桶只能容一人入內，趙霄恆隨意披了件長袍，立在木桶邊，手中拿著乾淨的布巾，輕柔地為寧晚晴擦拭後背、手臂等處。

寧晚晴心安理得地享受著他的伺候。

繾綣過後，寧晚晴面對趙霄恆時，便沒有那麼害羞了，反而大大方方地打量起他來。

之前趙霄恆為了韜光養晦，時時裝病，在外見人之時，總會微微躬著身子咳嗽，故而許多人都以為趙霄恆身形瘦弱。

然而，兩人袒裎相見時，寧晚晴才知道，什麼叫精瘦而有力。

此刻，他長衣加身，肩膀寬闊，露出胸膛結實的肌膚，窄腰沒有一絲多餘贅肉，任誰看了都要臉紅心跳。

寧晚晴忍不住伸出手，輕輕按了按趙霄恆的胸肌。

果然令人滿意。

趙霄恆握住她的手腕，笑道：「怎麼，方才玩得還不盡興？」

寧晚晴見他眸色幽幽，立即老老實實地收回手。「盡興，盡興得很。」

趙霄恆低笑一聲，將她從水中撈起，重新送回榻上，而後自己才去梳洗。

寧晚晴本來很睏，但沐浴過後，又恢復了一些精神，待趙霄恆回來，便以手撐頭，側目看他。

「殿下還沒回答我，今夜怎麼突然過來了？」

趙霄恆拿來乾巾，為她擦拭濕髮。「妳說呢？」

寧晚晴憋住笑意，一本正經地搖頭。「不知道。」

趙霄恆心知她想聽什麼，徐徐湊近她的耳畔，道：「沒有妳在身邊，孤睡不著。」

寧晚晴覷他一眼，抿唇笑起來，側身躺在他腿上。「聽聞殿下想修訂《大靖律典》？」

趙霄恆一面慢條斯理地為她梳理長髮、一面道：「不錯。《大靖律典》初頒之時，還是元帝在位的時候。開國之初，對於百姓的約束很多，且重農抑商的思想太過強烈，導致這些年來，大靖民間的百姓還是以務農為主。原本北疆和南疆有四通八達之利，但商貿也沒有發展起來。」

寧晚晴思索道：「殿下說得有理，若是北疆和南疆的商貿興盛起來，邊疆的百姓自是會感念朝廷。若百姓與朝廷一心，抵禦外敵時，更加能眾志成城。」

趙霄恆愛憐地攏順她的髮。「知我者，莫若晴晴。除此之外，律法在刑罰上，也過於單一。例如，若犯了偷竊罪，輕則鞭笞，重則砍手，實際上，有許多人迫於生計，才成了盜賊。每每偷了吃食，就去官府領罰，挨個幾鞭子，當地官府也沒別的辦法。在量刑方面，還需更加細緻才好。」

寧晚晴聽到這話，不禁若有所思。

下一刻，她翻身而起，與趙霄恆肩並著肩，坐到床榻邊。

趙霄恆見寧晚晴目不轉睛地盯著他，溫和笑道：「頭髮還沒擦乾，怎麼起來了？」

寧晚晴眨了眨眼。「妾身也研讀過《大靖律典》，若殿下要修訂律法，妾身有一些想法，但……」

趙霄恆頓時明白了她的意思，她顧慮的是後宮不得干政。

他拉過寧晚晴的手，低聲道：「晴晴，對孤而言，妳不僅是太子妃，還是我的妻子，要共度一生的人。只要妳願意敞開心扉，與我分享一切，我也願意對妳知無不言。」

寧晚晴靜靜凝視著趙霄恆，她深知他這些年的不易，也知道，等他登上皇位之後，要顧慮的人和事會更多。此時此刻，他能發自真心同她說這些話，更加難能可貴。

寧晚晴伸手抱住他，一字一句道：「殿下信我，我便一直陪著殿下。我不是薛皇后，不會事事為母家謀利。食百姓之祿，就要擔萬民之責；我想擔起太子妃的責任，為大靖、為百姓做更多的事。」

唯有這樣，她才能平等、長久地站在他身邊。

趙霄恆心頭微動，緊緊抱住她。

「這可是妳說的，必須一生一世陪著孤，不許離開。」

寧晚晴抬眸看他，含笑點頭。

趙霄恆撫上她的面頰，情不自禁地吻了下去。

幔帳再次落下，寧晚晴枕著趙霄恆的手臂，心滿意足地睡去。

窗外時不時傳來蟬鳴聲，讓炎熱的夏夜變得更加生動了。

翌日，天光微亮，院子裡響起一陣說話聲。

黃若雲邁入聽月閣，穿過中庭，見到剛起床不久的思雲和慕雨。

「晴晴醒了嗎？」

慕雨福了福身。「回少夫人，太子妃還沒起來呢。」

黃若雲笑道：「今兒我醒得早，讓廚房做了些新式的朝食，過來找晴晴一起用。」說著，逕自往寧晚晴的臥房走去。

慕雨剛起床不久，腦子還有些迷糊，直到黃若雲都走到臥房門口了，才反應過來，急得大喊。

「少夫人，等等！」

還在睡夢中的寧晚晴，被一陣叩門聲吵醒。

她迷迷糊糊地睜開雙眼，就聽見了慕雨的說話聲。

「少夫人，昨夜太子妃睡得晚，不知現在起來了沒有。您稍候片刻，奴婢這就去喚太子妃。」

黃若雲溫和的聲音響起。「她未嫁之時，最愛同我撒嬌，我去叫她起床吧。」

寧晚晴聽到這兒，渾身如遭雷擊，一腳踢向旁邊的趙霄恆。

「殿下！殿下！」

這一夜，趙霄恆睡得不算好，被寧晚晴推醒後，也有些茫然。「怎麼了？」

寧晚晴連忙拉他起來。「殿下，我嫂嫂來了，你快躲一躲吧。」

趙霄恆愣了片刻，道：「為何要躲？」

外面的叩門聲越來越響，寧晚晴心想，難道趙霄恆不覺得這情景像被捉姦在床嗎？但最終還是忍住了，委婉暗示他。

「殿下難道要這樣見我嫂嫂？」

趙霄恆思索一下，道：「妳說得是，不能這麼見。」

寧晚晴終於鬆了口氣，正想著該把趙霄恆塞進床底還是衣櫃，便見他徐徐起身，慢條斯理地穿起了衣裳。

「殿下這是？」

「既然要見，就體面些。」趙霄恆整理好腰帶，逕自走到門口，吱呀一聲拉開了門。

寧晚晴大驚失色。

黃若雲見門打開了，正要出聲，卻看見趙霄恆的臉，有些驚訝，隨即俯身行禮。

「臣婦見過太子殿下。」

黃若雲不但自己來了，身後還帶著伺候朝食的下人。一行人見黃若雲行禮，遂也紛紛拜下，請安聲響徹整個庭院。

寧晚晴恨不得找個地縫鑽進去。

趙霄恆卻面不改色地開了口。「免禮。」

黃若雲定了定神，這才站起身，無聲瞄了趙霄恆身後的寧晚晴一眼，見她身上寢衣微亂、秀髮披散，眉眼微微一挑，溢出一絲揶揄的笑。

寧晚晴愣了一瞬。罷了，好歹是合法夫妻。

黃若雲道：「不知殿下在此，叨擾了，臣婦告退。」

趙霄恆淡淡道：「寧夫人既然來了，便進來坐坐吧。」

黃若雲聽了趙霄恆的話，不敢反駁，只怪自己方才太過唐突，硬著頭皮進了房間。

趙霄恆在案前坐定，若無其事道：「寧夫人可知寧將軍何時回來？」

黃若雲一頓。「臣婦只知夫君將歸，但不知時日。」

趙霄恆點頭，道：「十日之後。」

黃若雲心中一喜，面上卻按下不表。「多謝殿下告知。」

趙霄恆笑了笑。「這些年來，常平侯與寧將軍統帥西凜軍，不計辛苦地駐守西域，為大靖豎起一道有力屏障，抵禦西峽等國的入侵。現在，北僚戰敗，即將入京和談，而昨日常平侯上奏，說西峽擔心大靖與北僚結盟，故也提出停戰的想法。」

黃若雲不禁追問道：「這麼說來，那不就能天下太平了?!」

寧晚晴也充滿期待地看著趙霄恆。「當真？殿下怎麼不早說？」

趙霄恆瞧了她一眼。「昨夜事忙，還未來得及告訴妳。」

「昨夜事忙」這四個字一出，寧晚晴彷彿被東西噎住，竟一時語塞。

趙霄恆將她的神情變化盡收眼底，唇角微微揚起，繼續道：「日後，常平侯與寧將軍應該有更多工夫留在京城，與家人團聚了。」

黃若雲心中感激，連忙起身行禮。「多謝太子殿下。」

趙霄恆道：「寧夫人有孕在身，實在不必多禮。對了，雖然常平侯與寧將軍入京在即，但北僚和西峽的使臣也將抵達京城，寧將軍回來之後，恐怕要先協同禮部接待他們。待使臣走後，孤會為寧將軍安排一段休沐的日子，讓他好好陪伴寧夫人。」

黃若雲受寵若驚，忙道：「太子殿下宅心仁厚，實在是臣子之福。」

趙霄恆微微一笑，又對黃若雲道：「這段日子，讓太子妃好好陪著寧夫人養胎。東宮的事，孤會想法子安排的。」

這話說得體貼萬分，但寧晚晴總覺得有哪裡不對。

黃若雲思索一下，頓時如醍醐灌頂，立即對寧晚晴道：「如今萬事以和談為重，想必宮內宮外有不少事要忙，晴晴還是早些回宮吧。」

寧晚晴掃了趙霄恆一眼，只見他一臉淡然，彷彿黃若雲的話與他絲毫沒有關係似的。

寧晚晴總算明白了，趙霄恆為何要兜那麼大的圈子提起戰事與和談，原來目的是這個。

她心底好笑，面上卻故意不答應。

「嫂嫂，宮裡有嫻妃娘娘主持，還有太后坐鎮，我就算回去了，也幫不上什麼忙，還不如留在府中陪妳。等兄長回來，我再回宮。」

趙霄恆的眸色陡然深了幾分，但依舊笑得人畜無害。

「對了，孤忘了告訴妳，蓁蓁病了，吃不下任何東西，嫻妃娘娘正忙著照顧她。」

寧晚晴瞪大了眼。「蓁蓁病了？怎麼沒聽你提起？」

趙霄恆一笑。「不是說了，昨夜事忙。」

寧晚晴無語。

黃若雲蹙眉。「既然如此，晴晴，妳別耽誤了，今日就跟著太子殿下回宮吧。」

寧晚晴道：「嫂嫂……」

黃若雲一擺手，打斷了她的話。「我這兒一切都好，妳不必掛心。如今多國入京和談，此乃重中之重，妳身為太子妃，理應以國事為要。」

寧晚晴只得悶聲應好。

第八十七章

昨日寧晚晴帶來的行裝還未完全拆開，收拾起來也簡單，大部分箱子又原封不動地搬上馬車。

一刻鐘後，所有的行裝便放置妥當，趙霄恆帶著寧晚晴出了常平侯府。

到了府門前，寧晚晴側頭看向趙霄恆。「殿下，你是不是昨夜就開始盤算，如何讓妾身早些回宮了？」

趙霄恆一臉無辜。「孤何時勸妳回宮了，方才不是寧夫人讓妳回去的嗎？」

寧晚晴的眼角狠狠抽了抽，她才不信呢！

趙霄恆唇角微牽。「寧夫人不愧是寧將軍的賢內助，待孤回宮後，定要好好賞賜她。」

他越說心情越好，靠近了寧晚晴，牽住她的手。「隨孤回去吧。」

寧晚晴總覺得自己掉進趙霄恆的圈套，氣鼓鼓地覷他一眼，甩開他的手，自顧自地上了馬車。

福生一愣，忍不住看趙霄恆。「殿下，太子妃是不是生氣了？」

趙霄恆不禁低笑出聲，從容不迫地踏上馬車，悠悠道：「她是太高興了。」

聽說趙蓁病了，寧晚晴回宮後的第一件事，便是去探望她。

寧晚晴到了雅然齋門口，卻見灑掃的宮女們正湊在一起，似乎在議論著什麼。

慕雨不由上前，寧晚晴卻抬手制止她，宮女們竊竊私語的聲音傳來——

「嫻妃娘娘似乎是真的生氣了，方才臉色難看得很呢。」

「唉，公主殿下真是的，為何非要鬧著出宮？嫻妃娘娘也是為了她好啊。」

「公主殿下此舉，只怕是宮外有了惦記的人吧？」

此言一出，宮女們心照不宣地交換了個眼神。「難不成是那個黃大人？」

她們正想繼續議論，卻聽見一聲喝斥。「連主子都敢議論，是活得不耐煩了嗎?!」

宮女們回頭，見是寧晚晴帶人過來，而說話的正是一旁的元姑姑，立即嚇得跪下去。

「奴婢等叩見太子妃，還請太子妃恕罪。」

寧晚晴面無表情地掃了她們一眼。「最新的宮規，可曾背熟了？在背後妄議他人，造謠生事，該當何罪？」

宮女們不敢說話，元姑姑道：「既然妳們不說話，我便告訴妳們，在宮中搬弄是非，輕則杖二十，重則貶為掖幽庭之奴。」

宮女們一聽，變了臉色，紛紛磕頭求饒。

寧晚晴冷聲道：「禍從口出的道理，相信妳們都明白。嫻妃娘娘和七公主是妳們的主子，主子若因妳們的言行受辱，妳們面上自然也無光。念在是初犯，本宮給妳們一次改過自新的機會，若本宮下次再聽聞妳們在背後亂嚼舌根，辱沒主子的清白，必不輕饒。」

宮女們連連點頭。「多謝太子妃，奴婢們再也不敢了。」

門口的動靜也驚動了雅然齋的掌事宮女春桃，見到門口情形，立即明白了幾分，忙道：「妳們幾個，還不快下去。」

宮女們起身，慌忙退下。

春桃對寧晚晴福身。「讓太子妃見笑了。」

寧晚晴沒有多說什麼，只問：「嫻妃娘娘與蓁蓁可在裡面？」

春桃道：「嫻妃娘娘得了官家召見，方才出去了。七公主在寢殿裡，不過……」

寧晚晴瞧她一眼。「不過什麼？」

春桃壓低了聲音說：「公主想出宮，嫻妃娘娘不許她出去，正在鬧著絕食，已經一日一夜沒吃過東西，還請太子妃勸勸我們公主吧。」

寧晚晴心下了然，道：「帶本宮去見蓁蓁。」

趙蓁的寢殿外，果然比之前多了不少看守的宮人，可見嫻妃是鐵了心，不許趙蓁隨意出宮了。

春桃將寧晚晴帶到門口，恰逢趙蓁身旁的宮女端著托盤出來。

托盤裡盛了不少吃食，但看起來完全沒被動過。

寧晚晴問：「蓁蓁還是沒有吃東西？」

宮女搖了搖頭。「無論奴婢怎麼說，七公主都不肯吃。」

寧晚晴會意，輕聲道：「妳先下去吧，本宮進去瞧瞧。」

寧晚晴邁入寢殿，沒見到趙蓁的身影，徐徐向裡面走，越過屏風，才看見床榻上躺著一個人。

趙蓁聽到腳步聲，背對著寧晚晴，冷聲道：「我不是說了，我什麼都不吃。出去！」

「當真要我出去？」

寧晚晴悠悠問了一句，讓趙蓁一個激靈，立即翻身坐起來。

「皇嫂！」

寧晚晴笑著走到榻邊，撩起半垂的幔帳，只見趙蓁原本飽滿的小臉消瘦了些，澄澈的眼睛也有些泛紅，似乎才剛哭過，不禁心疼。

「妳這是怎麼了？」

寧晚晴不問還好，一問出聲，趙蓁的眼淚就像斷了線的珠子似的落下來。

「皇嫂，我想出宮，可是母妃說什麼也不肯讓我出去……」聲音委屈巴巴的，任誰聽了都要動容。

寧晚晴安慰道：「薛家人雖然伏誅，但他們的勢力在朝中根深柢固，如今同黨還未完全落網，妳此時出門，著實不太安全。」

趙蓁道：「若真是擔心這個，多派些人護送我不就行了？可母妃偏偏不肯，她就是不許我與黃大人來往。」

寧晚晴沈吟片刻，道：「蓁蓁，妳當真喜歡黃大人？」

趙蓁微微一愣。若是上個月，寧晚晴這般問她，也許她還要羞澀許久，支支吾吾不肯說。但自從與黃鈞出生入死之後，她便確定了自己的心意，不再忸怩，大大方方地承認。

「不錯，我就是喜歡他。他正直、勇敢、聰慧，是這世上最好的男子。」

寧晚晴又問：「那妳可知他是怎麼想的？」

趙蓁抿唇，低聲道：「之前他養傷的時候，還好好的，我不時去看他，他也沒說什麼。可是，傷好之後，他卻不肯見我了，連信也不回。我想出宮，就是為了找他問個究竟。」

「昨日，我見到了他。」

寧晚晴此話一出，趙蓁霎時抬頭。「當真？他……他可有提到我？」

寧晚晴心中不忍，但還是將黃鈞的話，一字不漏地轉告了趙蓁。

趙蓁面色發白，卻不意外，苦笑一聲。

「這些話，他同我說過，我還以為是自己哪裡做得不好，惹惱了他。沒想到，他又同妳說了一次，可見是鐵了心，不肯與我在一起了。

「但是，我不明白，既然他對我無意，為何三番兩次地救我？而且，在他養傷的那段日子裡，我能感受到，他見到我時，分明也是歡喜的，怎麼會突然變了？」

趙蓁說著，剛止住的眼淚，又不爭氣地流了下來。
寧晚晴輕撫她的背脊。「蓁蓁，妳見到他後，打算如何？感情的事，勉強不來的。」
趙蓁抽泣。「我當然知道，但我控制不住自己的心……皇嫂，這輩子若是錯過他，我便可能遇不到更喜歡的人了。不管將來如何，我只知道當下，我想見他，我想問清楚，他為何要突然拒人於千里之外。」
寧晚晴默默看著趙蓁，即便當初在九龍山上，趙蓁差點被趙矜與薛顏芝害死，也未曾哭得這麼厲害。
寧晚晴抬起手，幫趙蓁擦去眼淚。「別哭了，我幫妳勸一勸嫻妃娘娘。」
趙蓁聽罷，登時停下哭泣。「當真？」
寧晚晴輕輕頷首。「雖不確定是否能成，但我會盡力。不過，妳要答應我一件事。」
趙蓁忙道：「只要能讓我出宮見他問個清楚，別說一件事，就是十件事，我都答應。」
寧晚晴說：「若是你們兩情相悅，我祝福你們白頭偕老；若他當真對妳無心，妳也要盡快振作起來，萬萬不可再傷害自己的身子。」
趙蓁心中感動，認真應下。「好，我答應皇嫂。」
寧晚晴一笑。「現在能吃飯了吧？」
趙蓁有些不好意思，抿著唇，點了點頭。
春桃就守在門外，聽見這話，頓時喜出望外，立即命人送吃食上來。

其實，趙蓁鬧了一日，早就餓了，得了寧晚晴的保證，放下心，不到一炷香的工夫，便喝了一碗燕窩粥，吃下一些點心。

不久後，嫻妃回來了，聽聞在寧晚晴的勸說下，趙蓁吃了東西，鬆了口氣。

「蓁蓁，可有哪裡不適？」

趙蓁見嫻妃滿臉關切地看著她，有些愧疚，又惦記著出宮的事，只得輕輕搖頭，將目光轉向寧晚晴。

寧晚晴見趙蓁眼巴巴地看著她，說：「蓁蓁，妳好好休息，我同嫻妃娘娘聊一聊。」

趙蓁連忙乖乖躺下。

嫻妃見狀，心中猜到了七、八分，道：「太子妃，偏廳請吧。」

寧晚晴含笑點頭。

兩人來到偏廳，嫻妃讓人奉茶之後，便屏退左右，與寧晚晴對坐在桌前。

寧晚晴道：「嫻妃娘娘臉色不太好，可是最近沒有休息好？」

嫻妃不由苦笑了聲。「蓁蓁這孩子，如此不省心，本宮哪裡睡得著？」

寧晚晴沈默片刻，道：「黃大人的事……蓁蓁同我說了。」

嫻妃並不意外，低聲道：「蓁蓁自小被我慣壞了，任性得很。如今雅然齋內外都知道她鬧絕食是為了出宮，本宮真怕她這樣下去，會毀了自己的名聲。」

身為母親，嫻妃的擔憂不無道理，寧晚晴又問：「娘娘對黃大人熟悉嗎？」

嫻妃搖了搖頭。「只遠遠見過幾面，但聽官家提過，此人破案本領卓著，是個不可多得的人才。本宮記得，他是妳長嫂的胞弟？」

寧晚晴微微頷首。「不錯。我兄長素來嚴厲，卻對黃大人讚賞有加，如今黃大人也算是炙手可熱的紅人，在大理寺獨當一面。玉遼河的案子，殿下便是交給他辦的。」

嫻妃思量片刻，明白過來，淺淺一笑。「殿下看上的人，應該是不錯的。」

寧晚晴溫聲說：「嫻妃娘娘，我說這麼多，並不是想為黃大人作保，只是想告訴您，黃大人與那些處心積慮接近公主，以求飛黃騰達的人不一樣。」頓了頓，又道：「嫻妃娘娘可還記得，蓁蓁在九龍山遇險之時，是如何回來的？」

嫻妃回憶一下，道：「本宮記得，當時蓁蓁受了些皮外傷，她說自己在山洞裡躲了一夜，待到天亮時，被恆兒找到的。」

寧晚晴接話。「娘娘只說對了一半。其實，九龍山上猛獸出沒，危機四伏，蓁蓁一個姑娘家，之所以能完好無損地回來，是因為被黃大人救下。」

嫻妃一愣，難以置信。「什麼?!」

寧晚晴遂將黃鈞救趙蓁的過程，一五一十地告訴了嫻妃。

「若是旁人，救了公主，只怕忍不住要向父皇邀功請賞。但黃大人為了蓁蓁的名譽，將此事隱瞞下來，可見有君子之風。」

這件事讓嫻妃太過意外，不禁喃喃自語。「蓁蓁這孩子，這麼重要的事，怎麼連本宮也不肯說？」

「是黃大人要蓁蓁保密的。」寧晚晴道：「若不是殿下發現黃大人在九龍山上受了傷，只怕連我們都會蒙在鼓裡。」

嫻妃聞言，深思起來。原本她對黃鈞印象也不錯，但最近趙蓁總是鬧著要出宮找黃鈞，便擔心黃鈞另有所圖。

直到此刻，她才緩緩放下心中對黃鈞的芥蒂。

「其實，本宮不讓蓁蓁出宮，一是為了她的安全著想，二是考慮到她的身分。若她生在尋常人家，遇到喜歡的兒郎，本宮能作主的，一定會儘量滿足她。可妳也知道，皇室的公主，哪一個不是靠官家指婚呢？」

嫻妃初入宮廷時，吃了不少苦頭。若不是珍妃護著她，恐怕早就病死在宮牆之中了。這麼多年以來，她唯有趙蓁這麼一個女兒，自然希望趙蓁能嫁得如意郎君，擔心趙蓁與黃鈞來往的事會惹怒靖軒帝，也擔心靖軒帝不顧念父女之情。

如今，靖軒帝雖然把政務交給趙霄恆，但兒女的婚事，仍牢牢地抓在他手中。

嫻妃想到這裡，心中憂思更重。

「本宮擔心的是，蓁蓁一顆癡心向前，最終卻要被身分的枷鎖狠狠拉回來。」

寧晚晴打量嫻妃的臉色，總覺得她話裡有話，低聲問道：「嫻妃娘娘，關於蓁蓁的婚事，父皇是不是說了什麼？」

嫻妃霎時面色一白。

廳中陡然安靜下來，嫻妃神情為難，卻遲遲不肯開口。

寧晚晴有些不安，問道：「嫻妃娘娘，父皇莫不是已經有了賜婚的人選？」

嫻妃聽到這話，斂了神色，低聲道：「尚未有定論。」

寧晚晴見嫻妃似乎不想說，不好繼續追問，只得道：「嫻妃娘娘，蓁蓁如今的心思，您也明白。與其讓她懸著一顆心，日日念想，不如讓她見黃大人一面，求個結果，如何？」

嫻妃悠悠嘆了口氣。「若黃大人對蓁蓁好，本宮自然也願意成全他們。可惜，就算他們真的兩情相悅，婚事終歸不是本宮作主。」

嫻妃太了解靖軒帝的脾性，趙蓁是趙霄恆最疼愛的妹妹，又是如今皇室同輩裡唯一的公主，她的婚事可能牽動各方利益。黃鈞與常平侯府沾親帶故，且和東宮走得極近，按照靖軒帝的心思，是萬萬不會把趙蓁許給黃鈞的。

寧晚晴看著嫻妃，道：「嫻妃娘娘，我知道您夾在父皇和蓁蓁中間，難以自處。但我是個局外人，反而覺得，此事應該想得簡單些。」

嫻妃有些不解。「怎麼個簡單法？」

寧晚晴微微笑了笑。「若他們認定了彼此，那我們便想法子，助他們有情人終成眷屬；若是他們不合適，那就此揭過，也讓蓁蓁收拾心情，好好迎接自己的將來。」

嫻妃怔了一下。「當真有機會周旋？」

寧晚晴道：「不試一試，怎麼知道呢？玉遼河一案，沈寂了十幾年，如今不也還了宋家清白嗎？」

嫻妃默然思量，垂眸一笑。「罷了，就聽妳的，再容她任性一回吧。」

第八十八章

夏日的天氣說變就變，早上還晴空萬里，到了下午，烏雲就一團捲著一團，盤旋在空中，擋住日頭的光和熱，讓整個京城黑下來。

黃鈞坐在衙門靠裡的位置，陡然間，便暗得連文書都看不清了。

「阿堯，點燈。」

隨從阿堯聽罷，取來燭臺，一面點燈、一面提醒道：「大人，眼看著要下雨了，要不咱們早些走吧，免得張家二姑娘等急了。」

一提「張家二姑娘」，黃鈞的眉頭便皺了起來，道：「等處理完差事再說吧。」

阿堯見黃鈞一副不緊不慢的樣子，不由著急。「公子，張家的帖子多日前就送到府裡，您若是不去，小人如何向老夫人交代？」

黃鈞淡淡道：「是母親應的，應該由她去見。」

燭光亮起，黃鈞翻過一頁文書，又垂眸看了起來。

阿堯忍不住嘆氣。「大人，張家二姑娘美名在外，又對您欽慕已久，您去見一見，也不吃虧呀。再說了，老夫人母家與張家是世交，若是應了又不去，只怕會影響兩家的交情。」

黃鈞思量片刻，放下文書。「你說得有道理，與其一直拖著，不如一勞永逸。」說罷，站起身來。

阿堯見黃鈞打算赴約，高興不已，忙道：「大人，馬車都備好了，趁著沒有落雨，我們快些走吧。」

黃鈞漠然點頭。

然而，等他們走到廊上，外面卻飄起了紛揚的小雨。

黃鈞伸出手，試圖接住雨點，可雨霧卻穿身而過，化於無形。

終究只有一片濕潤，什麼也沒有留住。

黃鈞無言地收回手，並沒有接阿堯遞上的傘，而是信步走入雨中，出了門廊。

馬車早已等在門口，馬兒正不耐煩地用蹄子刨著地面，見到黃鈞過來，才悶悶哼了聲。

這條長得沒有盡頭的街道，早已被雨霧籠罩，灰濛濛的一片。唯有一抹鵝黃的身影，彷彿一盞小小的燈，照亮了黃鈞的眼。

趙蓁依舊穿著她最喜歡的鵝黃裙衫，只是，原本愛笑的臉上，似乎多了幾分愁容，身形也越見纖細，整個人彷彿虛弱了不少。

她沒有撐傘，就這樣孤零零地站在雨裡，目不轉睛地看著黃鈞。

兩人臨街對望，黃鈞的心突然漏跳了一拍。

阿堯見狀，忍不住道：「大人，七公主她……」

黃鈞抬起手，止住了他的話。「我去去就來。」
阿堯動了動唇，終究沒有說什麼。
也許，七公主才是他家大人不去見張家二姑娘的原因吧。

趙蓁如從前一般守在大理寺門口，等著黃鈞下值。
不過，這次不同的是，她既期盼見到他，又害怕見到他。
直到看見如青竹般的身姿出現在門口，趙蓁的心便懸了起來。
黃鈞看見她，明顯地怔了一下，在原地停留片刻後，信步走來。
趙蓁見到他穿過濛濛的雨霧，一步步靠近她，不知怎的，竟然有些鼻酸。
黃鈞停在三步之外，依禮問安，疏離之餘，又叫人挑不出任何錯處。
「公主殿下怎麼來了？」語氣極淡，甚至聽不出一點詢問的意味。
趙蓁靜靜看著他，片刻之後才開口。「為何不回信？」
黃鈞面色如常，似是不甚在意，隨口答道：「近日差事繁忙，忘了。」
「忘了？」趙蓁抬起眼簾看他。「之前我送的信，你每次都當日回覆，為何這次會忘了？況且，我派人送給你的，何止一封信？」
原本明亮美麗的雙目，此刻蓄滿了委屈的淚水，似乎隨時要湧出來。
黃鈞暗自握緊拳，但依舊面不改色。

「上次見面時，微臣說過，我的傷已經好了，不勞公主殿下費心，公主實在不必在微臣身上花太多心思。」

趙蓁不肯聽，直直地盯著黃鈞，道：「你受傷時，我們經常待在一處，你還說等到了夏日，要帶我去河邊踏青，我要帶你去喝我釀的酒……你都忘了嗎？」

黃鈞薄唇微抿。「當時，微臣怕公主擔心我的傷勢，才故意說些旁的，以圖分散公主的心思。如今，一切都過去了……公主若還想去河邊踏青，微臣可以奉命作陪。」

「你！」趙蓁被他氣得眼睛通紅，難以置信地問：「正清哥哥，我不相信你是見異思遷的人。你告訴我，是不是遇到了什麼難處？為何突然就……」

黃鈞站得筆直，絲毫不為趙蓁的情緒所動，淡聲道：「微臣並未遇到什麼難處，還請公主不要胡思亂想。」

「那是不是我太任性、太不懂事，做了什麼惹你生氣？」趙蓁忍不住抬起手，拉住黃鈞的衣袖。「你告訴我，若是我的錯，我一定改，好不好？」

黃鈞垂眸，瞧了那隻纖細的手一眼。皓腕不堪一握，肌膚吹彈可破，可見是被金尊玉貴地養大，從來沒有吃過任何苦頭。

就是這樣的一隻手，曾經幫他包紮過鮮血淋漓的傷口，為他盛湯送藥。

黃鈞忽然有種衝動，想緊緊牽住這隻手，再也不放開。

但這念頭只出現了一瞬，就被他死死按了下去。

黃鈞面無表情道：「公主殿下，您是九天明月，微臣乃凡塵淤泥，實在不適合在一起。如果之前有些事讓公主誤會了，那是微臣的不是，微臣向您賠罪。」

他說罷，掙開了趙蓁，兩手抬起，恭謹地交疊著，要對趙蓁行禮。

趙蓁的眼淚終於奪眶而出，哽咽著道：「正清哥哥，你總要給我一個理由吧？身分、地位，我從來都不放在眼裡，我相信你也是這樣的人。若是你真的貪圖富貴，與我在一起，難道不是一個好選擇嗎？你到底為何如此！」

她的眼淚滑過臉頰，滴落到黃鈞的衣袖上，暈出一片惆悵。

黃鈞的指甲不覺嵌入手心，刺得生疼，卻不吭一聲。

他深吸一口氣，道：「殿下，微臣已經有心上人了。」

趙蓁微微一怔。

轟隆一聲雷響，打破了兩人之間的沈寂。

悶熱的夏日，趙蓁卻覺得渾身發冷，顫聲問：「是誰？」

「張家二姑娘。」

黃鈞說罷，怕趙蓁不信似的，又補了一句。「是我母親選定的，我此刻離開大理寺，便是要去見她。」對趙蓁一揖。「若公主沒有旁的事，微臣先告退了。」

趙蓁未來得及攔他，他便上了馬車。

阿堯神情複雜地看了趙蓁一眼，忍不住搖搖頭，也坐上馬車，一抽馬鞭，馬兒隨即往前奔去。

趙蓁呆呆地站在原地，眼睜睜看著馬車離開。

春桃一直候在一旁，直到黃鈞走了才過來，見趙蓁一言不發地站著，出聲勸慰。

「公主，您沒事吧？這黃鈞真不知好歹，為這樣的人傷心，不值得！」

趙蓁虛弱一笑，垂下眼瞼，搖了搖頭。

「他這麼做，必然有他的理由……」

春桃有些不忿。「公主，都什麼時候了，您還為他說話？」

趙蓁低聲道：「妳不明白，他是那樣好的人……只是，以後與我無關了。」

醞釀已久的大雨，終於傾盆而下。

趙蓁的眼淚，也在這一刻決堤。

馬車在地面軋出兩道泥濘的軌跡，又很快被大雨沖去。

車內的氣氛沈鬱至極，阿堯忍不住看了黃鈞一眼，只見他正襟危坐，面色蒼白如紙，兩隻手放在膝蓋上，緊緊握著，彷彿在極力忍耐。

「大人，既然您心裡有公主殿下，為何要拒人於千里之外呢？」

車裡光線昏暗，黃鈞低下頭，自懷裡掏出一塊玉牌。這玉牌是大理寺寺正的身分象徵，意味著正義與公道，也是他努力多年得來的。

「我這一生，都要與宵小歹人打交道，注定命途多舛。」黃鈞輕輕摩挲著玉牌。「而她……是這世上最天真純潔的姑娘，理應過著富貴安逸的生活，不應該隨我捲入紛爭是非之中，日日擔驚受怕。」

黃鈞說完，將玉牌緊緊攥在手中。若他的微薄之力，能讓這世道變得清明一分，那她所見到的一切，也將變得更好吧？

雨下得越來越大，淅淅瀝瀝的聲音，淋出一片蕭瑟之意。

趙蓁漫無目的地走在街頭，雙腳已經被雨水浸透，卻無知無覺。

春桃擔心她著涼，舉著傘，緊跟在她的身旁。「公主，您要去哪兒？」

這話彷彿針一樣，刺中了趙蓁的心。

「是啊，我該去哪兒呢？」

趙蓁喃喃自語。對她而言，能回去的地方，只有那個黃金鑄就的牢籠罷了。

今日出宮，是她爭取已久的結果。可這一次見面，還不如不見。

趙蓁覺得心口有些悶悶的痛。

她無言地抬起頭，這條街道曾經那麼熱鬧，她與黃鈞一起逛過，甚至與不少攤主相熟。

眼下，這場雨讓小販們早早收了攤，原本熙熙攘攘的街道上，現在變得空無一人，彷彿過往的歡樂與喧囂，從來沒有存在過。

趙蓁不禁有些恍惚，黃鈞要退出她的世界，兩人共同的經歷和記憶，也將消失了嗎？
她頹然無力地走著，雨水打濕她的長髮，濕漉漉地黏在身上，看起來狼狽至極。
春桃於心不忍，溫聲道：「公主，我們回去吧，您這樣會生病的。」
趙蓁搖了搖頭，推開春桃扶著她的手。「別跟著我。」
春桃聽罷，只得在原地等候，靜靜看著趙蓁失魂落魄地走進雨裡。
趙蓁站在路旁，慢慢抬頭，盼著冰涼的雨水能將心中的難過沖刷而盡。
這時，街角處突然出現一輛馬車，馬兒四蹄翻飛，穿過大雨，直衝趙蓁而來。
趙蓁還沒有反應過來，春桃立即驚呼出聲。「小心！」
待她看清眼前情況，馬車已經駛到趙蓁跟前，趙蓁被馬兒的氣勢衝得跌倒在地，泥水濺了一身。
車夫狠狠勒馬，馬車才停下來。
馬兒忿忿地跺腳，似乎極為不悅。車夫也不耐煩地跳下車，手裡攥著鞭子，開口怒罵。
「沒長眼睛嗎？看到車來了，還不知道避開？」
春桃連忙扶起趙蓁，怒斥車夫。「這是城中主道，怎能如此縱馬狂奔？況且我們站在路邊，又不是路中，你怎麼趕車的，到底是誰不長眼睛?!」
車內的男人撩起車簾，露出一隻骨節分明的手，語氣不善。「怎麼回事？」
車夫畢恭畢敬地走過去，道：「主人，剛剛遇上不長眼的小丫頭，這才驚了馬兒，還望主人恕罪。」

男人坐在幽暗的車廂裡，往街上看了一眼——面前的姑娘著了一身鵝黃裙衫，雖然裙襬髒了一片，但小臉精緻無比，彷彿一個好看的瓷娃娃。

男人勾起唇角，笑了笑。「有點意思。」

車夫聽懂了男人的言外之意，轉身朝趙蓁走去，一改之前的囂張，滿臉賠笑。

「姑娘，妳沒受傷吧？」

趙蓁心慌一瞬，很快鎮定下來，冷冷瞥向車夫。

「我若有事，今日你們只怕也走不了了。」

車夫一聽，忙道：「姑娘說得是，方才都是我的錯。」

趙蓁沒心思與他較勁，對春桃道：「罷了，我們走吧。」

趙蓁說完，想帶著春桃離開，車夫卻抬手擋住了她們。

「姑娘，別急著走啊。方才差點撞到妳，確實是我們失禮了，我家主人說，想給姑娘賠個禮。」

車夫身材魁梧，一臉絡腮鬍子，笑起來不懷好意。

春桃蹙眉。「你這是做什麼？讓開。」

車夫的眼神上下打量春桃，心道這個丫鬟生得也不賴，笑咪咪道：「姑娘別生氣，我們可是一片好心，妳們別敬酒不吃吃罰酒。」

趙蓁面色驟冷，道：「滾開！」

車夫的耐性耗盡，露出猙獰之色。「臭丫頭，居然給臉不要臉。今日我倒要看看，妳們如何走得了！」

他說罷，一手拉過趙蓁的胳膊，將她往馬車拖去。

春桃死死抱住趙蓁，趙蓁驚慌失措掙扎起來。「放開我！」

她的話音未落，便見一個身影飛快閃過，一腳踢在車夫胸膛上。

車夫吃痛出聲，放開了趙蓁。

「蓁蓁！」

清越的女聲響起，趙蓁循聲看去，見是寧晚晴帶著于劍等人來了。

于劍還嫌方才那一腳踢得不過癮，又狠狠踢了幾腳，讓車夫慘叫連連。

趙蓁還未從黃鈞的事中緩過來，又差點被歹人拖上馬車，一時委屈至極。見到寧晚晴，便撲進她的懷中，痛哭起來。

寧晚晴連忙輕撫她的背脊。「別怕，嫂嫂來了。妳們出來，怎麼也不帶些侍衛，萬一出了事，可怎麼好？」

趙蓁抽泣著說：「我、我是出來見他的，不想讓太多人知道……」

寧晚晴見到趙蓁這副模樣，便知她今日並不順利，眼下也不是問話的時候，目光轉向了那名車夫。

「你到底是什麼人？」

車夫被打得鼻青臉腫，恨恨瞪了寧晚晴一眼。

這一眼，讓寧晚晴心頭一頓。

此人的瞳孔是棕褐色的，再瞧他的頭髮，全部藏在帽子裡，露出的一小截微微鬈起，相貌似乎不是中原人士。

車夫見寧晚晴打量著他，有些心虛地低下頭，並不答話。

寧晚晴看車夫不語，幽聲道：「這是誰家的狗？若是沒人管，便由我們處置了。」

車夫一聽，頓時大驚，忙對著馬車呼喊。「主人！主人救我！」

片刻後，車簾被推開，一位貌美侍女率先下了馬車，小心翼翼地將馬凳擺在地上，恭敬地候在一旁。

而後，一名高大的帶刀男子先下來，手中撐著一把傘，靜默立在一旁。

傘下緩緩出現一張男人的臉，下半部裹著布巾，看不清全部面容，但肌膚呈小麥色，那雙眼睛如雄鷹一般，狠中含戾。

帶刀侍衛謹慎地為男人打著傘，隨他行至寧晚晴等人面前。

男人目光幽幽地打量著寧晚晴，這眼神，彷彿想把人從外到裡拆開、揉碎了看似的，讓人渾身不舒服。

寧晚晴卻站得筆直，回敬了男人一眼，唇角輕勾，彷彿還有幾絲不屑。

男人見寧晚晴毫不畏懼，只得先開口。「姑娘找在下？」

寧晚晴注意到他也是褐色瞳仁，但這褐色相較於車夫，似乎又深上許多。

他這話說得玩味輕佻，寧晚晴不疾不徐地道：「閣下養的狗，冒犯了我妹妹，不知閣下打算自己管教，還是讓我幫你管教？」

「冒犯？」男人低低笑了兩聲。「我不過是一片好意，擔心姑娘淋雨罷了。」目光往趙蓁看去。

趙蓁本能地覺得此人不簡單，往寧晚晴的背後躲了躲。

寧晚晴冷盯他一眼。「當街縱馬傷人，又不顧姑娘的意願，隨意拉扯。若是鬧到官府去，也要治你們一個強搶民女之罪。」

男人聽到這話，忍不住哈哈大笑起來。「夫人可真是有趣，如此小事，也值得驚動官府？罷了，來人。」

帶刀男子立即上前，奉上一只錢袋。

男人接過錢袋，遞給寧晚晴，輕蔑地說：「這袋銀錢，夠買三個奴僕了。妳收下，此事作罷。」

寧晚晴從袖袋中掏出一片金葉子。「我這片金葉子，夠買十個奴僕，不如公子將身邊三人都賣給我，如何？」
男人面色慍怒。「妳到底要如何？」
寧晚晴不卑不亢道：「你們冒犯了我妹妹，如果不誠心道歉賠罪，休想離開這裡。」
于劍也抬了抬手中的劍，目光挑釁地看著男人的侍衛。
一時間，氣氛有些緊張。
男人眼眸微瞇，沈聲道：「要是我不肯呢？」
寧晚晴微微一笑。「官府離這裡不過半條街而已，若公子不肯，那我們就去衙門分說分說。你可以試試看，大靖的律法，會不會對北僚人留情面？」
男人面色陡然一沈。

第八十九章

大雨之中，男人冷著臉，與寧晚晴無聲對峙。

寧晚晴靜靜地看著他，毫不退縮。

片刻後，男人焦躁起來，面色垮下，一記眼風掃向車夫，怒斥。「還不快向夫人與姑娘賠罪！」

車夫一愣，喃喃道：「主人……」

「沒聽見我的話嗎？」男人極不耐煩地打斷了他。

車夫不得已，不情不願地擠出一句。「對不住。」

寧晚晴道：「這一句道歉，是為方才的驚馬之過，他對我妹妹的冒犯怎麼算？」

男人的侍衛有些不悅了。「妳可別得寸進尺。」

寧晚晴一笑，對男人道：「公子，你這侍衛，倒是主意不小。」

男人顯然不想與寧晚晴繼續糾纏下去，沈吟片刻，驀地問車夫。「你的哪隻手冒犯了姑娘？」

車夫愣住，難以置信地看著男人。「主人，您這是什麼意思？」

「少廢話！」男人眼色一沈，一把抽出腰間佩刀，立即砍向車夫的胳膊。

車夫慘叫一聲，疼得滾到地上，手臂上滲出汩汩鮮血，瞬間染紅了地面。

男人收了刀，面色陰沈地看向寧晚晴。「夫人可滿意了？」

寧晚晴沒料到男人會突然動手，但面色依舊不改，淡聲道：「罷了，這件事到此為止。以後若讓我撞見你們欺辱百姓，絕不輕饒！」

男人眯著眼，盯著寧晚晴一會兒，最終冷笑一聲，拂袖而去。

馬車駛遠，于劍衝男人離開的方向怒斥一句。

「若不是為了隱瞞身分，我定要打爆他們的狗頭！」

寧晚晴道：「他們肯就範，不也是為了隱瞞身分嗎？」

于劍愣住。「太子妃，您這話是什麼意思？」

「我看這幾人的外貌，不像中原人士，便說幾句話試探他們，孰料竟然上鉤了……我猜他八成就是北僚來的，為了隱藏自己的真實身分，才不敢鬧到官府去。而且，此人身分應該不一般。」

趙蓁有些詫異。「何以見得？」

寧晚晴低聲道：「妳可看見了他方才用的刀？在北僚，男子成年時，族中長輩會贈與隨身的刀，刀鞘上鑲嵌的寶石越多，代表身分越尊貴。」

眾人恍然大悟，這也是寧晚晴進一步逼迫那人道歉的原因，她就是想看看，對方到底是什麼來頭。

但男人顯然不想被寧晚晴看穿，才道歉了事，急急地離開了。

寧晚晴道：「于劍。」

于劍應聲。「太子妃有何吩咐？」

「如今北僚與西峽使臣入京在即，這一行人實在有些可疑，你跟上去，探一探他們的來歷，切莫打草驚蛇。」

于劍領命而去。

此時，雨已經停了，寧晚晴轉過身，凝視眼前的趙蓁，她的頭髮和衣襟都濕了，眼睛紅得發腫，看起來可憐兮兮的。

寧晚晴什麼也不必問，就知道了她與黃鈞見面的結果。

「走吧，先送妳回宮。」

趙蓁只得乖乖點頭。

趙蓁受了驚嚇，又淋了雨，回宮的路上便咳嗽起來。

待回到雅然齋，嫻妃一見趙蓁這蔫蔫的模樣，又氣惱、又心疼，只得道：「已經著人備了熱水，還不快去洗一洗。」

趙蓁無聲點頭，隨著宮女們去了。

寧晚晴問道：「春桃，今日黃大人到底同蓁蓁說了什麼？」
春桃咬了咬唇，將兩人的對話一五一十說了出來。
嫻妃蛾眉微攏。「那黃鈞居然敢如此對待蓁蓁？」
春桃連連點頭。「奴婢從沒見過公主受這麼大的委屈，但公主還覺得黃大人心裡有苦衷，唉……」
寧晚晴沈聲道：「嫻妃娘娘，眼下還是先好好照顧蓁蓁吧，至於他們之間的事，唯有他們才清楚。這次的事，是我思慮不周。」
嫻妃默默嘆了口氣。「妳也是一片好意。這孩子，從小到大沒有經歷過什麼挫折，如今這樣，也好讓她知道，這世上不是什麼事都能如意的。事已至此，只盼她能早些想清楚。」
寧晚晴點頭，起身向嫻妃告辭。

寧晚晴回到東宮時，已近傍晚。
今日她聽說趙蓁出宮，有些不安，遂帶著于劍跟出去，孰料竟真的遇上了意外。
「妳怎麼看起來無精打采的？」
彼時，趙霄恆已經忙完御書房的政務，回到東宮，見寧晚晴面色不好，便信步走了過來，坐到她的身邊。
寧晚晴靜靜靠在他的肩頭，低聲道：「殿下，大多數男人都會變心嗎？」

趙霄恆微微一愣，垂眸看向寧晚晴，笑道：「妳在胡思亂想什麼？」

寧晚晴沒說話。

趙霄恆思索了一會兒，問道：「是蓁蓁與黃鈞的事？」

寧晚晴抬起頭看他。「你知道了黃大人拒絕蓁蓁的事？」

趙霄恆長眉一挑，似是有些意外。「黃鈞拒絕了蓁蓁？」

寧晚晴頓了頓。好吧，原來他還不知道。想來也是，今日他整天都在御書房忙著，哪有精力去理這些事呢？

趙霄恆凝視寧晚晴，道：「妳是不是擔心，黃鈞變了心，而有朝一日，孤也會變心？」

寧晚晴輕輕搖頭。「不，妾身是在想，黃大人這番話的用意。妾身總覺得，他並不是對蓁蓁毫無感覺。」

前世她當律師時，見過太多因愛生恨的怨侶。也許每一對的開始都是美好的，可走到窮途末路，不少人都展現出人性的黑暗，實在令人失望。

因此，她對待感情的想法十分透徹，愛則聚，不愛則分。

她有此一問，並非對趙霄恆的患得患失，而是覺得黃鈞此舉有些不對勁。

趙霄恆明白了她的意思，道：「正清此人，人如其名，剛正不阿，兩袖清風，唯一的缺點，便是有些死腦筋。孤猜測，應該是上回遇刺之事，在他心中留下了陰影，擔心自己連累蓁蓁，這才拒她於千里之外。」

寧晚晴頓時醍醐灌頂。「原來如此。不過，他這想法並非全無根據，若一直待在大理寺，必然會接到不少棘手的案件，若涉案之人手腕陰狠，只怕不會放過他身邊的人。」

趙霄恆道：「不錯，他若真的有此顧慮，也足以說明，對蓁蓁是用心良苦了。」

寧晚晴卻說：「他確實用心良苦，但妾身覺得，沒有這個必要。」

趙霄恆聞言，不禁來了興趣。「此話怎講？」

寧晚晴淡聲回答。「妾身以為，人活一世，緣分難得。人人都知破鏡難重圓，但大多數人卻不知如何珍惜身邊人。

「黃大人以為將蓁蓁推開，便是保護了她、珍惜了她，可這並不是蓁蓁想要的，不是嗎？愛一個人，應該給她想要的，而不是全然按照自己的想法做選擇，再把結果強加給她。」

寧晚晴看著趙霄恆，眼裡折射出燭火的光，恍若兩顆小小的星星。

「若妾身是蓁蓁，會寧願陪在喜歡的人身旁，哪怕刀光劍影，險象環生。和相愛之人共同進退，總比嫁給一個不喜歡的人，一生鬱鬱寡歡要強。」

話音落下，兩人靜默相對。

趙霄恆無聲握住寧晚晴的手，低聲問道：「所以，當時妳便是這樣想，才留在孤身邊的嗎？」

他也曾想過將她推開，但掙扎過後，終究不願放開她的手。

寧晚晴莞爾一笑。「殿下覺得呢？」

趙霄恆拉她起身，直接坐到他身上，直視她的眼睛。「孤要聽妳親口說。」

寧晚晴見他這般認真的樣子，忍不住勾了勾唇角。「是。妾身最初嫁給殿下，確實是因為婚約，但後來留在殿下身邊，卻是自己的選擇。

「妾身留下，並不是因為殿下的儲君身分，而是因為殿下為了公道和真相，有犧牲自己的勇氣。妾身欣賞這份勇氣，也想成為這樣的人。能當殿下的妻子，妾身很高興。」

趙霄恆眸色漸深，她說的不是太子妃，而是妻子。

寧晚晴的話音落下，趙霄恆的吻便壓了上來。

隨著兩人感情的層層遞進，這吻也不同於從前的淺嘗輒止，反而變得熾熱和深入。寧晚晴從這個吻中，似乎感受到更深的感情。

他們的結緣，起於靖軒帝為了平衡各方勢力而訂下的婚約。趙霄恆有堅持要走的路，而寧晚晴也清楚地知道，自己想要成為什麼樣的人。

明明有著截然不同的人生軌跡，卻在陰差陽錯之下，在人生的路口相遇。

寧晚晴看透了趙霄恆韜光養晦背後的堅持與執著，而趙霄恆也在和寧晚晴的相處之中，獲得一往直前的勇氣。

一吻結束，趙霄恆緩緩放開寧晚晴，兩人眼神交纏，十指緊扣。

趙霄恆凝視寧晚晴的面頰，低聲道：「這是妳第一次這麼和孤說話。」

平日他見到的寧晚晴，都是理智、冷靜的，說話做事從不拖泥帶水，乾淨俐落。與她討論政務，她能給出些不同的見解；讓她處理後宮內務，她也能做得遊刃有餘。

面對寧晚晴，趙霄恆大多數時候，都是滿心歡喜的。不過，他想起當初那一紙協議，又忍不住患得患失，不由摟緊了懷中人。

寧晚晴輕輕笑起來，輕點他的心口。「原來殿下也喜歡聽甜言蜜語？」

纖細的手指鬧得人心裡發癢，趙霄恆握住她的手，道：「只要是妳說的，孤都愛聽。」

寧晚晴秀眉一挑。「是嗎？殿下不是要重新修撰《大靖律典》，不如趁殿下有空，我們來好好商量一番如何？」

趙霄恆唇角微牽。「好啊，妳講。」

寧晚晴聽罷，下巴微抬，道：「妾身以為，百姓遵紀守法的教化，與賞罰分明同等重要。各地的書院、官府，理應承擔起相關責任，而不是一味地事後懲罰。」

趙霄恆點頭。「晴晴說得有理。還有其他的嗎？」

寧晚晴本來不過想跟趙霄恆開個玩笑，但見他神情認真，又忍不住思索起來。「妾身讀《大靖律典》的時候，發現量刑的規則有些籠統，例如盜竊罪，重罪和輕罪之間的處罰，天差地別。但對於重罪和輕罪的界定，卻不清晰……」

「還有呢？」

趙霄恆一面聽著、一面將她打橫抱起，往床榻走去。

「還有，律法對官員的約束，應該比百姓更嚴，這樣才能讓官員們以身作則，謹言慎行……」

趙霄恆把寧晚晴放到榻上，應聲道：「孤也正有此意，律法改革將從戶部開始推行。」

寧晚晴連連點頭。「殿下說得是，還有……」

「還有很多。」趙霄恆欺身上前，手撐在寧晚晴上方，輕撫寧晚晴額前碎髮，輕聲道：「孤都知道，孤會與妳一起探討，逐漸完善律法。此事並非一朝一夕能完成，幸好我們還有很多時間……」

寧晚晴還想再說什麼，但趙霄恆已經俯下身來，開始溫柔地吻她。

寧晚晴暗道，哼，方才還說喜歡聽她說話呢……

趙霄恆的指尖彷彿凝聚著小小的火焰，觸到哪裡，哪裡便滾燙地燒起來。

寧晚晴的意識逐漸模糊，貝齒輕咬下唇，嚶嚀出聲。

趙霄恆被這貓兒一樣的聲音撩撥，更用力地要她。

幔帳垂下，又是一個花好月圓的夏夜。

回宮之後，趙蓁得了風寒，沒再出過門。

這段日子，寧晚晴除了去探望趙蓁，便是忙著準備寧暮與寧頌回京一事。

到了西凜軍回京這天，寧晚晴早早起身去了常平侯府。

如今黃若雲害喜有些嚴重，但依然想親自去城門迎接自己的公公與夫君。

寧晚晴扶著黃若雲，邁出侯府的大門。「嫂嫂，妳慢點走，別著急，時辰還早呢。」

黃若雲卻道：「妳還不了解妳兄長嗎？他必然是急行軍回來的，八成會比預定的時辰早。如果我們去晚了，只怕他們就被迎入宮了。」

寧晚晴笑了笑。「放心，今日是殿下去城門親迎，若他沒見到我們的身影，定然會想法子拖延時間的。」

黃若雲忍俊不禁。「也只有妳敢這般開太子殿下的玩笑。」

一旁的侍女們也抿唇笑起來。

寧晚晴與黃若雲上了馬車，因為黃若雲有孕，車夫駕車也是小心翼翼，不敢太過顛簸。待馬車徐徐穿過長街，上了京城主道時，他們才發現，主道末尾已經堵得水泄不通了。

寧晚晴伸手抬起車簾，往外面瞧了一眼，只見街道兩旁擠滿了百姓，有的手持鮮花，還有的抱著竹籃，裡面裝了不少餅餌點心；還有不少孩子們，騎在父親肩頭眺望。

寧晚晴放下車簾，詫異地問：「今日怎麼這麼多人？」

黃若雲笑道：「從前不也是這樣嗎？百姓們感念公公和夫君長年駐守西域，每次他們回京，百姓們便會聚集到城門迎接。」

寧晚晴會意點頭，她知道靖軒帝忌憚寧家，但沒想到，寧家在百姓們的心目中，地位居然如此之高。
她出聲吩咐。「讓車夫小心些，切莫撞到了百姓。」
慕雨聽罷，立即去前面交代車夫。
馬車外，不知是誰嚷了一句。「那不是常平侯府的馬車嗎？」
百姓們本來候在一旁，聽了這話，紛紛側目過來。
一名年輕夥計忍不住道：「常平侯府的馬車理應很氣派才是，這輛馬車看起來也沒什麼特別啊。」
旁邊的老叟白了他一眼。「你懂什麼？寧侯爺是出了名的節儉，在軍中也與士兵們同吃同住，家訓如此，才能養出寧將軍那樣的好兒郎。」
「誰說寧家只有好兒郎？」賣麵餅的大娘聽了老叟的話，不高興了。「寧家還出了一位太子妃呢！」
大娘的話獲得身邊不少人的附和，抱著孩子的婦人插嘴道：「寧家少夫人與太子妃也是不易，長年見不到親人，這馬車想來是去迎寧侯爺與寧將軍回京的吧。」
此言一出，眾人會意，老叟高呼一聲。「咱們讓一讓，給常平侯府的馬車先走！」
百姓們聽了，讓到一旁，原本擁擠的街道硬生生騰出一條路來。
車夫見狀，頓時喜出望外，連忙催馬前行。
寧晚晴見馬車忽然快了起來，覺得奇怪，讓思雲探頭去看。

思雲望向車外，笑道：「姑娘，百姓知道咱們要去迎侯爺和將軍，為我們讓路呢。」

寧晚晴與黃若雲對視一眼，心中都有些感動。

寧晚晴撩起車簾，只見無人命令，更無人指揮，但馬車走到哪裡，哪裡的百姓便讓到街道兩邊。

方才抱孩子的婦人眼尖，瞧見車簾被掀開一角，頓時哇了聲，語無倫次道：「你們快看，馬車裡的人，是不是太子妃呀？」

眾人循聲看去，眼睛放光。

「氣質那麼高貴，一定是太子妃吧？生得可真美啊！」

「是呢、是呢，長相與寧將軍有幾分相似。」

「太子妃居然也來了，那太子殿下是不是也會來？」

百姓們的議論聲此起彼伏，寧晚晴見眾人發現她，索性不遮掩了，大大方方地同百姓們招手，笑著回應。「多謝各位讓路。」

話音未落，百姓們更激動了，不少人招手回應，高呼參見太子妃。

馬車沒花多少時間，就到了城門附近。

趙霄恆與不少官員立在城門不遠處，百姓們翹首以盼，等著西瀧軍入城。

馬車緩緩停穩後，寧晚晴扶著黃若雲下了車。

「嫂嫂，妳看，他們還沒到呢。」

黃若雲這才鬆了口氣。「妳不去太子殿下那邊？」

寧晚晴笑了笑，目光望向不遠處的趙霄恆，輕聲道：「不了。」

此刻的趙霄恆，立在百官之前，一襲太子冠服，襯得他越發丰神俊秀，神采飛揚。

趙霄恆似乎感覺到什麼，回過頭來——

寧晚晴站在城牆腳下，日光照得她的皮膚幾近透明，烏髮雪膚、紅唇貝齒，笑得清淺而優雅。對上他的目光後，俏皮地眨了眨眼。

趙霄恆的唇角也不禁勾了起來。

第九十章

不久後，城外響起了號角聲。

這號角聲莊嚴又肅穆，聲音透過城牆，徐徐傳到眾人耳朵裡，讓在場之人都不覺站直了身子。

禮部尚書田升壓低聲音道：「殿下，到了。」

趙霄恆微微頷首，下巴微揚，立在百官前靜候。

須臾之後，厚重的城門徐徐開啟，城外的馬蹄聲由遠及近，如驚雷滾動，氣勢逼人。

士兵們手持長矛，身披銀甲，在日光下逐步挺進。雖然他們連日趕路，但到了城門口，精神卻更加抖擻。

常平侯寧暮駕馬行在軍隊的最前方，驅馬向前，到了城門口，才勒馬止步。

寧頌跟在寧暮身後，看準時機，抬手下令。士兵們停住腳步，長矛一豎，原地候命。

他們身上的銀色甲冑，在日光照耀下，閃著冰冷的光澤。與金戈鐵馬的熱血之風相比，京城風物的富麗浮華，反而遜色了幾分。

寧晚晴是第一次見到大軍班師回朝，更是第一次見到原主的父親。

更準確地說，也是她的父親。

她立在人群之中，目不轉睛地看著遠處的寧暮與寧頌。

他們下了馬，一前一後入了城門，信步向趙霄恆等人走來。

寧晚晴這才看清寧暮的樣子，他身材健壯，穿上盔甲之後，也比旁人魁梧兩分；眼睛周圍布滿皺紋，看起來卻炯炯有神。

寧暮走到趙霄恆三丈之外，抬手取下頭盔，他不過天命之年，但兩鬢已經斑白。

他向前邁了一步，正要單膝跪下，趙霄恆立即伸手托起他。

「侯爺一路辛苦，不必多禮了。」

寧暮卻道：「多謝太子殿下，但君臣有別，禮不可廢。」

於是，寧暮依照規矩，向趙霄恆行了一禮，沈聲道：「微臣寧暮，攜西凜軍精銳，叩請殿下聖安。」

寧頌跪在寧暮身後，亦是身姿端正，態度認真。

趙霄恆道：「兩位免禮。」說罷，再次上前扶起寧暮。

兩人靠近時，寧暮抬頭，不動聲色地打量了趙霄恆一眼。

他許久未回京城，之前即便回來，也不一定能見到這位傳聞中病懨懨的太子殿下。

因此，在寧晚晴嫁入東宮之前，他一度有些擔心這場婚事，還遣了寧頌回京詢問寧晚晴的心意。

雖然寧晚晴最終還是嫁入了東宮，但寧暮始終放心不下。

今日是寧暮首次近身觀察趙霄恆，只見他眉目清朗、氣度高華，心中滿意了幾分。

「多謝太子殿下。」

趙霄恆含笑道：「這些年來，侯爺駐守邊疆，於國有功，應該孤向你行禮才是。」

寧暮難以置信地看了趙霄恆一眼，見他眼神真誠，沒有一絲繼承自靖軒帝的多疑，不禁有些高興。

「為國盡忠，是微臣的本分。」

趙霄恆又道：「侯爺日夜兼程而歸，想必舟車勞頓，但父皇掛心西域的戰況，故而還請侯爺先行入宮一趟。」

寧暮點頭。「殿下言重了，本該如此。」

趙霄恆朗聲吩咐。「田大人，安排下去，為侯爺和寧將軍開道。」

田升躬身一揖。「是，殿下。」

莊嚴的禮樂響起，趙霄恆與寧暮先後上馬，率領著西濼軍精銳，浩浩蕩蕩地入了城。

寧暮騎在馬上，一入街道，便見道路兩旁人山人海，百姓們臉上洋溢著熱情的笑容，還有人為士兵們送上鮮花。

西濼軍走到哪裡，歡呼聲就響徹雲霄，讓不遠千里回京的士兵們自然而然挺直了腰桿，自豪地邁步前行。

寧暮沒有想到，今日居然有這麼多百姓來迎接西凜軍，感慨之餘，又有些意外。以前他回京面聖時，即便靖軒帝來迎，也會當面言語敲打一番，更不會允許有這麼多百姓前來圍觀。這次的歡迎，卻讓整支軍隊備受鼓舞，難不成是太子安排的？

寧暮想到這裡，目光投向右前方的趙霄恆。

趙霄恆察覺到寧暮的注視，索性轉過頭。「侯爺，今日的京城，是不是格外熱鬧？」

寧暮斂了斂神，忙道：「是。微臣也沒有想到，會有這麼多人。」

趙霄恆知道寧暮心中在想什麼，道：「西峽一直對大靖虎視眈眈，北僚進攻我們時，西峽乘機發難，是寧侯爺親自率兵擊潰了西峽主力軍，這才守住了西域。百姓感念侯爺的辛苦，也是應當的。」

寧暮面上的皺紋舒展開來。「多虧了官家和殿下信任，只要微臣還有一口氣，便會守住西域，不讓西峽犯我大靖疆土。」

「侯爺大義。」趙霄恆放慢了馬，湊近寧暮，低聲道：「這次侯爺回京，可以多花些工夫陪陪家人了。」

寧暮會意，向他目光示意的地方望去。

不遠處，寧晚晴正護著黃若雲站在角落。

四目相對，寧暮微微怔了一下，隨即露出笑容。

寧晚晴靜靜福身，遙遙地行了個禮。

寧暮見寧晚晴一身常服，便知她今日並未以太子妃的身分示人，只輕輕點了點頭。

他收回目光，沈默片刻，道：「這些年來，微臣南征北戰，對小女疏於管教，晴晴……太子妃在東宮若有什麼做得不恰當的，還請殿下多多包涵。」

趙霄恆理了理韁繩，淡笑道：「晴晴不但在東宮深得人心，放眼後宮之中，為人處世也極受誇讚，侯爺大可放心。這幾日，孤會讓她回家小住，與侯爺共聚天倫。」

聽到「小住」二字，寧暮終於露出了笑容，道：「甚好，多謝太子殿下。」

「一家人，不必客氣。」趙霄恆說罷，微微點頭致意，驅馬上前。

寧暮又打量趙霄恆的背影一番，越看越滿意了。

福寧殿裡，一陣咳嗽聲打破了午後的平靜。

李延壽連忙走過來，為靖軒帝遞上手帕。「官家怎麼還是咳得這樣厲害，要不要再傳太醫來看看？」

靖軒帝接過手帕，掩唇又咳了幾聲，這才慢悠悠地開了口。「太醫院那些人，就會讓朕放寬心靜養，開的藥是一副比一副苦，卻絲毫沒有作用……咳咳咳……」

李延壽安慰道：「官家莫急，病要好起來，總得花些時日的。」

靖軒帝淡淡道：「只怕朕沒有多少時日了。」

李延壽面色變了變。「官家正值春秋鼎盛，又是天下之主，萬歲均安，何出此言呢？」

靖軒帝笑了聲。「萬歲也好，千歲也罷，不過是權力之下的自欺欺人罷了。百年之後，誰不是黃土一抔？」

李延壽張了張嘴，一時不知該說些什麼。

宋家翻案之後，民間對於玉遼河之事討論得沸沸揚揚，還有不少文人對朝廷當年的誤判不滿，口誅筆伐不絕於耳。靖軒帝便在那個時候一病不起，政務幾乎都落到趙霄恆的肩上。

靖軒帝放下帕子，緩緩坐直身子，問道：「近日，御書房那邊如何？」

李延壽躬身答道：「回官家，太子殿下每日下朝便去御書房，常常待到深夜才離開。」

靖軒帝輕輕哼了聲。「默默無聞那麼多年，朕還真當他是個聽話的人。」

李延壽不敢答話，只能眼觀鼻、鼻觀心，靜靜聽著。

靖軒帝道：「罷了，朕也累了。他還年輕，正是歷練的時候。」

李延壽溫言笑道：「官家，如今太子殿下勤政，乃是您教導有方。您就安心養病吧，一定能早些好起來。」

以前，無論前朝政務，還是後宮是非，靖軒帝都要牢牢抓在手中。這段日子，他幾乎放下了一切事務，又將民怨隔絕在外，雖然身子不好，精神上卻輕鬆了不少。

靖軒帝無聲笑了笑，目光轉向角落裡的那把油紙傘，悠悠道：「朕的病好與不好，倒是沒那麼要緊了。對了，寧暮到哪兒了？」

李延壽想了想，道：「此時恐怕已經快到宮門口了。」

靖軒帝點了點頭，晃晃悠悠地站起身。

李延壽連忙扶住他。「官家小心。」

靖軒帝站穩腳步，沈聲道：「許久沒有見到寧暮了，走吧。」

李延壽穩穩托住靖軒帝的胳膊，扶著他出了福寧殿。

如今靖軒帝體力不濟，已經無法走到御書房，龍輦隨時恭候在外。

上了龍輦，靖軒帝徐徐抬眸，放眼看向紅色宮牆。宮牆一重又一重，將權力的中心層層圍住，不知是擁護，還是枷鎖。

「李延壽。」

李延壽走在龍輦一側，聽到呼喚，立即躬身附耳。「官家有何吩咐？」

靖軒帝幽幽問道：「外面的人都想進宮來，你說，這宮裡會有人想出去嗎？」

李延壽思量片刻，笑著回答。「現在嫻妃娘娘統領六宮，井井有條，且皇宮裡什麼好東西沒有，怎麼會有人捨得離開？」

靖軒帝卻搖了搖頭。「你這個老東西，如今也不說實話了。」

李延壽乾笑兩聲，權當聽不懂靖軒帝的話了。

龍輦走得不緊不慢，穩穩當當。

午後的陽光穿過繁複的華蓋，照在靖軒帝的身上。清風緩緩吹來，讓許久沒出門的他愜意不少，沒過多久，居然睡著了。
李延壽服侍靖軒帝這麼多年，從未見過他在光天化日之下睡著，那身子歪斜、靠在椅背上假寐的樣子，看上去似乎老了許多。
到底是個普通人啊……李延壽這般想著。
龍輦很快到了御書房，趙霄恆與寧暮等人已經候在此處。
李延壽對宮人們示意，宮人們緩緩放下龍輦。
輕微的震動聲吵醒靖軒帝，他緩緩睜開眼，見趙霄恆與寧暮等人跪在眼前，頓時一怔。
他生病之後，許久沒有見人了。
靖軒帝盯著他們一會兒，才開口道：「平身吧。」
趙霄恆站起身，上前攙扶靖軒帝，靖軒帝卻不肯讓他扶，堅持自己邁進御書房。
短短幾步路，靖軒帝走得吃力，李延壽眼疾手快地將他引到龍椅前坐下，這才提起精神，掃了眾人一眼。
「寧暮，別來無恙。」
寧暮越眾而出。「托官家的福。」
靖軒帝凝視寧暮，見寧暮雖頭髮花白，但身姿依然矯健，一如當年出征之時，幽幽笑了起來。
「你真是生了個好女兒，不但能協理六宮，還能助太子翻案，真是好得很啊。」

此言一出，御書房的氣氛一下緊張起來。

寧暮面色緊繃，正猶豫著如何回應，卻見趙霄恆上前一步，不慌不忙道：「父皇，常平侯遠在西域，實在與玉遼河翻案之事無關。若父皇心中餘怒未消，請降罪於兒臣吧。」

靖軒帝見趙霄恆立在他面前，對寧暮有維護之勢，不由冷哼一聲。「翅膀倒是硬了。」

趙霄恆躬身。「兒臣不敢。」

靖軒帝沈默片刻。如今不敢的，是他自己才對。

趙霄恆已在朝堂上站定腳跟，身後又有寧暮和宋楚河的支持，何愁將來坐不穩皇位？

靖軒帝忽然覺得，他的精力似乎在以往波譎雲詭的鬥爭裡消耗殆盡，如今是一輪即將落幕的殘陽，而趙霄恆才是冉冉升起的旭日。

即便他心中再不平，也沒有力氣去改變些什麼了。

靖軒帝覺得疲憊得很，終於斂起咄咄逼人的神色，換了平穩的口氣。

「西峽那邊如何了？」

寧暮答道：「回官家，西峽自兵敗之後，最近一個月還算老實。他們聽聞北僚要與大靖停戰，擔心大靖與北僚結盟之後，會對他們不利，故而也派出使臣，很有可能與北僚使臣同時入京。」

靖軒帝瞧了趙霄恆一眼。「太子怎麼看？」

趙霄恆思量片刻，道：「同時來反而更好，北僚與西峽隔著千里山脈，他們結盟意義不大，所以關鍵便掌握在我們手中。」

靖軒帝微微頷首。「聽聞北僚來使是北僚王長子？」

趙霄恆道：「回父皇，傳言如此，但人還未進京，一切暫無定論。聽聞北僚大王子殘暴不仁，即便來了京城，也不知是否真心想與我們議和。」

靖軒帝凝神思索。「在北僚，大王子最得北僚王喜愛，無論如何，還是不可怠慢。」

趙霄恆點頭。「父皇放心，禮部已經開始準備使臣入京一事，兒臣也會親力親為的。」

「嗯。」靖軒帝又悠悠看了寧暮一眼。「北僚之事就這麼安排，那西峽使臣入京的事，便讓常平侯與你一同準備吧。」

寧暮沈聲道：「微臣必然竭盡全力，襄助太子殿下。」

靖軒帝淡淡應了聲。「好，常平侯離家已久，一路風塵僕僕，不如先回府休息。待鎮國公過兩日回來後，再一起為你們接風。」

寧暮拜謝靖軒帝，便先行退下了。

御書房中，只留下靖軒帝與趙霄恆。

靖軒帝抬起眼簾，眸色深沈地看著趙霄恆。「你這般維護寧暮，就不怕他將來擁兵自重，肆行無忌？」

趙霄恆迎上靖軒帝的目光，坦然道：「猜與忌是相互的，君臣之間，若是不能坦誠互信，永遠也不可能君臣同心。」

靖軒帝彷彿聽到了什麼難以置信的事。「君臣同心？笑話，誰不想登上權力之巔？你對他們掏心掏肺，他們便會踩著你的肩膀上去。」

趙霄恆昂首。「若真有那一日，也是兒臣識人不明，御下無能。但兒臣不想現在就因他人之能，而刻薄待人。」

「你！」靖軒帝一激動，連著咳嗽了好幾聲。

李延壽連忙走過來，為靖軒帝輕撫後背。

趙霄恆微微俯身。「父皇龍體欠安，便不要掛心這些瑣事了。兒臣還有不少政務要處理，先行告退。」說完，轉身大步離開了御書房。

靖軒帝咳了好一會兒，才慢慢緩過來，臉色因為喘氣而青白交替，難看至極。

「官家，您沒事吧？」李延壽想伸手扶住靖軒帝，靖軒帝卻一把將他推開，怒道：「扶什麼？在你眼中，朕也如此無用了嗎?!」

李延壽嚇得連忙跪地。「官家息怒。」

靖軒帝黑著臉，長嘆一口氣。「罷了，這江山遲早是他的，朕懶得管了！」

第九十一章

趙霄恆離開御書房後，出了中庭，見寧暮立在不遠處，便走了過去。

「侯爺。」

寧暮聞聲回頭，露出笑意。「殿下這麼快就出來了？」

趙霄恆道：「侯爺難道在等孤？」

寧暮默然頷首。「方才之事，多謝太子殿下。」

「侯爺言重了。」趙霄恆神色有些複雜。「父皇有自己的顧慮，但他是他，我是我，不知侯爺可明白？」

寧暮凝視趙霄恆，鄭重道：「微臣當然明白。微臣等著殿下出來，是想告訴殿下，我聽說宋家翻案一事後，由衷地為你們高興。當年，微臣與宋楚天將軍也是惺惺相惜的好友，若是我們能早些知道玉遼河之難，說不定還能出兵營救，只可惜……」想起玉遼河的慘案，也是一陣唏噓。

趙霄恆不動聲色地岔開話。「都過去了。如今案子已經重審，對那些為玉遼河犧牲的將士們，總算有個交代了。」

「是啊，將士可以為國捐軀，卻不能含冤莫白。」寧暮深以為然，道：「不知鎮國公何時回來？」

趙霄恆淡淡一笑。「若快的話，便是後日了。」

「後日？你確定？」

趙念卿聽了竹心的稟報，忍不住從貴妃榻上坐起來。

竹心回答。「奴婢多方打聽，北驍軍精銳明晚便會到城郊，後日一早入城。」

趙念卿又問：「聽聞今日常平侯入城，是恆兒去接的，後日的安排也是一樣嗎？」

竹心搖了搖頭。「這個……奴婢就不清楚了。」

趙念卿思量片刻，道：「妳再去打聽打聽。」

竹心低頭應是，默默看了趙念卿一眼，忍不住問道：「長公主，後日鎮國公入城，您也打算去城門相迎嗎？」

趙念卿一聽這話，變了臉色。「誰說本宮要去相迎？本宮不過是想知道他入城的路線，好找人埋伏在街道兩旁，乘機砸他十幾顆雞蛋，讓他鎮國公的顏面盡失才好。」

竹心暗嘆一聲，卻不敢多言，只得連連點頭，轉身離去。

「等等！」

趙念卿開口，竹心立即停下腳步。「不知長公主還有什麼吩咐？」

「十二郎呢？」

竹心道：「長公主不是讓十二郎練劍嗎？他還在院子裡練功呢。」

趙念卿冷哼一聲。「那算哪門子練功，紮個馬步罷了。讓他滾回來，不必再練了。」

竹心應下。「請長公主稍等，奴婢這就去尋十二郎。」

庭院中，太陽格外毒辣。

十二郎半蹲在院子裡，累得汗流浹背，雙腿微微發顫，又不敢倒下，因為趙念卿請的教頭實在太過認真。

教頭手裡攥著木棍，一抬他的下巴。「背脊要直，腰要發力，下盤要穩！再蹲低些！」

十二郎哭喪著臉。「教頭，我實在是蹲不住了，能不能休息一會兒？」

教頭濃眉緊蹙，壓低聲音道：「公子，不是我要為難你，你的體力也實在太弱了，連個馬步都紮不穩，如何伺候長公主殿下？這把劍，你拿著都費勁，如何舞給長公主看？」

十二郎欲哭無淚，忍不住說：「就算我紮好馬步，練好了劍，長公主殿下也會想出別的招數折騰我的。」

教頭一聽，連忙捂住他的嘴。「小聲些，你不要命了？你已經是長公主府最得寵的幕僚，還想怎樣？」

「得寵？」十二郎差點哭出來。「你不知道我過的是什麼日子！整日裡，我不是當擺設，讓長公主殿下畫畫，就是撫琴給她聽，但凡有一個音彈錯了，便要練習一整晚。

「這還不算，長公主殿下說，我不但得精通音律，還得能文能武。於是，我一日練劍，一日上學堂，那些老先生們一個比一個古板，居然還拿歷年的殿試卷子考我。」

當年他把自己賣入萬姝閣，便是覺得自己有幾分姿色，想過些輕鬆的富貴日子。趙念卿將他帶走之時，他還以為自己要飛黃騰達了，卻萬萬沒想到，苦日子才開頭呢。

教頭聽十二郎說了這麼多，也不禁有些同情他。「罷了，你起來休息一會兒吧。」

十二郎這才委屈巴巴地站起來，雙腿都麻了。

教頭道：「你也別怪長公主殿下，其實她是個苦命人。」

十二郎有些不解。「開什麼玩笑？長公主殿下乃是天之驕女，要風得風，要雨得雨，怎麼可能命苦？」

教頭原是長公主府的護院，待在這裡許多年，故而對當年之事有所耳聞，悄聲說起來。「你也知道，咱們長公主是太后娘娘的女兒，被太后娘娘捧在手心裡。長公主自幼便出類拔萃，到了十五歲，更是容姿傾城，美名遠播……」

提及趙念卿的美貌，十二郎也承認。「長公主殿下確實是有傾城之貌，若脾氣再好一點就好了……」

教頭橫他一眼。「當年，殿下的脾氣沒有這麼壞，對我們這些下人也是很好的，想來是歷經情傷後，一直沒有緩過來吧。」

「情傷?!」十二郎難以置信地看著教頭。「還有長公主殿下得不到的男人嗎？」

教頭笑了聲。「那位自然也不是尋常人。當年，咱們長公主隨著已故的珍妃娘娘去宋家之時，便對宋家三公子一見傾心。宋家三公子不但文武雙全，還俊美非凡，又精通音律，連太后娘娘的壽宴，都要請他入宮撫琴助興。」

十二郎聽了，不禁有些疑惑。「什麼宋家三公子，我怎麼沒聽過？」

教頭道：「欸，那時你恐怕還是個黃毛小子，自然不曉得這些事。宋家三公子就是如今的鎮國公，當年宋家落敗後，他消沈了好一段時日，重新入朝，便再無人喚他三公子了。」

十二郎仔細想了想，道：「長公主殿下莫不是因為玉遼河的案子，同鎮國公生了齟齬？」

教頭搖了搖頭。「這我便不清楚了，我只知道，當年太后娘娘已經默許了兩人的婚事，打算等珍妃娘娘生產之後，為長公主殿下與三公子賜婚。皇宮上下都在忙著準備長公主的嫁妝了，萬萬沒想到，出了玉遼河的事，唉！」

十二郎恍然大悟。「原來如此。當年玉遼河一戰死了那麼多人，宋家也從雲端跌落，此事就算與三公子無關，他身為罪臣的嫡親弟弟，也當不成皇家的女婿了。」

「是啊。」教頭也覺得可惜。「長公主是何其高傲之人，當年為了三公子一家，多次在太后和官家面前奔走，還曾被關了起來。」

十二郎忽然覺得，日日折騰他的長公主殿下，倒是真有幾分可憐了。

「那後來呢？」

「後來，宋家的案子不了了之，人人都說宋將軍延誤戰機，間接導致大靖戰敗，宋家家眷也被關了許久。那段時日裡，珍妃歿了，宋老爺子也歿了，連太后都為宋家求情，官家才將宋三公子放出來。」

教頭一面回憶、一面說道：「當時，我還是長公主殿下的護衛，三公子出獄的那一日，我還護送長公主去刑部大牢。三公子在裡面被折磨得人不人、鬼不鬼，瘦得只剩皮包骨，見到長公主，一句話也沒說，便走了。」

「走了?!」十二郎詫異地瞪大了眼。「那個時候他無依無靠，若能和長公主殿下在一起，豈不是最大的保命符嗎？」

教頭點了點頭。「是啊，可他偏不。咱們長公主去找過他許多次，可他都避而不見，沒過多久，便帶著家人去北疆，聽聞宋家以前就是在北疆發跡的。」

十二郎想了一會兒，道：「其實，這也是情理之中。玉遼河一案，宋家就是冤枉的，但官家沒查清事實真相，就將他們下獄，才造成這一連串的悲劇。若我是三公子，也難以接受害我家破人亡之人的妹妹嫁我為妻。」

教頭一推他的腦袋。「敢對官家置喙，你這小子活得不耐煩了嗎？」

「依我看，你們倆是都活得不耐煩了吧?!」

竹心的冷聲清喝，讓教頭和十二郎登時打了個激靈，面面相覷，連忙轉過身來。

教頭滿臉堆笑。「竹心姑娘，妳怎麼突然來了？從背後冷不防出現，嚇了我們一跳。」

竹心冷著臉。「你們還知道害怕？方才議論長公主殿下的時候，膽子不是大得很嗎？」

此言一出，教頭和十二郎冷汗涔涔，十二郎連忙解釋。「竹心姑娘別誤會，教頭同我說這些，是為了讓我多了解長公主殿下一些，免得不小心惹長公主殿下生氣。」

竹心瞪他一眼。「知道不能惹長公主殿下生氣就好。長公主找你了，還不快去？」

十二郎愣了愣。「找我?!」

竹心點頭。「你再不去，只怕又要挨罰了。」

十二郎面色一凜，想也不想，向長公主寢殿跑去。

竹心見他這般倉皇的樣子，不由搖了搖頭。

明明是長得那麼相似的兩個人，為何行事如此天差地別？

等十二郎趕到寢殿時，趙念卿的耐心已經耗盡了。

她手裡攥著一顆翠玉葡萄，面無表情地盯著他。「怎麼這麼久才來？」

十二郎掛起一臉笑容。「小人正按照長公主殿下的吩咐練功呢，一時投入，沒聽到竹心姑娘的呼喚，這才來遲，還望殿下見諒。」

他笑得一臉討好，眼角眉梢之間，還有些賣弄之相。

趙念卿突然覺得厭煩。「不許笑！」

十二郎一愣，連忙斂起神色，依照吩咐繃住臉，一動也不敢動。

這下，趙念卿終於看得順眼了些，將那顆被捏軟的葡萄扔回一旁的盤子裡。她徐徐起身，身子前傾，手中的玉扇伸出，一抬十二郎的下巴，問道：「你可知後日是什麼日子？」

十二郎心思飛轉，但想了好一會兒，都想不出個所以然來，只得小心翼翼地說：「小人愚鈍，還請殿下賜教？」

趙念卿打量他的面容一會兒，放開他，重新陷入舒服的貴妃榻中，舒展白玉一樣的腳踝，恣意地半躺下來，輕搖手中的玉扇。

「後日是個難得的黃道吉日，你入長公主府已久，甚少出門，本宮打算在那一日帶你出去玩玩，你說好不好？」

到了西濛軍入城這一日，趙霄恆同之前一樣，天不亮便起床準備。

寧晚晴被他的動靜吵醒，迷迷糊糊地睜開眼。「殿下？」

趙霄恆立在屏風外，由福生替他更衣，聽到聲響，回過頭來，溫聲道：「妳再多睡一會兒。」

寧晚晴沒有聽勸，披衣起身，繞過了屏風。

福生見狀，識趣退下。

寧晚晴走上前，為趙霄恆理了理衣襟。「你起來了，怎麼也不叫我？」

趙霄恆笑了笑，凝視她惺忪的眼。「看妳睡得沈，就沒有叫妳。這些事，自有他們來做，妳不必勞心的。」

寧晚晴勾了勾唇，輕柔地為趙霄恆拉平腰帶，而後又退開一步，上下打量他。

「好了。」

不得不說，趙霄恆這張臉，真是穿什麼都好看。

趙霄恆垂眸看去，見寧晚晴赤足站在地上，頓時長眉微攏，俯身將她抱起。「雖是夏日，也不可過分貪涼，鞋子還是要穿的。」

寧晚晴眉眼輕彎。「知道了。」

趙霄恆唇角揚起，將她抱回榻上。

夏日炎熱，寧晚晴本就穿得少，薄如蟬翼的衣衫，微微透出肌膚的雪白，曲線畢露的身段展露在眼前。

趙霄恆一時心猿意馬起來，俯身要解寧晚晴的衣衫，但寧晚晴怕他一發不可收拾，連忙伸手擋開他。

「殿下，時辰快到了。」

趙霄恆眸色幽幽地盯著她，半晌後，終究是遺憾地坐起身。

寧晚晴暗暗鬆了口氣。他精力旺盛，若是一大早折騰，只怕她又要痠軟半日。

趙霄恆回頭，見寧晚晴笑得開心，忍不住捏捏她的臉。「妳好像巴不得孤快些走？」

寧晚晴一頓，連忙搖頭。「怎麼會呢？妾身是擔心殿下誤了正事……對了，接風宴如何安排？」

趙霄恆道：「這兩日，父皇病得越發嚴重，原定的宮宴便取消了。」

「昨日妾身也聽嫻妃娘娘說了此事。」寧晚晴若有所思。「妾身父親也不喜應酬，與其操辦宮宴，不若準備一場家宴，樂得自在。」

趙霄恆笑道：「那便按照妳的意思辦，孤著人安排。」

寧晚晴含笑點頭。「舅父那邊呢？」

趙霄恆笑了笑。「舅父更不喜人多，就算父皇辦了宮宴，他多半會中途離場。昨日收到書信，今夜他想與我們小聚一番。孤先去城門迎軍，晚些時候再回來接妳。」

到了傍晚，趙霄恆果然提前回來。

他與寧晚晴均換了一身常服，帶上于書和于劍，出宮去了。

夏夜涼爽，入夜之後，街頭的人並不比白天的少。

寧晚晴愛極了這種熱鬧的煙火氣，覺得心情大好。

趙霄恆見她開心，道：「若妳喜歡夜市，以後我們常常出來。」

寧晚晴側目看他。「當真？某人不需要日理萬機了？」

趙霄恆低笑了聲。「某人總要抽時間，陪一陪夫人才好。」

夫人二字，倒是比太子妃親切得多。

寧晚晴挑眼看他，笑著應聲。「好啊，夫君。」

趙霄恆唇角牽了牽，握住她的手。

寧晚晴問：「我們去哪兒見舅父？」

「老地方。」

趙霄恆話音落下不久，兩人便到了京城最繁華的主街。萬姝閣的牌匾依然立在長街中央，華麗醒目。

寧晚晴有些意外。「世子不是要離開京城嗎？」

趙霄恆道：「原是要走的，但我將他留了下來。」

原來，薛家謀逆之時，齊王也參與其中，還未來得及行動，便被趙霄恆察覺，及時抓下。

靖軒帝剝奪齊王封號，沒收全部家產，將齊王一家打入天牢。

所幸，趙獻對齊王謀逆一事毫不知情，趙霄恆遂向靖軒帝求情，靖軒帝拗不過他，放了趙獻一馬。

趙獻本就對那個涼薄的家寒了心，得知自己的父親造反後，更是心灰意冷。出獄之後，他本想離開京城，換個地方重新開始，趙霄恆卻將萬姝閣贖回來，邀他打理。

趙獻猶豫再三，最終還是答應了。

第九十二章

趙霄恆與寧晚晴說話間，走到了萬姝閣門口。

掌櫃還是曾經的掌櫃，一見到兩人，樂得臉上開了花。

「公子，夫人，快快，裡面請！」

趙霄恆頷首，帶著寧晚晴拾階而上。

趙獻得了消息，同從前那般匆匆迎出來，殿下二字還未出口，便被趙霄恆用眼神制止。

他轉了轉眼珠，改口道：「堂兄總算來了！」

趙霄恆笑了下。「怎麼，舅父已經到了？」

趙獻點頭。「可不是嗎？他不但到了，如今還在調教我的琴師呢。您再不來，只怕琴師便要辭工了。」

趙霄恆眼皮跳了跳。「去看看。」

於是，趙獻領著趙霄恆與寧晚晴，上了二樓雅間。

萬姝閣的雅間本就裝潢得雅致氣派，為了讓客人感到涼爽，旁邊還放著一盆冰。

樣貌清秀的侍女立在一旁，拿著扇子徐徐為客人搧風，眼睛卻轉也不轉盯著房中的男子。

男子看著約莫三十多歲，著了一襲纖塵不染的青色長衫，渾身上下，除了一支古木簪子，再沒有任何裝飾，但整個人卻散發著一股清貴之氣，讓人不敢小覷。

小二與侍女只知道這是位貴客，卻不清楚男子的身分。

方才，一樓的琴師奏了一曲，男子覺得琴音似有不妥，遂讓小二將琴師帶上來。

「你的指法不正，所以琴音才會有些顫抖，且問題出在你的中指上，故而每到幾個高音處，都有些走調。這習慣不好，得盡快改掉才是。」

宋楚河的聲音溫潤清朗，如流水一般，但琴師卻有些不服，見他衣著樸素，便道：「閣下若覺得我彈得不好，不如自己來奏一曲？」

宋楚河身旁的小廝一聽，訓斥道：「大膽，你可知你在與誰說話？」

宋楚河卻擺了擺手，笑道：「無妨，在音律一事上，王公貴族也好，販夫走卒也罷，都是平等的。」

他說完，從跪坐的蒲團上緩緩站起身，走到琴師面前，淡淡一笑。「可否借閣下的琴一用？」

琴師自詡技藝高超，正憋著一肚子氣，遂賭氣道：「好啊，我倒要看看，閣下的琴音能否繞梁三日而不絕。」

宋楚河也不生氣，只輕輕笑了笑，抱起琴師的古琴，放到几案上。

這一套動作如行雲流水，優雅順暢，饒是琴師也看得愣了愣。

宋楚河手指按壓琴弦，道：「許久沒有摸琴了，姑且一試，獻醜了。」說完，指尖微動，勾起了琴弦。

靈動的曲調從琴間緩緩流出，循序漸進，絲絲入扣，從歡愉到哀婉，又從哀婉逐漸推向高昂，恍若一場纏綿的低語，又能讀出離別前的難捨難分，一時間引人入勝，雅間裡的幾個人都聽得入了迷。

「是〈長相思〉。這是舅父從前常彈的曲子。」

趙霄恆到了雅間門口，卻停下腳步，似是不願打斷這支曲子。

寧晚晴見門半掩著，好奇地湊近了些，只見青衣男子臨窗而坐，手指不住地撫動琴弦，神情投入，眸光半斂。彷彿天地之間，只有一人一琴，其餘的都是鏡中花、水中月，一場虛無罷了。

「原來，舅父的琴彈得這樣好。」寧晚晴忍不住感嘆道。

趙霄恆微微頷首。「我的琴藝，便是舅父教的。只是，聽聞他去北疆之後，就很少撫琴了。」

一曲畢了，琴師聽得沈迷，不由濕了眼眶，連連道好，心服口服地對宋楚河作了一揖，多謝他的指點後，慚愧地離開。

趙霄恆見狀，正打算帶著寧晚晴進去，寧晚晴卻忽然聽見一陣腳步聲，從身後傳來。她回頭，頓時一愣。「姑母？」

趙霄恆也有些詫異，轉頭看向長廊盡頭——

趙念卿一襲緋紅長裙，烏髮雪膚，金簪花鈿，明豔無方，但她臉上的神情卻如三月寒霜，冷得嚇人。

她沈著臉，向著趙霄恆與寧晚晴走來，最終在三步之外停下。

趙念卿倏地將手中玉扇收了，目光一掃四周，語氣涼涼地問：「宋楚河人在哪裡？」

趙獻覺得，這雅間裡氣氛有些古怪，又說不出來，到底是哪裡古怪。

鎮國公宋楚河坐在窗邊，含笑飲酒，一杯接著一杯，好像喝水似的。

長公主趙念卿則坐在他的對面，目不轉睛地盯著他，臉色黑如鍋底。

趙霄恆與寧晚晴坐在一旁，兩人交換了好幾次眼神，不知道在想什麼。

唯一與趙獻一樣滿臉懵懂的，只有趙念卿帶來的幕僚、萬姝閣曾經的紅人十二郎了。

趙獻試圖打破這怪異的氣氛，開口道：「姑母可用了晚膳？」

趙念卿微微一笑，似從貝齒中擠出兩個字。「未曾。」

趙獻打起圓場，忙道：「那姑母想吃什麼？嚴書立即著人安排。」

趙念卿慢悠悠地轉頭，聲音溫柔得出奇。「十二郎最懂本宮喜好，讓他安排便是。」

十二郎本來在偷看宋楚河，聽到這話，登時背後一涼，難以置信地看著趙念卿，忽然讀懂了她的笑容。

事到如今，十二郎終於知道，長公主殿下說帶他出來「玩玩」，是什麼意思了。

其實，就在進入雅間，見到宋楚河的第一刻，他便明白了。他這些日子受的苦，都是拜這個男人所賜！

偏偏十二郎今日也是按照趙念卿的要求穿戴的，雅致青衣加上古木簪子，如今立在宋楚河對面，頗有一種照鏡子的感覺。

不過，這鏡子，照得他自慚形穢。

十二郎不知他該難過還是該高興，難過的是他一直在替這個男人揹鍋；高興的是，如今本尊回來了，長公主有什麼火，應該衝著本尊發，他的日子也許能好過一點。

十二郎一時走神，沒有應答，趙念卿不耐煩地用玉扇敲了敲桌子。「十二郎？」

十二郎連忙收斂神色。「是，小人這就去安排。」

於是，十二郎誠惶誠恐地站起身，跟著趙獻出去了。

趙獻拉著十二郎快步出門，如願離開了這個局，心中暗暗鬆了一口氣。

房中一時安靜不少。

趙霄恆瞧了寧晚晴一眼，忽然出聲。「夫人，方才妳不是說，想吃街頭的桂花糕？」

寧晚晴立即會意，道：「是啊，那桂花糕做得好，我還想多買些來，請姑母和舅父一併嚐嚐呢。」

趙霄恆一笑，起了身。「舅父，姑母，請二位稍候片刻，我們去去就來。」說完，不等兩人應聲，拉起寧晚晴出門。

雅間之中，只剩下宋楚河與趙念卿。

夏夜的風吹過，似乎在挑釁那微弱的燭光。燭光跳躍之間，照亮了宋楚河的臉。

宋楚河已經飲了不少酒，但依舊面色如常。他放下酒杯，靜靜打量著趙念卿。

「這麼多年了，妳還和從前一樣。」

趙念卿笑了聲。「鎮國公倒是變了不少。從前三杯就倒，如今千杯不醉了嗎？」

宋楚河沈默片刻，道：「這些年我在北疆，閒暇之時，唯有琴酒相伴，久而久之，酒量便練出來了。」

「鎮國公的日子，還真是愜意。」趙念卿說罷，端起桌上的酒杯，仰頭一飲而盡。

宋楚河長眉微擰。「念卿，這是烈酒，會傷身的。」

趙念卿聽了這話，眸色微變，將酒盅重重放回案桌上。「本宮乃堂堂大靖長公主，還請鎮國公自重。」

宋楚河道：「妳我之間，非得如此嗎？」

這話本說得溫和，可在趙念卿聽來，卻如一根心頭刺。

來之前，她便喝了不少酒，如今藉著酒意，晃晃悠悠站起身。

趙念卿長裙曳地，緩緩走到宋楚河身旁，俯身與他對視。「這樣的結果，不是你選的嗎？宋楚河——」字字句句幾乎咬牙切齒。

宋楚河眉宇皺得更深。「妳喝多了，我送妳回去。」

宋楚河說罷，想伸手扶住趙念卿，可趙念卿卻錯開他的手，一掌摁在他面前的古琴上。

宋楚河低頭看去，原本順滑筆直的琴弦，在她的按壓之下，已經彎曲不少。琴弦磨在琴身上，發出類似嗚咽的聲音。

「怎麼，鎮國公不敢見本宮？」趙念卿看著宋楚河，眸色沈得恍若深海。

宋楚河迎上她的目光，這才看清她眼眶發紅，似乎是在極力忍耐著，心念一動，脫口而出——

「念卿，這麼多年……是我對不起妳。」

「對不起？」趙念卿死死扣住琴弦，眼中含淚。「當年，我苦苦哀求你帶我離開，可你呢？連看都不看我一眼，就不辭而別，這些年來杳無音訊。如今，你卻來說什麼對不起，這世上最沒用的，便是『對不起』三個字！」

兩人不過隔著半尺，宋楚河能清清楚楚地看見趙念卿面上的憤怒。

宋楚河凝視著她，溫言道：「念卿，當年我雖出獄，卻失去了一切，前途更是渺茫，生死均繫在妳兄長的一念之間，實在沒有把握保護妳。」

趙念卿強行將自己的淚意壓下，不肯在宋楚河面前露出一絲傷懷。

「不錯，那時候你確實有苦衷，我除了求母后保住你的性命，別的事也幫不上忙。可你回朝之後呢？皇兄明明有意為你我指婚，為何你卻不肯回京?!」

趙念卿提及此事，彷彿揭開了自己的舊傷疤，一時之間，竟疼得說不下去。

宋楚河沈吟片刻，並未解釋什麼，只道：「念卿，當年確實是我辜負了妳。如今一切塵埃落定，若妳願意，我可以傾盡一切補償。」

趙念卿彷彿聽到了什麼好笑的事情，愴然一笑。「你以為自己是誰？能讓時光倒流，彌補一切缺憾？你可知道，這十幾年來，我過的是什麼日子！」

趙念卿眼中氤氳，直勾勾地盯著眼前人，積蓄已久的委屈、不甘和思念一齊湧上心頭，眼淚終於衝破了最後一道防線，簌簌而落。

「宋楚河，你就是個混蛋！」

宋楚河怔住，伸手想為她拭去淚水，可趙念卿卻一把推開他，染了蔻丹的白皙手指勾住兩根琴弦，用力一拉，纖細的琴弦便被拉得變了形，手指也滲出汩汩鮮血。

宋楚河一驚。「念卿！」

「宋楚河，你我之間，就如這琴弦一般，變了樣就曲不成曲，調不成調。你若喜愛音律，儘管去彈旁的琴，奏別的曲，莫要在我眼皮子底下奏什麼〈長相思〉。這曲子是我譜的曲，而你，早已不配『相思』二字。」

趙念卿說罷，站起身來，冷冷地看宋楚河一眼，頭也不回地走了。

宋楚河凝望她的背影，好半天說不出話來。

十二郎好不容易安排好吃食回來，卻在長廊上遇見趙念卿，見趙念卿眼角飛紅，一副失魂落魄的樣子，不敢多言，立即跟了上去。

直到他看見地上的鮮血，才訝異出聲。「長公主，您的手？」

趙念卿置若罔聞，一步不停地向外面走。

原本趙獻躲在一樓，見趙念卿面色有異，也迎上來。「姑母，這麼快就走了嗎？」

十二郎連忙遞了個眼色給他，趙獻這才住了嘴，眼睜睜看著趙念卿上了馬車。

馬車隔絕一切喧囂，趙念卿無力地靠在車壁上，只覺得身心俱疲。

竹心聽說趙念卿的手受傷了，連忙找出藥箱，又翻出乾淨的白紗，為她纏住手指止血，心疼不已。

「長公主，您這又是何苦呢？」

在竹心眼中，趙念卿自幼便金尊玉貴，連油皮都沒磕破過幾次，如何受得了這樣的苦？

趙念卿苦笑了聲，淡淡道：「這麼多年了，總該有個了斷。」

竹心長嘆一聲。「長公主，您若真能看得開，與鎮國公一刀兩斷，便不會這樣傷害自己。」

趙念卿沒說話。

或許，多年之前，她就該像今日一樣，鬧一場、哭一場，也許心中就不會有那麼多不平與不捨，能早早地放下。

今夜，她終於見到了那個日思夜想之人，宋楚河甚至與她記憶中別無二致，與當年一樣風清月朗，才華橫溢。

她明明是來斥責他的，她想聽到他的道歉，看到他的後悔，可當聽到他說出那句「對不起」時，她卻更加憤怒了。

一句「對不起」，便能結束這些年的牽絆嗎？

趙念卿無聲閉了眼，心中的難受如這黑夜裡的雲團一般，濃得化不開。

趙霄恆和寧晚晴回到萬姝閣時，宋楚河正坐在雅間裡，盯著琴弦發呆。

趙霄恆與寧晚晴交換了一個眼神，先後邁入雅間。

寧晚晴見桌上酒杯歪斜，一旁的古琴也壞了，不由有些意外。

趙霄恆也注意到宋楚河的異樣，沈聲問：「舅父，發生什麼事了？」

趙獻立在一旁，也忍不住問：「是啊，方才我見姑母哭著走了，手似乎還受了傷，又不理人……」

宋楚河回過神來，小心翼翼地抱起古琴，慢慢站起身，並未回答他們的問題，反而對著趙獻抱歉一笑。

「嚴書，對不住，把你的琴弄壞了。」

趙獻瞧了被扭得變形的琴弦一眼，忙道：「無妨、無妨，我明日派人去修便是。」

宋楚河淡淡地問：「我有個不情之請，不知嚴書可否賞臉，將此琴賣給我？」

趙獻愣了下，立即說：「這不過是一張普通的古琴，若是鎮國公喜歡，拿去便是，不必與我客氣。」

宋楚河微微頷首。「那多謝嚴書了。」說罷，看趙霄恆與寧晚晴一眼。「府中還有些事，我先回去了，我們改日再聚。」

趙霄恆道：「舅父，我送您。」

宋楚河思量片刻，還是不忍拒絕。「好。」

第九十三章

回程的馬車上，宋楚河一言不發，只默默抱著那張壞了的琴。

夜色朦朧，月光靜靜照耀在琴上，歪斜的琴弦恍若此刻難以言喻的心情。

寧晚晴見狀，不禁問道：「舅父想修這張琴？」

宋楚河垂眸，凝視這張琴一會兒，低聲說：「恐怕是修不好了。」

寧晚晴思索片刻，道：「不過是兩根琴弦壞了，只需換琴弦，重新斫一遍，就能完好如初。古琴也好，故人也罷，不試著修補，怎麼知道不能破鏡重圓呢？」

宋楚河抬起眼簾，若有所思地看向寧晚晴。「妳想說什麼？」

寧晚晴抿了抿唇。「我只是想說，這些年來，姑母並不像表面過得那般光鮮亮麗，她看起來行事出格，實際上是在用自己的方式，拒絕父皇的賜婚。」

畢竟，有哪個官宦子弟，願意娶一個幕僚成群的公主？

這些話，是寧晚晴去侍奉太后時，偶然間聽到的。因此在九龍山上，她才敢以宋楚河為理由，央求趙念卿出面救趙蓁。

沒想到這一賭，賭出了趙念卿的真心。

寧晚晴總覺得，趙念卿心中，還是放不下宋楚河的。

「當年，都是我的錯……如今，宋家已經翻案，恆兒也穩坐太子之位，我唯一的心願，便是好好地補償她。可到了今夜，我才知道，自己傷她居然那麼深……」

宋楚河伸手，輕輕撫摸琴弦，面色蒼白至極，眸中有一絲痛色。

趙霄恆知道宋楚河的脾性，若換了平時，這些事他是隻字不提的。也許是今夜見到趙念卿，心情複雜，才悵然若失。

趙霄恆抬眸看他。「舅父，其實我也想問，當年您重新入朝，父皇有意為您與姑母賜婚，您為何不肯？」

宋楚河沈默片刻，道：「都過去了，不必再提。」

而一旁的小廝卻忍不住了。「主子，您到底還要瞞到什麼時候？小人都替您著急。」

宋楚河瞥他一眼，小廝本想說話，又生生忍了下去。

寧晚晴道：「舅父，既然一切都過去了，還有什麼不能讓我們知道的呢？舅父歷盡千帆，歸來還是孑然一身，難道心中對姑母沒有一絲惦念嗎？難道您真的忍心，再次錯過她？」

趙霄恆也勸道：「舅父，今時不同以往，說不定我們可以幫得上忙。」

宋楚河唇角微抿，沈聲道：「其實，說與不說，都無法改變結局了。」

他緩緩抬起頭，望向窗外，思緒拉回多年之前。

「當年，我為了研究出制敵之法，走遍北疆每一寸土地，繪製了一張十分詳細的堪輿圖，又根據那堪輿圖制定各個關口的用兵策略。準備好之後，我便試著將這張圖傳到京城，果不其然，沒過多久，你父皇就派人來請我。

「前兩次，他遣人來請，我都拒之門外。直到第三次，我才答應。」宋楚河頓了頓，道：「如此欲擒故縱，更對我有利。當時，你父皇深受北疆兵亂之困，又急於求成，遂許我兵權，又提出立你為太子，我這才答應入朝。

「不到半年，我便率兵將北僚打得退回關外，朝堂上下一片歡騰，你父皇為我加官進爵，封了鎮國公，讓我回京城受封。

「我覺得這一切來得太過順利，總覺得哪裡有些不妥，加之當年你元舅還在時，同我說過，你父皇生性多疑，尤為忌憚武將，我就留了個心眼，在即將入城之前，派人去京中打探。孰料，這一打探，徹底斷了我與念卿的緣分。」

宋楚河聲音平靜，說到這裡，語氣卻有些顫抖。

「據探子回報，官家為我與念卿賜婚，是打算以駙馬的名義，將我扣在京城，好收回我的兵權！」

宋楚河話落，臉色難看至極。

趙霄恆怔住。「父皇當真如此？」

宋楚河冷哼一聲。「過河拆橋的事，他也不是第一次做了。」

當年，靖軒帝能登上皇位，便是倚仗宋家和薛家的扶持，但成為九五之尊後，卻處處提防著他們。

寧晚晴聽得心驚。「所以，舅父便直接離開京城，回了北疆？」

宋楚河深吸一口氣，平復心緒，才徐徐開口。「不錯，我本就未聲張回京之事，遂以戰事繁忙為由，上奏拒絕回京。」

而這一待，便是七年。

「你們也知道，當年大哥的死不明不白，二姊為了救我們一家而殞命，我好不容易逃出生天，重新撐起一片天地，還未來得及為他們討回公道，如何能束手就擒？我別無選擇。」

宋楚河說著，手指不覺攥緊琴身，眸色也暗了幾分。

趙霄恆心中清楚，宋楚河之所以不肯回京，又拒絕賜婚，是為他的將來打算。畢竟，那時候他還小，獨自待在宮中，若無強大的母家當依靠，只怕難以活到現在。

寧晚晴聽了這些話，也有些難受，低聲問道：「舅父為何不把這些話告訴姑母？如今她這般恨您，恐怕是不清楚內情。」

宋楚河搖了搖頭。「你們不了解她，依照她的脾氣，定然會和官家大鬧一場。她本就因為我的事得罪過官家，再鬧起來，只怕在宮裡的日子會更不好過。再說，就算她知道了，又能改變什麼呢？與其讓她怨恨近在咫尺的親人，不如讓她恨著我這個遠在千里的負心之人，至少眼不見為淨。只是……」

「只是，舅父沒有想到，事隔這麼多年，姑母還沒放下當年之事，是不是？」寧晚晴目不轉睛地看著宋楚河。

宋楚河嘴唇微顫，輕聲道：「不錯。我不是沒有想過與她重新開始，可是，若時光倒流，再來一次，我很可能還是會做一樣的選擇，就覺得無顏見她。終究是我負了她，她怨我也好，恨我也罷，我都認了。」

宋楚河說罷，扣緊了琴弦。受了損傷的琴弦，被按出鈍重的聲響，恍若刀割一般，讓人心疼。

趙霄恆道：「舅父，如果您心中還記掛著姑母，為何不試著向她表明心跡？」

宋楚河頓了下。「你當真覺得，我還有機會嗎？」

寧晚晴笑了笑。「舅父可看到了姑母身旁之人？」

宋楚河微微一怔。「妳說的是那位十二郎？我聽說，他在長公主府頗為……」得寵兩個字，竟覺得有些酸澀，難以出口。

寧晚晴狡黠一笑。「舅父不覺得，他看著有些眼熟嗎？」

今日宋楚河見到趙念卿，著實是個意外，故而心思全都放在她身上，未多注意她身旁的男子。

被寧晚晴一提醒，宋楚河似乎突然想到了什麼，目光一亮。

趙念卿將與他這般相似的人放在身邊，喜歡也好，厭惡也罷，終歸是沒有徹底忘了他。

宋楚河低下頭，手指摩挲過變形的琴弦。

這琴，當真還有機會修好嗎？

因北僚和西峽的使臣即將入京，趙霄恆更忙了，還好田升辦事細緻，早早將所有接待的安排和儀制訂好，呈了上來。

「田大人上的摺子，孤已經看過，想得很周全，辛苦了。待議和之後，孤重重有賞。」趙霄恆再次感嘆自己沒有選錯人，露出滿意的笑容。

田升拱手道：「太子殿下過獎了，這不是微臣一個人的主意。其中有不少想法，是六殿下提的。」

趙霄平原本安靜地立在一旁，聽到這話，連忙站起來。「我不通政務，不過是隨口說說，怎敢居功？」

田升笑道：「六殿下莫要謙虛了。」

趙霄平還想推辭，趙霄恆卻道：「六弟，從前你甚少接觸政務，自然不懂。日後多多歷練，定能有所進益，切莫妄自菲薄。」

趙霄平微微一怔，垂眸拱手。「是，謹遵皇兄教誨。」

趙霄平的生母出身卑微，又去世得早，靖軒帝也不怎麼喜歡這個兒子，所以趙霄平在後宮裡受了不少冷眼和欺凌。

但他生性平和，甚少與人計較，反而成為後宮之中，難得的良善之人。

在趙霄恆韜光養晦的那幾年裡，兩人也有些來往，如今趙霄恆接手政務，正是用人之際，便打算栽培趙霄平。

趙霄平知道趙霄恆對他的好意，遂沒有拒絕，全力協助田升準備議和一事。聽到趙霄恆的話，知道這是兄長對他的信任，心中有些感動。

趙霄恆又道：「在政務上，若有什麼不明白的，可以隨時來問孤。」

趙霄平唇角噙著笑。「多謝皇兄，我一定竭盡全力，為皇兄分憂。」

趙霄恆含笑點頭。「好。」

接下來，趙霄恆又與趙霄平、田升確認了一遍西峽和北僚的來使身分。

當他們的討論接近尾聲時，聽見一聲輕喚——

「殿下！」

寧晚晴進來，一見到趙霄平和田升，便要退出去。

趙霄恆唇角微勾。「妳要去哪兒？」

此言一出，趙霄平和田升同時回頭，目光匯聚在寧晚晴身上。

寧晚晴見眾人都看著她，只得停住腳步，笑道：「妾身本想來找殿下，但見殿下與六殿下、田大人正在議事，打算等會兒再來。」

趙霄恆道：「無妨，已經聊完了。」

寧晚晴點頭，重新邁步進來，趙霄平與田升連忙對她行禮，寧晚晴卻笑著擺擺手。

「兩位不必拘禮了。對了，田大人，柳兒身子好些了嗎？」

田升微微欠身，道：「多謝太子妃關懷。柳兒的身子有些虛虧，大夫說要靜養一段時日，才會慢慢好轉，如今也急不來。」

寧晚晴嗯了一聲。「待本宮忙完這段時日，就去看看柳兒。」

田升面容舒展，溫言道：「若小女知道了，一定會很高興的。」

田升說的是真心話。

二皇子趙霄昀謀害太子，被抓後，交給大理寺，由黃鈞親自審問。在供出所有罪行之後，他自知再無後路，又放不下這一生的驕傲，在獄中自行了斷。

二皇子妃白心蕊逃跑不成，被抓了回來，最終同白榮輝一起治罪。但田柳兒自始至終沒有參與這一場謀逆，寧晚晴便去太后面前求情，將她保了下來。

田柳兒因長年被趙霄昀施暴，身子虛弱至極，得知趙霄昀造反之後，深以為恥，鬱鬱寡歡之下，竟一病不起。直到近日，身子才稍微好些。

趙霄恆道：「既然令嬡還病著，田大人早些回去吧。」

田升感激地一揖。「多謝殿下，微臣告退。」

趙霄平沈默片刻，也出聲告辭。「皇兄，若無旁的事，我也先回宮了。」

趙霄恆見他神色變得有些黯然，問道：「你的臉色不太好，可是身體不適？」

趙霄平忙道：「無妨，許是昨夜睡得晚了。」

「嗯，沒事就好。」趙霄恆打量他一下。「若有什麼心事，記得與皇兄說。」

趙霄平抿唇，點了點頭。

田升離開東宮之後，沒走多遠，便聽見後面有人呼喚他。

他回頭一看，有些意外。「六殿下，可是還有什麼事要吩咐？」

趙霄平立在樹下，溫潤的面容上有一絲窘迫，似乎有些難言之隱。

「也沒什麼……」

田升是個直性子，道：「六殿下有什麼話，但說無妨。」

趙霄平沈吟片刻，終於鼓起勇氣。「田大人，田姑娘的病，要緊嗎？」

話音落下，田升微微一怔，打量趙霄平一眼，目光裡滿是詫異與不解。

趙霄平連忙解釋。「田大人別誤會，我與令嫒曾見過幾次，令嫒風箏紮得好，我還曾向她請教過，說起來……也算是朋友。方才聽田大人說，田姑娘身體不適，故而隨口問問，若不方便，田大人就不必回答我了。」

田升聽了，淡淡笑了笑。「原來如此。柳兒因身上有些病根，血氣虛虧得厲害，如今正在調養，除了精神不濟，倒是沒什麼大礙。不過，她日日悶在家中，也是無聊得很。」

趙霄平聽得認真，道：「這個簡單，我新得了幾本書，講的是民間各地風箏的製法，等會兒我便遣人送去您府上。對了，之前皇祖母還賞了兩株上好的人參，我留著無用，不如一同贈給田大人吧，如何？」

趙霄平這話不但說得誠懇，且贈送的對象也隻字未提田柳兒。既表達了好意，又絲毫無損姑娘的名聲，著實是用心了。

田升道：「小女何德何能，能得殿下關照？」

趙霄平說：「田大人言重了，不過些許心意，願田大人不要嫌棄。田姑娘是有福之人，過了這道坎，必然柳暗花明。」

田升一時心情複雜，須臾之後，才緩緩道：「那微臣便多謝殿下好意了。」

趙霄平見田升沒有拒絕，頓時喜上眉梢。「那好，我這就回去安排，田大人慢走。」說罷，轉身急匆匆地回宮去了。

田升盯著趙霄平的背影好一會兒，直到他離遠，才長長嘆了一口氣。

若柳兒真有這份福氣，便好了。

七月初九，乃是使臣入京的日子。

大靖與北僚、西峽交戰多年，如今兩國使臣入京求和，百姓們也覺得揚眉吐氣，一大早便擠到街頭，等著看熱鬧。

皇宮中，也是忙得不可開交。嫻妃雖然掌著六宮大權，可她既要侍奉太后，還要時不時照顧病中的靖軒帝，就把宮宴交給了寧晚晴。

前世寧晚晴參與不少商務宴請，但沒有主持過如此重要的接待，故而將前前後後的安排與細節檢查許多遍，確認一切無誤，才放下心來。

「稟太子妃，使臣已經到宮門口了。」于劍腳程快，幫忙盯著來使入宮的狀況。

寧晚晴坐鎮集英殿，聽到這話，不慌不忙道：「通知禮部準備。」

于劍領命而去。

寧晚晴轉頭看于書。「殿下何時過來？」

于書答道：「回稟太子妃，殿下親自去福寧殿接官家，想來應該快到了。」

于書話音才落，便聽見一聲熟悉的通報，靖軒帝的龍輦出現在集英殿門口，趙霄恆緊隨其後。

這些日子，靖軒帝病得更加嚴重，可就算精神不濟，仍強撐著來到今日的宮宴。

他吃力地從龍輦的靠背上撐起身子，趙霄恆與李延壽一左一右地伸出手扶他。

靖軒帝沈著臉，將胳膊交給二人，這才勉強下了龍輦。

在場的官員與宮人們見狀，立即下跪問安。

靖軒帝意興闌珊地掃了眾人一眼，只淡淡道了句平身，便由李延壽攙扶著，向上首緩緩走去。

趙霄恆見靖軒帝終於坐定，這才來到寧晚晴身旁。

天氣本就炎熱，趙霄恆隨著龍輦走了一路，額角上已經滲出薄汗。

寧晚晴掏出手帕遞給他，他卻不解地看著她。「怎麼了？」

寧晚晴將趙霄恆拉到一旁的角落裡，握住帕子，抬手輕輕為他拭汗。

趙霄恆的手乘機摟上了她的腰，笑得狡黠。

寧晚晴便知他方才是在裝傻，為他擦完汗，將手帕扔給他。「怎麼連今日都沒個正形。再耽擱，使臣都到了。」

趙霄恆笑了笑。「那又怎樣，他們哪有妳重要。」

寧晚晴也噗哧笑了。「好了、好了，勤政愛民的太子殿下，快些去前面接待使臣吧。」

趙霄恆唇角微揚。「這妳便不懂了，西峽使臣與北僚王子都不是省油的燈，聽說一路上為難禮部官員，怎能讓他們輕輕鬆鬆地進宮面聖？」

寧晚晴聽得好奇。「殿下做了什麼？」

趙霄恆道：「也沒什麼，讓他們走進來罷了。」

寧晚晴眼皮跳了跳，單單「走進來」三個字，便意味著他們要在大日頭下，曬上大半個時辰。

接下來，寧晚晴見趙霄恆不緊不慢地在後廳喝了杯茶，批閱了幾本奏摺，才氣定神閒地去了集英殿前。

所有人坐定之後，才有宮人來報，說兩國使臣已經到了集英殿門外。

靖軒帝差點等得睡著，聽到這話，慢悠悠撐起頭，不冷不熱道：「讓他們進來吧。」

禮官通傳之後，先進來的是西峽使臣。

西峽使臣看著約莫四十多歲，生得矮胖，一雙眼睛圓溜溜的，皮膚黝黑，還留了一臉的絡腮鬍子。

他從宮門走到集英殿，已然累得汗流浹背，但見到靖軒帝後，就笑彎了眼，躬下身子，用生硬的漢話應對。

「小臣達穆，參見大靖皇帝陛下。」

靖軒帝見達穆態度不錯，點了點頭。「使臣一路辛苦，請坐。」

達穆點頭哈腰地道謝，隨著宮人的指引坐下來。

靖軒帝又問：「北僚使臣何在？」

禮部小吏面露難色，踟躕著道：「官家，北僚大王子說……天氣太熱了，他想沐浴一番，更衣過後再來。」

靖軒帝面色一沈，正想說話，一開口卻是重重的咳嗽聲。

趙霄恆見靖軒帝說不出話來，遂道：「既然大王子有此要求，那我們就主隨客便。來人，為大王子安排沐浴更衣。」

此言一出，全場譁然。

大臣們不解地面面相覷，有些人開始交頭接耳。

禮部小吏也愣住了，只能乖乖接下趙霄恆的旨意，正要出去通報，卻被趙霄恆喚回來。

「對了，你順便告訴大王子一聲，西峽使臣已經到了，那大靖便先與西峽和談，共商大計。北僚之事，等大王子回來再說，不急。」

寧晚晴坐在一側，聽到這話，差點笑出聲來。

大臣們聽了這話，也明白了趙霄恆的意思。

禮部小吏滿臉是笑。「是，殿下。」

第九十四章

過了片刻，不但禮部小吏回來，北僚大王子也黑著一張臉進來了。

北僚大王子衣著華麗，腰間配著一柄短刀，鑲滿了寶石。他身前身後，各有四名男子，其中一人的衣著略有不同，長相也與他有幾分相似，不過看著年輕不少。

北僚大王子邁入大殿後，如鷹一般的眼睛冷冷地掃視一圈，氣勢逼人。

一名侍從打扮的高大男子，兩步上前，態度倨傲。「北僚大王子巴圖耶，覲見大靖皇帝陛下。」

男子話音落下，巴圖耶便抬起手，草草在胸口摁了下，就算是行過禮了。這動作太過敷衍，在場之人見了都有些不悅。

寧晚晴坐在後側，等巴圖耶走到前面行禮，才看清了他的長相，讓她略微一怔——此人，她見過。若她沒記錯的話，巴圖耶便是那日在街上欺負趙蓁的男子！

她上下打量著巴圖耶，對方身上的桀驁之氣，與那日見面的時候一模一樣。禮部的消息說，巴圖耶是昨日才進京的，可他明明在多日之前，便悄悄入了京城。

當時，寧晚晴只當他是個身分不凡的異族人，還派于劍跟蹤過。可于劍跟著巴圖耶進入深巷之後，便失去了對方的行蹤。

寧晚晴想到這裡，不禁秀眉微蹙，微微側目，看向一旁的趙霄恆。

趙霄恆正忙著與使臣應酬，寧晚晴只得微斂心思，靜觀其變。

如今靖軒帝身體不好，不能飲酒，遂以茶代酒，歡迎使臣的到來。趙霄恆與群臣隨之附和，場面一時熱鬧了不少。

酒過三巡之後，西峽使臣達穆滿臉堆笑地端起酒杯，道：「小臣祝皇帝陛下，千秋萬歲，福壽安康。」說罷，一飲而盡。

靖軒帝唇角微勾，點了下頭，算是接受了他的示好。

達穆坐定後，又舉起酒杯，向趙霄恆朗聲道：「太子殿下，小臣敬您一杯。」

趙霄恆笑了笑，與他遙相致敬，將杯中酒喝下去。

與達穆不同的是，巴圖耶一直面無表情地坐著，自顧自地飲著酒，也不與人搭話。

禮部尚書田升坐在一旁，想試著打破僵局，道：「大王子覺得這酒如何？」

巴圖耶扯了扯嘴角，幽幽道：「這酒雖然是御釀，入口卻過分清淡，比起我們北僚的酒來，差遠了！就像中原的男子一般，看起來手無縛雞之力，弱得很。」

話音落下，隨侍的幾名北僚男子都輕蔑地笑了起來，唯獨那名與巴圖耶長得像的年輕男子，微微攏起濃眉。

「這麼說來，大王子怕是不清楚這酒的來歷吧？」趙霄恆的聲音響起。

巴圖耶的目光向他投去，只見趙霄恆端起自己眼前的酒杯，輕輕晃了晃。

「這酒乃是用竹葉、蘭花等多種材料製成。在大靖，竹為木中君子，蘭花乃花中君子，所以這酒名為『君子酒』，入口清潤，回味悠長，如君子的性情一般，溫和高潔，不驕不躁。若大王子難以欣賞，那真是有些可惜了。」

趙霄恆這話雖然說得委婉，可但凡有些腦子的人，便知這話是在諷刺巴圖耶沒有君子之風，不懂君子酒。

巴圖耶面色惱怒。「太子殿下這話……」

他正要發作，但坐在一旁的男子卻拉住他，低聲道：「王兄，眼下在大靖的地盤，還是莫要與他們計較了。」

巴圖耶橫了男子一眼。「恩朔，你是個什麼東西，哪裡輪得到你說話？」

恩朔面色不變，只道：「王兄，我自知身分卑微，但此次出行前，父王千叮嚀萬囑咐，讓您莫要衝動行事。我……」

「混帳！」巴圖耶也知眼下不是討口舌便宜的時候，便將怒氣全發泄在同父異母的弟弟恩朔身上。「莫要以為父王近日給了你好臉色，就有本錢與我爭，別忘了你自己的身分！」

此言一出，恩朔神情僵了僵，依舊道：「我並無冒犯之意，還請王兄冷靜下來，別忘了此行的目的。」

巴圖耶狠狠瞪他一眼，終究是暫時壓下了怒氣。

寧晚晴將這一切盡收眼底。

北僚大王子雖然身分尊貴，但好色又魯莽，反觀他旁邊的恩朔王子，卻是個沈著冷靜的角色。

寧晚晴思量片刻，暗地招來于書，問道：「恩朔也是北僚王子？為何北僚來使的名單上，沒有見到他的名字？」

于書聽了，答道：「此人是北僚王寵幸的漢女所生，北僚最重血統，故而恩朔王子在北僚並不受喜愛。且此行的主責人是巴圖耶，他最看不起漢人，遂故意隱去恩朔的名字，將他編入侍從的隊伍之中。」

寧晚晴聽罷，有些意外。被編入侍從的隊伍之中，沒名沒分地出現在兩國邦交的場合上，對一位王子而言，豈不是奇恥大辱？

但反觀恩朔，卻一臉平靜地立在巴圖耶身後，彷彿對方才的爭執毫不在意。

此人要麼是已經被打壓慣了，失了反抗之心；要麼，便是隱忍蟄伏，另有所圖。

寧晚晴思及此，道：「恩朔王子的身分如此特殊，之前怎麼沒有聽你們提過？」

于書露出笑意。「殿下和太子妃居然想到一塊兒去了。恩朔王子之事，之前殿下也不知道，是方才見他與巴圖耶王子有些相像，才命小人去查的。」

寧晚晴抬眸，趙霄恆的目光也正好尋來，四目相接。

趙霄恆彷彿讀懂了寧晚晴正在想什麼，唇角微微一勾，眼裡溢出一絲欣賞。

巴圖耶失了面子，心情不豫，眸子梭巡一圈，目光最終落到鎮國公宋楚河身上，遂悠悠舉杯，朗聲開了口。

「鎮國公，一段日子不見了，還是風采依舊，小王敬你一杯。」

巴圖耶不敬靖軒帝，不敬太子，偏偏要敬鎮國公，引得朝臣們紛紛側目。

宋楚河感覺到附近的目光，面色從容，淡淡點了下頭，飲下酒。

「以前見到鎮國公，都是在陣前交戰之時，從未得見近容。今日一見，果然英姿非凡，難怪在北疆之地，被百姓奉為神明。」

巴圖耶說著，目光轉向靖軒帝。

「陛下有所不知，有不少北疆百姓為鎮國公修築高臺，供奉香火，甚至還有百姓將鎮國公的相貌畫下來，貼在家中，日日虔誠叩拜。陛下得賢臣如此，我父王當真是羨慕至極。」

靖軒帝本就忌憚宋楚河，聽了巴圖耶的話，臉色霎時難看不少。

宋楚河卻不慌不忙地站起身，對著靖軒帝抬手一揖，沈聲道：「官家，聽了大王子這話，微臣實在羞愧難當。」

靖軒帝眸色微瞇，審視之中，還帶著幾分不解。「此言何意？」

宋楚河淡淡道：「官家命臣守衛北疆，護佑百姓，可這些年來，大靖與北僚交戰未停，百姓也處於惶恐不安之中，才會有所祈求。是微臣沒能完成官家的囑託，將入侵者徹底趕出大靖，請官家降罪。」

宋楚河三言兩語便帶過此事，把話引到入侵者的身上。

靖軒帝斂了斂神，重新看向宋楚河。「鎮國公乃國之棟梁，若是沒有你和北驍軍的浴血奮戰，如何能換來今日的局面？」

宋楚河俯身。「官家過獎了。」

巴圖耶本想挑撥靖軒帝與宋楚河的關係，見靖軒帝沒有上當，不禁有些氣悶，拉了拉衣領，不悅地出了聲。

「這大殿裡悶得很，小王出去透透氣，失陪了！」

他說完，自顧自地走了。

趙霄恆遞了一個眼神給于書，于書立即會意，不動聲色地跟出去。

巴圖耶出了集英殿，隨意沿著長廊，往後殿的方向走去。

守殿的御林軍橫兵而攔，巴圖耶卻冷冷瞪了他們一眼，道：「本王可是你們皇帝的貴客，再敢阻攔，要你們的狗命！」

士兵被他的氣勢所懾，只得退到一旁。

巴圖耶越過士兵，到了集英殿後殿。

後殿是半開闊式的建築，恰好能看見層巒疊嶂的宮闕。

巴圖耶瞇眼看著，一重又一重的宮牆背後，擁護的是至高無上的皇權、沃野千里的疆土，和數不盡的貌美女子。

巴圖耶胸中那團火，原本已經被戰敗澆滅，但頃刻之間，似乎又重新燃了起來。

夜風穿過後殿，吹散幾許炎熱。聲聲蟬鳴，為安靜的後殿添了幾分生機。

巴圖耶心中的怒氣還未完全消下，索性坐在長廊上，肆意飲起酒來。

旁邊的士兵們看了，敢怒不敢言，只得由著他去。

巴圖耶酒意正酣，忽然發現，不遠處的宮牆下，出現了一列女子的身影。

那些女子與北僚的女子極為不同，北僚女子個個豪放，有些還粗魯得很；而眼前這些美人，走起路來卻端莊柔美，搖曳生姿。

巴圖耶飲下一口酒，不由凝神細看。

為首的女子身著一襲緋紅宮裝，膚白勝雪，鳳目丹唇，墨色長髮高高盤起，步搖斜簪，明豔逼人。

她身後一列女子，都做宮女打扮，但無一例外，皆樣貌清秀，我見猶憐。

巴圖耶登時來了興趣，順勢坐直身子，目不轉睛地盯著為首女子的動靜，見她徐徐向集英殿的方向走來，勾起了一抹玩味的笑。

「長公主，天色昏暗，您小心些。」竹心提著燈籠走在一側，小心翼翼為趙念卿照路。

趙念卿低低應了，抬起眼簾，看了看不遠處的集英殿。

集英殿中燈火通明，外面還有不少守衛，想必觥籌交錯，熱鬧得很。

「這個時辰，晚宴應當開始了吧？」

竹心點點頭。「回長公主，確實已經過了開宴的時辰。」

趙念卿嗯了聲，沒再說什麼。

竹心瞄了瞄主子的神色，補了一句。「其實，奴婢覺得，您不來也無妨的。」

今日，趙念卿到慈寧宮向太后請安，太后因年事已高，不想赴宴應酬，便讓趙念卿來宮宴這邊看看，以示皇室對使臣的重視。

以竹心對趙念卿的了解，若是以往，她定然不會答應，畢竟趙念卿最厭煩這些場面上的交際。

可不知怎的，趙念卿這次不但答應了，還特意回長公主府盛裝打扮一番，匆匆入宮。

趙念卿不冷不熱道：「既然是母后的旨意，本宮自當遵從。」

竹心不再多言，只道：「是。」

趙念卿沈默片刻，似乎心事重重。「既然宮宴已經開始了，那我們直接進去，其他人在此處等本宮便是。」

宮女們低聲應下，竹心攙著趙念卿加快了腳步。

就在趙念卿路過無人的拐角時，眼前忽然出現一團人影，將她嚇了一跳。
她急急停住腳步，才藉著微弱的燈光，看清了對面的男子。
來人生得壯碩高大，面容幽黑，鼻梁高挺，那雙棕色的眼睛，正不安分地上下打量著趙念卿。
趙念卿當即面色一垮。
竹心喝斥道：「大膽，你是什麼人？居然敢冒犯長公主殿下！」
巴圖耶訝異了一下，隨即笑著回答。「原來是大靖的長公主殿下，是小王失禮了。」說完，彬彬有禮地衝趙念卿行了個禮。
趙念卿面無表情地瞥他一眼。「閣下便是北僚大王子？」
巴圖耶笑意更盛。「想不到長公主殿下不但容色傾城，還冰雪聰明，當真是令人驚喜。」
趙念卿閱人無數，一下便看出對方不懷好意，秀眉微微攏起，不想多言，打算離開。
「本宮還有事，先走一步。」
巴圖耶卻有意無意地上前，目不轉睛地看著趙念卿。
「長公主是來赴宴的吧？可惜啊，這筵席之中，一片烏煙瘴氣，實在無聊得很，不如隨小王在這裡賞月，也不失為一樁美事。」
巴圖耶言語輕佻至極，竹心面色一冷，擋在趙念卿面前。「還請王子殿下放尊重些。」

趙念卿鎮定地拉開她。「本宮也沒想到，原來堂堂北僚大王子，居然是個無禮莽夫。」

巴圖耶聽了，哈哈大笑起來，旁若無人地湊近了趙念卿。

「就算我是個酒色之徒又如何？妳皇兄還不是要與我這無禮莽夫同坐一席，商量議和之事？」

趙念卿笑了聲，輕蔑地看著他。「既然大王子知道自己是來議和的，為何還躲在後殿？莫不是北僚吃了敗仗，殿下覺得沒臉見人？」

「敗仗」二字對於巴圖耶而言，簡直如芒刺在背，霎時變了臉色。

「北僚士兵驍勇善戰，此次落敗，不過是因為宋楚河詭計多端。若是再來一次，鹿死誰手還未可知。」

趙念卿下巴微揚。「勝便是勝，敗便是敗，北僚戰敗已經是事實，閣下又何必繼續自欺欺人？」

巴圖耶胸中怒氣上湧，藉著酒意，猛地扣住趙念卿的手腕，怒道：「長公主既然辱我北僚，就別怪我不客氣了！」

趙念卿想要掙開，可巴圖耶的手腕如鐵，絲毫不肯鬆手。

趙念卿覺得有些為難，此事若是鬧大，恐影響到兩國邦交；若不喚人來，這巴圖耶恐怕不安好心。

就在她猶豫之時，聽到一聲怒斥。「住手！」

趙念卿心頭一怔，回過頭，只見宋楚河面色慍怒地出現在一丈開外，正快步走來。

巴圖耶見到宋楚河，唇角微微揚起，非但不鬆開趙念卿，反而挑釁地笑了起來。

「怎麼，鎮國公也想和長公主殿下一起賞月？」

孰料，宋楚河並不答話，竟一掌劈向了巴圖耶。

巴圖耶沒想到宋楚河敢在宮中動起拳腳，不由鬆開手，退了兩步才堪堪站住，但仍然受了三成掌風。

巴圖耶吃痛地摀著心口，難以置信地看向宋楚河。「本王乃是北僚來使，你居然敢對我出手，就不怕我拒絕和談嗎？」

宋楚河冷眼看他。「我為何會出手，大王子殿下難道不清楚？所謂和談，乃兩國共商長存之大計，並非以和談為名，行欺辱之實。若是大王子沒有誠意與我們和談，不如就此離京，且看大靖勝過北僚，到底是不是僥倖。」

巴圖耶在戰場上與宋楚河交戰多次，知道此人看著文弱，實則用兵如神，謀慮和心計深不可測，不是個好惹的。上次戰敗之後，他本想再與宋楚河一決勝負，無奈北僚王已經打起了退堂鼓，放棄南下征戰的計劃。

巴圖耶憋著一肚子火入京，現在又被宋楚河戳中痛處，登時怒火中燒，狠狠瞪著他。

「鎮國公，你們不過是一時威風，竟敢如此目中無人。待我告知大靖皇帝，看他是會選擇議和，還是選擇你？」

宋楚河面無表情。「大王子儘管去告狀，我在這裡等著。大靖最重禮儀，大王子大可以試試，待官家知道你做了什麼，還會不會讓你毫髮無損地離開？」

巴圖耶自知理虧，如今待在大靖皇宮裡，確實對他不利，只得暫且嚥下怒氣。「罷了，本王懶得與你們計較。」

他說完，轉身要走，可宋楚河卻攔住了他。「大王子且慢。」

巴圖耶橫他一眼。「你還要如何？」

趙念卿拉了拉宋楚河，低聲道：「算了。」若此事當真鬧得人盡皆知，反而會讓和談雙方陷入僵局。

宋楚河給了趙念卿一個安慰的眼神，對巴圖耶道：「念在大王子是貴客，此事我們可以不追究，大王子也不必想著用和談要挾我們。大靖能贏北僚一次，便能贏第二次，大王子想開戰，我們隨時奉陪。若你再敢對長公主不敬，我就是拚上性命，也會讓你付出代價。」

宋楚河聲音不大，卻擲地有聲，連巴圖耶這樣殺氣重的人，都震了一震。

片刻後，他回過神來，咬牙切齒道：「鎮國公，你最好別栽到本王手中！」說罷，拂袖而去。

第九十五章

宋楚河盯著巴圖耶離開後殿，目光才移向趙念卿。

「手。」

趙念卿沒反應過來。「什麼？」

宋楚河自顧自地拉起趙念卿的手，對著宮燈仔細看了看。她膚色白，手腕被巴圖耶一捏，便紅了一圈。

宋楚河長眉緊皺，只打一掌，真是便宜他了。

他手指微涼，讓趙念卿一時有些失神，隨即抽回手，恢復從前的漠然。

「多謝鎮國公為本宮解圍。」

宋楚河讀出這話中的疏離，狀似不在意，凝視她一瞬。

「長公主沒事吧？」

趙念卿避開他的目光。「沒事。」

宋楚河嗯了一聲，卻道：「但微臣的事可不小。」

趙念卿聽罷，疑惑地覷他一眼。「你這話是什麼意思？」

宋楚河唇角微牽，笑得無辜又無害。「方才微臣為了長公主，將北僚大王子得罪了個乾淨，若大王子當真去官家面前告狀，只怕微臣要丟官罷爵了。」

趙念卿一時語塞，她確實沒想到宋楚河會在關鍵時刻出現，更沒想到他會以如此直接的方式替她解圍，本不想承他的情，但眼下也晚了。

她懶得與他裝模作樣，索性道：「宋楚河，你到底想說什麼？」

宋楚河一笑。「微臣為長公主解圍，並非全依君臣之誼，還有故人之情。微臣有個不情之請，不知公主可否答應？」

趙念卿一臉防備地盯著他。「你想幹什麼？」

宋楚河笑得狡黠，語氣卻溫潤如斯。「微臣千里迢迢從北疆帶了好酒回來，但身邊缺少懂酒之人，共飲開懷。不知長公主殿下可否賞臉，與我一敘？」

此言一出，趙念卿面色微頓。

竹心立在她身後，一會兒看看宋楚河、一會兒又看看趙念卿，臉色隱隱露出期待。

趙念卿卻不買帳，涼涼道：「本宮還以為鎮國公是見義勇為，孰料居然想挾恩以報。」

宋楚河不疾不徐道：「長公主怎能如此想微臣呢？方才微臣為了殿下，還打了北僚大王子一掌。若他真要算帳，只怕微臣可能活不過今夜了。」

真是一本正經地胡說八道！

趙念卿多年不見宋楚河，竟忘了他是個為達目的，可拋卻臉皮之人，差點氣得笑出來。

「誰是你的知己？你可別自作多情。」

宋楚河笑得恣意。「是不是知己，殿下心中明白。」

「你！」趙念卿雖然脾氣火爆，偏偏說不過宋楚河，只得衝他狠狠跺了一腳，匆匆拎起裙子離開。

竹心有些惋惜地看了宋楚河一眼，搖搖頭，也跟著趙念卿走了。

宋楚河見狀，不禁想起多年前那個明麗開朗的少女，心念一動，揚聲道：「明日微臣便送帖子去長公主府！」

趙念卿道：「滾！」

夜色漸深，絲竹之聲淡去，這一場宮宴終於散了。

自從巴圖耶回了宮宴，便一直沒有好臉色。待到此時，更是拉著一張臉，腳步踉蹌地出了宮。

侍從們不知是誰惹怒他，但凡是個明眼人，都知道不能在此時靠近這位主子。

唯有北僚二王子恩朔，面色如常地扶著半醉的巴圖耶，任憑巴圖耶對他罵罵咧咧，也毫不在意。

直到他將巴圖耶送上馬車，巴圖耶倒頭睡下，眾人耳邊才清靜下來。

「你們先送大王子回去。」恩朔吩咐道。

一旁的侍女蓮如忍不住問道：「二殿下，那您呢？」

恩朔道：「我還有些事要辦，去去就來。妳回去不必等著伺候了，早些休息吧。」

蓮如曾是恩朔母親的侍女，不但性格溫柔，而且生得貌美，自從主子去世之後，就跟在恩朔身邊，不但是他的心腹，更有幾分姊弟之誼。見恩朔不想細說，便知他有要事在身，便應下來。

馬車就地出發，恩朔靜靜看著他們離開，才斂起面上的笑意，沒有片刻猶豫，轉身朝皇宮的方向走去。

到了宮門口，恩朔安靜地立在一旁，靜候群臣出宮。

直到見到人群中的宋楚河，他才定了定神，迎上前去。

宋楚河本來在與人談事情，見恩朔忽然出現，頗感意外。

不待他詢問，恩朔便先開了口。「鎮國公，可否叨擾片刻，借一步說話？」

宋楚河打量他一下，恩朔衣著簡單，乍看同巴圖耶的侍衛差不多。可細看之下，眉宇之間生得十分開闊，那雙眼睛不似巴圖耶那樣泛著棕色，反而有些像漢人的黑色瞳仁。

宋楚河與同僚打了個招呼，隨恩朔走到宮門一旁。

「若我沒記錯的話，北疆戰場上，應當與閣下交過手。或者，該稱呼閣下為二王子？」

恩朔笑了笑。「我雖是王子，但與王兄的身分天差地別。如果鎮國公不介意，喚我一聲恩朔也可。」

他雖然隨著巴圖耶出征，卻很少暴露身分，一向以巴圖耶馬首是瞻。

宋楚河見他從容不迫，覺得此人有幾分意思，遂道：「方才恩朔王子不是同你王兄一起離開了，怎麼又回來了？」

恩朔斂了斂神，道：「小王之所以去而復返，是為了替王兄賠罪的。」

宋楚河長眉一挑，似笑非笑。「此話怎講？」

恩朔道：「不瞞鎮國公，方才在後殿發生之事，小王都看見了。冒犯長公主，是我王兄不對，但我王兄已經喝醉，故而我來替他向鎮國公及長公主賠個不是，還望兩位海涵。」

他說罷，依照漢人的禮儀，對著宋楚河一揖。

宋楚河抬手承住他的禮，不冷不熱道：「做錯的並非是你，沒有必要替令兄賠罪。恩朔王子若有什麼想法，不妨直說。」

恩朔見宋楚河一下點破了他的心思，也不意外，道：「鎮國公莫要誤會，小王是誠心誠意替王兄道歉的。但我也不否認，確實有私心。」

他抬眸直視宋楚河。「小王雖敬重鎮國公的才能，但北僚之師也不是等閒之輩，兩軍交戰，無論哪一方勝出，終究是兩敗俱傷。因此，來大靖之前，父王叮囑過我，希望能與大靖達成和議，讓兩國百姓都有機會能休養生息。

「今夜之事，若鎮國公要為長公主殿下討回公道，恩朔願意替王兄領罰，還請鎮國公秉心持正，公私分明，莫因今晚之氣，而影響到兩國議和。」

恩朔說完，後退一步，再次對著宋楚河一拜。

宋楚河見他姿態極低，又言語誠懇，開口道：「恩朔王子以大局為重，值得欽佩。不過，恕我直言，此次議和的使臣是大王子，雙方能不能談成，大王子的態度至關重要。」

恩朔沈默片刻。「小王明白，所以更要來找鎮國公，希望能促成兩國和議。」

宋楚河凝視恩朔，道：「傳聞大王子將繼承北僚王位，恩朔王子如此為王兄籌謀，兄弟之情當真令人感動。」

恩朔淡淡一笑。「鎮國公不必試探小王。我促成和談，不僅僅是為了父王和王兄，也為了我的母親。」

但關於他的母親，恩朔並未細談。

宋楚河見他神色鄭重，沈聲道：「恩朔王子放心，和談事關國祚，我們定然會謹慎以待。也請殿下回去轉告大王子，讓他好自為之。」

恩朔聽了，終於鬆了口氣，微微頷首。「多謝鎮國公。小王定會好好規勸王兄，請他謹言慎行。」說完，拱手告辭。

趙霄恆送眾臣出來，早就看到了這一幕，待恩朔走後，才來到宋楚河身旁。

「舅父。」

宋楚河沈吟片刻，問道：「你可知道恩朔的身世？」

趙霄恆壓低了聲音。「恩朔的母親，是個漢人。」

恩朔離開宮門後，並未直接回驛館，而是馬不停蹄地去了郊外。

半夜，京郊荒無人煙，一片漆黑之下，恩朔翻身下馬。

他掏出懷中的火摺子，點燃火把，又從隨身攜帶的牛皮袋中，拿出一張陳舊的紙。

他珍而重之地將紙張打開，只見紙上畫著起伏的山巒。山巒之巔，屹立著幾棵姿態各異的蒼松。

此時此刻，恩朔立在一棵高聳入雲的蒼松下，心頭百感交集。

「母親，回家了。」

恩朔閉上眼，將那張母親親手繪製的圖紙，緊緊攥在手中。

他的母親是京城人氏，因家中經商，便舉家從京城遷到北疆，卻因戰禍而流落到北僚。

在北僚，所有的戰俘都沒有好下場，他的母親因為生得貌美，被北僚王強搶入了後宮。

北僚與大靖長年不睦，故而對漢人充滿敵意，就算她生下了恩朔，還是受盡北僚后妃們的欺辱，最終早早撒手人寰。

她死前唯一的心願，便是能魂歸故土。

所以，這次來到大靖，恩朔不僅要協助巴圖耶促成和談，還要在京城為他母親立墓碑，讓母親在天之靈得到安息。

恩朔靜立一下，斂了斂神，小心翼翼地將圖紙收回袋中，在周邊找了一處風水上佳的地方，開始為母親修築衣冠塚。

他拿出提前備好的鐵鏟，一下又一下，鏟開腳下的黑土。黏膩的泥土弄髒了他的衣袍，汗水也浸透他的後背，但他不敢耽擱，一直埋頭苦幹。

直到黎明之前，他才結束了這一切。

最後，恩朔在碑前跪下，抬起手，輕輕撫上豎立的碑文，道：「阿娘，您終於回家了。兒子答應您的事……終於做到了。」

他留戀地凝視墓碑好一會兒，終究還是收起心中的情緒，趁著夜色未央，離開了京郊。

半個時辰之後，恩朔回到驛館。

此時，天光已經微亮，侍從來為他牽馬，見他一臉倦容，便問：「殿下，您沒事吧？」

恩朔搖了搖頭，隨口道：「讓蓮如備熱水，我要沐浴。」

此言一出，侍從面色僵了僵，似欲言又止。

恩朔頓覺不對，問道：「怎麼了？」

侍從有些為難，聲音低下幾分。「蓮如去大王子房中伺候了。」

恩朔面色驟變。「什麼?!他不是喝醉了嗎？」

侍從忙道：「殿下有所不知，大王子昨夜睡到一半醒來，讓蓮如姊姊送醒酒湯過去。蓮如姊姊哪敢不從，只得領命，可這一送，便再也沒有出來過……」

「荒唐！」恩朔罕見地暴怒而起，二話不說，衝向了巴圖耶的房間。

可還沒等他衝到門口，卻遠遠見到臥房的門吱呀一聲開了。

兩名侍從抬著一副擔架出來，擔架上蓋著一塊白布，依稀可見纖細的人形。

為首的侍從道：「動作快些，死人晦氣，可別再惹怒了大王子。」

後面的侍從一聽，急急邁出腳步，險些將擔架粗魯地撞到門上。

兩人沿階而下，驀地看見面色煞白的恩朔，登時一驚。

為首的侍從率先回神，忙道：「見過二殿下。」

恩朔死死盯著擔架上的人，聲音冷得嚇人。「這是誰？」

兩名抬著擔架的侍從面面相覷，沒有一人敢答話。

恩朔等不到回答，邁著沈重的步子，走上前去，微顫的手指徐徐揭蓋白布，蓮如清秀的面龐便呈現在眼前。

此刻的她，額角泛青，嘴角滲血，一張臉蒼白如紙，彷彿一個被遺棄的破布娃娃，早已沒了生息。

蓮如身上的衣裙被人撕碎，裸露的肩頭上有一道道紅痕，昭示著她在死前受到了非人的虐待。

「到底怎麼回事？」恩朔的聲音幾乎是從胸腔裡擠出來的。

侍從見恩朔面色不佳，壓低聲音道：「二殿下息怒！昨夜蓮如姑娘送湯給大王子，大王子便想留她伺候。孰料她死活不肯，大王子一怒之下，將她綁了起來，然後……」

侍從想起蓮如昨夜的哭喊聲，仍然覺得背後發涼。

「大王子讓小人進去時，蓮如姑娘已經沒氣了，但她死盯著門邊，似乎有些不甘……」

另一侍從忙道：「你少說兩句！」

恩朔心頭彷彿被重錘碾過，疼得厲害。

自從母親死後，蓮如就像姊姊一樣，陪伴在側。

如今，他卻連唯一一個親近之人，都守不住。

恩朔忍著內心煎熬，重新將白布蓋好，而後脫下自己的外袍，蓋在蓮如身上。

他俯下身，用只有他們二人能聽見的聲音道：「妳放心，我一定會替妳討回公道。」

說完，他站起來，頭也不回地走了。

巴圖耶徹底酒醒，已經是一個時辰之後的事。

他若無其事地從榻上起身，一腳踩地，一條腿曲著，撐在榻邊。

「漢人生的賤種呢？」

他話音落下，侍從連忙走上前來，道：「回殿下，二王子已經回來了。」

他們早已習慣巴圖耶如此稱呼恩朔，雖然覺得不妥，可也不敢反駁。

巴圖耶彷彿聽到了什麼有趣的事，唇角溢出一抹笑。「讓他來見我。」

侍從應聲而去。

不消片刻，恩朔被侍從帶到巴圖耶面前。

房中一片狼藉，還有女子的衣裙，七零八落地散在地上，紅得刺眼。

但恩朔彷彿沒有看見一般，木然地行禮。「王兄找我來，可有什麼吩咐？」

巴圖耶仔仔細細打量他的神情，試圖從中找到一絲情緒的裂縫，可看了好半天，都沒有看出端倪，不禁有些失望。

「也沒什麼大事，不過是你身邊的婢女不識好歹，我便給了她一些厲害，沒想到……」巴圖耶一面說著、一面緊盯恩朔臉色。「她居然死了。」

這話說得輕飄飄的，彷彿蓮如就像一棵野草，說拔便拔了。

恩朔斂了斂神，道：「不過一介侍女，怎敢忤逆王兄？既然王兄已經處置了，也免得我再罰她。改日尋到其他美人，我再進獻給王兄。」

巴圖耶聽了這話，不禁笑起來。「昨夜在宮中，你不是還硬氣得很，知道拿父王壓我嗎，今日怎麼又恢復成以往那副窩囊樣了？」

恩朔垂眸道：「王兄誤會了，昨夜我之所以勸誡王兄，是擔心議和之事不成，回北僚後會受到父王責罰。」

巴圖耶嗤笑一聲。「我就知道你沒膽子！大靖不過是僥倖勝了北僚，雖然看起來威風，但實際上，歷經戶部的虧空之後，大靖也需要休養生息。所以，不是我們入京求和，反而是對方想與我們議和。」

恩朔順著巴圖耶的話道：「按照王兄的說法，議和的關鍵，似乎掌握在我們手中？」

巴圖耶傲然一笑。「那是自然。」

「宋楚河素來自詡高明，可大靖朝堂，卻不是他能作得了主的。大靖皇帝是個好大喜功之徒，只要我們稍微給他一點希望，便會被我們牽著走。加之他一直忌憚宋楚河，更容易為我們所用。」

巴圖耶心中的如意算盤打得響，恩朔也嗅到了一絲不同尋常的氣息，抬起眼簾，看了巴圖耶一下。

「那議和之事，王兄打算如何處理？」

巴圖耶眸子微瞇，幽幽道：「父王和大靖皇帝不是都想議和嗎?既然如此，本王便遂了他們的心意！」

第九十六章

集英殿中，一眾大臣正襟危坐，沒有一人有好臉色。

西峽使臣達穆早就到了，瞥門外一眼，清了清嗓子，用略帶西域口音的漢話道：「田大人，北僚大王子怎麼還不來？」

當真是哪壺不開提哪壺！

田升無甚表情地看他，道：「使臣少安勿躁，我們已經派人去迎大王子，想必很快便能入宮。」

「這麼說來，大王子此時還未入宮？」達穆刻意瞠圓了眼。「北僚也太不把我們放在眼裡了！」

「我們」二字，他咬得頗重，不知道的，還以為西峽與大靖已經結盟。

田升也等了許久，覺得有些不安，便緩緩起身，向坐在主位的趙霄恆走去，壓低了聲音稟報。

「殿下，北僚大王子還沒有到，莫不是又想耍什麼花樣？」

趙霄恆笑了聲，氣定神閒地說：「能有什麼花招？不過是昨夜宿醉，起不來罷了。再等一炷香的工夫，若是他還不到，我們就直接開始。」

一旁的宋楚河也微微頷首，表示贊同。
田升聽了，回到座位上，繼續等候。
達穆瞧了趙霄恆一眼，笑道：「北僚王子遲到半個時辰，太子殿下也不發怒，當真是好脾氣。」
趙霄恆淡淡道：「若孤事事都斤斤計較，達穆大人就不會出現在這裡了。」
達穆此言本來是想挑撥大靖與北僚的關係，為西峽贏得更大的利益，但趙霄恆這句話，不動聲色地敲打了他。
達穆只得尷尬地摸摸鼻子，嘿了聲。

片刻後，一聲高唱響起——
「北僚大王子到——」
眾人的目光向前匯聚，只見巴圖耶一身華服，信步邁入大殿，鷹一樣的眸子梭巡一圈，最終落到趙霄恆面上，輕輕笑了聲。
「來得遲了些，太子見諒。」
他說完，大剌剌地坐了下來。
雖說今日靖軒帝因為身子不適，沒有過來，但巴圖耶這目中無人的姿態，讓在場之人都很不舒服。

然而，趙霄恆沒有多說什麼，對田升道：「開始吧。」

田升領命起身，按照規制，將草擬的條約當眾理了一遍。

達穆撚著鬍子，若有所思地聽著。

田升講完所有的和談內容，達穆順著他的內容提出幾個疑問，趙霄恆隨之解答。

達穆聽了，覺得趙霄恆說得有理，沒再繼續糾纏，很快便表明了態度，同意與大靖停戰結盟。

巴圖耶卻好似渾不在意，只自顧自地飲茶。

田升確認完西峽的意思後，將目光轉向巴圖耶，道：「大王子覺得如何？」

巴圖耶手中把玩著茶杯，悠悠道：「多割一塊地，少分一點銀子，不過都是些小事。本王才不像某些鄉巴佬，這麼斤斤計較。」

這話明顯是在諷刺達穆，達穆卻笑了聲。「大王子確實大方，連北僚六州都能讓給大靖，如此氣度，小臣自然比不得。」

巴圖耶面色頓了頓，眸中霎時溢出一絲殺意，但礙於眾人在場，還是將心中不滿壓下去，只冷瞪達穆一眼，又轉過身來，對趙霄恆開了口。

「太子殿下，小王千里迢迢入京，便是抱著誠心誠意來與大靖議和。小王不在意那些細枝末節，只想看看，大靖是不是真的願意拿出誠意，與我們北僚和平共處。」

趙霄恆瞥了他一眼，道：「大王子想要什麼？」

巴圖耶沒想到趙霄恆這麼快就直奔主題，大笑兩聲。

「殿下是個爽快人，小王也不拐彎抹角了。依小王看，與其寫那麼多條條框框約束彼此，不如兩國締秦晉之約，互通有無，豈不是更好？」

這話說得出人意料，宋楚河心頭微頓，心中忽然有些不安。

趙霄恆問：「大王子的意思是？」

巴圖耶勾唇一笑。「貴國的毓敏長公主，不但容色傾城，琴棋書畫也樣樣精通，小王一見傾心。若皇帝陛下肯將毓敏長公主賜給小王做王妃，那北僚和靖國自然能永結鴛盟，和平共處。」

此言一出，全場譁然。

誰不知道，毓敏長公主趙念卿當年與鎮國公有一段情，巴圖耶此舉，簡直是往鎮國公的心口戳刀子！

眾人的目光齊刷刷地看向宋楚河，果不其然，宋楚河已經面色鐵青，神情難看至極。

趙霄恆眸色沈了沈。「若是孤不肯呢？」

巴圖耶下巴微揚，笑得越發不可一世。「一個女人而已，若貴國如此不捨，那北僚與大靖議和之事，就不必再談了。」

他說罷，站起身來，對著趙霄恆虛虛一抱拳。「殿下大可回去與皇帝陛下商議一番，小王靜候佳音。」

不等趙霄恆表態，巴圖耶便帶著侍從，大搖大擺地走了。

達穆眼見氣氛不好，也識趣地起身告退。

趙霄恆沈吟片刻，對眾臣道：「諸位愛卿，今日便到這裡吧。」

眾臣紛紛起身，見禮之後，陸續離去。

大殿之中，很快只留下趙霄恆與宋楚河。

哐！宋楚河將茶盞重重地放到案桌上，怒道：「這巴圖耶真是不知死活，當初在戰場上，就該一劍殺了他！」

趙霄恆看了宋楚河一眼。「難得舅父有這麼不冷靜的時候。」

宋楚河也發現了自己的失態，斂了斂神。「他與我積怨已久，如今這般做法，不但是為了報復我，更是為了長久地牽制我們，萬萬不可答應。」

趙霄恆又何嘗不知？趙念卿不但是太后的獨女、靖軒帝的親妹妹，又對宋楚河至關重要，若趙念卿嫁入北僚，萬一日後兵戎相見，極有可能被綁上城樓，成為北僚的護身符。

趙霄恆輕嘆一聲。「舅父，就算你我心如明鏡，此事還是得稟明父皇才行。走吧，去福寧殿。」

夏日炎炎，趙念卿倚在長公主府的貴妃榻上，眼前放著一碗上好的酥山，但她只看了一眼，目光便瞥向別處。
十二郎跪坐在一旁，見她面色不好，小心翼翼地問：「長公主怎麼了？是不是天氣太熱了，身子不適？」
趙念卿抬起眼簾，悠悠瞧他一眼。「沒胃口。你若願意吃，就吃了吧。」
十二郎瞧著那酥山，早就饞蟲大動，如今得了趙念卿首肯，立即喜孜孜道：「多謝長公主賞賜。」
趙念卿似有所無地嗯了聲，十二郎迫不及待地端起碗，舀起一勺酥山上的果脯，送入口裡，又冰又甜，簡直爽到了心口。
就在他大快朵頤之時，忽然覺得有些不對勁，抬起頭，卻見趙念卿以手撐頭，神情複雜地看著他。
十二郎頓時有些尷尬，忙揩了下嘴角。「長公主？」
趙念卿道：「繼續。」
十二郎愣了愣，道：「是。」繼續一口接著一口吃了起來。
趙念卿的目光始終沒有離開過他，但十二郎明白，趙念卿看的不是他，而是別人。不過，他也不在意，畢竟他如今的榮華富貴，也是占了那人的便宜。
此時，腳步聲匆匆而來，竹心進房，見到十二郎在吃酥山，愣了下，才開口稟報。
「長公主，奴婢去門房看了，今日的帖子還沒來呢。」

趙念卿神情一頓，隨即恢復正常，道：「沒來便沒來，整日送帖子，本宮倒覺得煩。」

自從趙念卿與宋楚河在萬姝閣見過之後，宋楚河就天天遣人送帖子來，要麼是約她品酒，要麼請她飲茶，有時候一日還有兩、三封。

起初，趙念卿不但將送信人攆出門去，還把人狠狠數落一頓。可隨著帖子越疊越高，她漸漸沒那麼牴觸了。

今日到了晌午，還沒有帖子送來，趙念卿便有些坐不住了。

但她如此要面子的人，怎會宣之於口？竹心心裡明白得很，主動去門房看了看，確認沒有送來，這才回來覆命。

可是，竹心去了門房，還聽到了別的消息。

「長公主，鎮國公雖然沒有送帖子來，卻捎了口信。」

趙念卿有些意外。「他說了什麼？」

竹心道：「來人說，近日鎮國公政務繁忙，只怕要過段日子才能陪長公主出門，囑咐長公主，若無要事，便不要入宮。」

趙念卿納悶。「皇宮是本宮的家，為何不能入宮？」

竹心避開趙念卿的目光，低聲道：「奴婢不知。」

竹心跟了趙念卿多年，一向知無不言，言無不盡。這瞬間的迴避，讓趙念卿起了疑。

「竹心，妳是不是有什麼事瞞著本宮？」

竹心一怔，慌忙搖頭。「沒有……奴婢哪敢欺瞞長公主？」

趙念卿的聲音裡帶著一絲失望。「竹心，本宮視妳為心腹，若連妳都要欺瞞本宮，那這世上，本宮還有誰可信？」

竹心抿了抿唇角，撲通一聲跪了下去。「長公主恕罪。並非奴婢要瞞著您，而是鎮國公的意思。」

趙念卿嗅到了一絲不同尋常，起身問道：「到底是怎麼回事？」

竹心說：「昨日，我們與北僚、西峽商量議和之事，北僚大王子突然說……」

趙念卿凝視她。「說什麼？」

竹心一咬牙，道：「說想和我們聯姻。而他看中的人，便是您。」

此言一出，如同晴天霹靂，趙念卿險些站立不穩，不覺退了一步。

一旁的十二郎也嚇一跳，連忙起身扶住趙念卿。「長公主，您沒事吧？」

趙念卿推開他的手，目光盯著竹心。「然後呢，皇兄可允准了？」

竹心道：「官家聽聞北僚大王子除了婚事以外，別無訴求，有些動心。太子殿下極力勸阻，鎮國公揚言要立軍令狀，將北僚徹底打垮，官家無奈之下，才同意多考慮幾日。可鎮國公因為此事惹怒了官家，被罰禁足，所以今日才……」

接下來的話，竹心沒有說，趙念卿也明白了。

這短短幾句話，讓趙念卿心頭起伏，秀眉微蹙，道：「和親之事，與他有什麼相干？皇兄本就忌憚他，他如此出頭，是不要命了嗎？」

竹心和十二郎面面相覷，沒人敢接話。

趙念卿沈思片刻，道：「備車。」

竹心微愣。「長公主想去哪兒？」

「還能去哪兒？」趙念卿也不知該怒該笑。「去尋那個不知死活的人！」

鎮國公府的管家攏著眉，憂心忡忡地看著緊閉的房門。

「家主還不肯出來？」

看門的小廝抬手掩唇，壓低聲音道：「家主從宮裡出來後，便將自己關在房中，誰也不許進去。今日送了兩頓飯，但家主動都沒動，讓人拿走了，要不要請太子殿下來勸一勸？」

管家忍不住嘆了口氣。「家主的脾氣，你還不知道？就算是太子殿下來了，只怕也於事無補。」

小廝心中憤憤不平。「我們宋家好不容易沈冤得雪，如今大靖與北僚開始議和，本以為一切都要好起來了，誰承想，那個該死的北僚王子，居然敢打長公主的主意，真是癩蝦蟆想吃天鵝肉。」

「噓。」管家瞪他一眼。「小心隔牆有耳。」

小廝發現不妥，連忙改了口。「小人不過是替家主抱不平罷了。當年家主為了重振宋家，不得已放棄與長公主的姻緣，如今家主好不容易回京，咱們就盼著兩位能有個好結果，結果半路又殺出個亂七八糟的王子。唉，您說，官家會把長公主許給北僚大王子嗎？」

管家的臉色也難看得很。「誰知道呢？那時候，官家為了打敗北僚，重新籠絡宋家，許以家主鎮國公之位，又將小公子立為太子；後來見我們宋家在軍中威望漸盛，又開始忌憚家主，想藉著婚事將他扣在京城。無論如何，官家都會選擇對自己最有利的路。但凡官家說個不字，太子殿下若不從，便是忤逆；如要相抗，必會兩敗俱傷……」

管家與小廝你一言、我一語地說著，聲音斷斷續續地傳進書房。

書房中門窗緊閉，宋楚河靜靜地坐在暗處，恍若一尊沈寂的雕像。

他身旁的酒壺已經空了，七零八落地滾在一旁，唯有手中還留著半壺酒。

聽到管家與小廝的對話，宋楚河自嘲地笑了聲。連他們都能看穿靖軒帝最後的決定，又何必繼續自欺欺人地等著？

宋楚河拎起酒壺，無情地將烈酒澆入口中。

這酒入口熾烈，到了後半段，便甜中帶著澀，澀中含著苦，滑入喉嚨時，有一股灼燒的痛感。隨之而來的，是痛過後的無盡惘然，像極了男女之情，故名「長相思」。

京城中的宋宅，雖不常住，卻一直有人打理。

書房是宋楚河親自畫的圖紙，偌大的兩面牆，一面是書、一面是酒。這間房初造之時，工匠不知他到底要的是書房，還是酒窖，但依舊按照宋楚河的意思蓋了。
宋楚河是個愛書之人，走到哪裡都手不釋卷，所以家中藏書甚多。
而一整面牆的酒，則是為他心中那個人準備的。
宋楚河背靠著酒架，微微合上眼，酒意朦朧間，想起多年之前，出現在宋家後院的那個明豔少女……

以前，趙念卿時常跟著宋楚珍出宮小住，即便出了宮，也最愛穿緋色衣裳。只要有她在，笑聲便如銀鈴一般，整日迴盪在院子裡。
素來沈靜看書的宋楚河，也忍不住時時側目。
這一日的午後，格外炎熱，宋楚河正在讀書，卻忽然聽見一陣腳步聲，噔噔噔地踩過窗外的長廊。
宋楚河本以為是自己的小姪兒趙霄恆在外面胡鬧，站起身來，往外看去，卻見明媚的陽光下，有個少女坐在長廊上，身上的緋紅裙裾如夏日流火，明豔照人。
宋楚河有些意外，不知趙念卿從哪裡找來一罈酒，牢牢地抱在懷中，左顧右盼一會兒，見沒人過來，遂心安理得地坐下了。
趙念卿抱著酒罈，左看看、右看看，她見過人飲酒，卻沒見過人開酒。搗鼓一會兒，才將堵住罈口的紅布拔出來，酒香頓時從罈口溢出，直衝她的鼻腔而去。

她深吸一口氣。「好香！」目光環顧一周，確定四周無人，索性端起酒罈，仰頭就喝。

宋楚河頓時瞪大了眼。

每每趙念卿出現在宮宴之上，都是妝容精緻，舉止優雅。誰能想到，名滿京城的毓敏長公主，背地裡居然在別人家偷酒喝？

不知是不是那酒太烈，趙念卿一口下去，就嗆得劇烈咳嗽起來，一張嬌俏的小臉都脹成了紅色。

她菱唇微張，彷彿是為了緩解口中的辛辣，手掌不斷地在唇邊搧著，那樣子又可憐、又滑稽。

宋楚河沒忍住，低低笑出了聲。

趙念卿警覺得很，慌忙抬頭，清靈的眸子一轉，就「捉」到了偷看之人，立即放下酒罈，站起身。

「大膽，竟敢偷看本公主！」

宋楚河一頓，放下了書，不慌不忙地走出書房。

他生得俊美，個子又高，只著了一襲簡單的青衫，便讓人眼前一亮。

宋楚河立在廊下，目光含笑，淡淡道：「我不過在家中賞景，孰料撞破了長公主的好事，還望長公主見諒。」

陽光溫潤地灑落在他肩頭，讓面容看起來乾淨至極。

趙念卿本來就有些心虛，被宋楚河這麼一說，臉更紅了，但長公主尊嚴豈容踐踏？遂理直氣壯地開了口。

「本公主是看在嫂嫂的面子上，才勉為其難嚐嚐你家的酒。怎麼，你不服？」後宮妃嬪不少，但趙念卿只與宋楚珍投契，整日黏在宋楚珍身旁。出了宮，更是直接喚宋楚珍為嫂嫂。

宋楚珍糾正她多次，她也不改。

宋楚河長眉一挑。「豈敢、豈敢，長公主想喝酒，吩咐一聲便是，為何要躲在這兒喝？」

趙念卿自知理虧，依然道：「本公主想怎麼喝，就怎麼喝。你再多管閒事，我就告訴宋老先生，看他罰不罰你！」

宋楚河微牽唇角。「長公主說得有理，是我的錯。我這便去找父親認錯，讓他罰我。」

趙念卿一聽，連忙拉住宋楚河的衣袖，輕喝道：「不許去。」

要是宋楚河去找宋老先生，那宋家上下豈不是都知道她偷酒喝了？

她堂堂毓敏長公主，面子往哪兒擱！

第九十七章

宋楚河垂眸看了趙念卿一眼，趙念卿急忙收回手。

宋楚河勾起唇角，悠悠道：「為何？殿下不是要罰我嗎？」

趙念卿輕咳兩聲，下巴一揚。「罷了，念在你是初犯，本公主便不予追究。以後不許再提起此事，不然，本公主讓你吃不完兜著走。」

宋楚河覺得好笑，表面上卻應聲點頭。「是是，多謝長公主殿下大人有大量。不過……長公主抱來的這罈酒，應該不好喝吧？」

趙念卿一愣，美目微瞠。「你怎麼知道？」

宋楚河笑了笑，抬手指了指酒罈上的封條。「還沒到好時候。」

趙念卿仔細一看，上面的封條寫了一行字，是這罈酒的開封日子，至少還有兩年呢，頓時有些懊惱。

「哎呀，可惜了！方才沒留意看，早知道就不開了，過兩年喝，風味更佳！」

這般嬌憨的模樣，與平時的她大相逕庭。

宋楚河瞧著她，越發覺得有意思。

趙念卿自幼在宮中長大，一言一行都備受矚目，處處要謹言慎行。

但這時的她，不過是個十五、六歲的少女，正是叛逆的時候。

太后不許她出宮，她便找靖軒帝撒嬌賣乖，非要跟著宋楚珍出去；教導嬤嬤不允她飲酒，她偏要喝，還要喝偷來的，這才盡興。

方才她路過酒窖，恰好見到酒窖的門開著，便偷偷溜進去，隨便抱了一罈出來。本想找個僻靜的地方開罈嚐嚐鮮，沒想到誤入了宋楚河讀書的地方。

宋楚河問她。「長公主喜歡喝酒？」

趙念卿呆了呆。「呃……還行。」不過是圖個新鮮，沒做過的事，她都想試試罷了。

宋楚河微微一笑。「若長公主喜歡品酒，我帶妳去嚐嚐自釀的酒，如何？」

趙念卿一聽，來了興趣。「你還會釀酒？」

宋楚河輕輕頷首。「閒來無事，隨手釀的。」

一炷香之後，趙念卿坐在廊下，手裡端著碗，小臉酡紅地看著宋楚河。

「這也叫隨手釀的？我在宮裡偷喝……啊不，我皇兄的酒，都沒有你的香！」

宋楚河一面擦拭自己的琴、一面道：「不過是加了些春日的桂花，若是長公主喜歡，回宮之時，多帶些便是。」

一提到回宮，趙念卿的神情明顯地黯了下去。

「不必了。」

宋楚河手指微頓，放下心愛的琴。「長公主怎麼了？」

趙念卿道：「再好的酒，在宮裡喝，也沒有滋味。」

她抬頭，目光越過重重高牆，延伸至皇宮的方向——

那座華麗的宮城，既是家，也是牢籠。

宋楚河沈默片刻，忽然道：「既然如此，我陪著長公主喝吧。」

趙念卿眉眼輕彎，當即端起酒盞遞給他。

宋楚河接過酒盞，與她輕輕一碰。酒液輕漾，蕩出一圈圈漣漪。

兩人相視一笑，各自飲下。

然而，不得不說，喝酒這件事，是講究天分的。

三盞過後，宋楚河便靠在柱子上，而趙念卿雖然面若桃花，卻有精神得很，用扇子戳了戳宋楚河。

「喂，你怎麼這麼快就醉了？」

宋楚河有些迷茫地看著她。「什麼？」

趙念卿見他迷迷糊糊，不為難他，只自顧自地飲酒，道：「若是本公主也會釀酒就好了。可惜，母后和皇兄一定不會答應的……」

宋楚河凝視身側的少女，忽然問道：「長公主想釀什麼酒？」

趙念卿想了想，道：「最近我譜了一首曲子，名為〈長相思〉，不如再釀一壺酒與它相配，如何？」

「長相思……」宋楚河酒意朦朧間，喃喃自語。「酒入喉，曲入心，相思不相見……」

話沒說完，他便徐徐閉上了眼。

趙念卿見他醉倒，輕輕笑了起來。

暖洋洋的午後，俊逸的少年倚柱而憩，明麗的少女坐在他身旁，恣意地品著桂花酒。

那清甜可口的滋味，一直縈繞在他們心頭多年，未曾忘卻。

後來，宋家出事，宋楚河在刑部大牢裡，度過一生中最黑暗的日子。

出獄之後，他辭別趙念卿，帶著家人回了北疆。

在北疆的日子，他沒日沒夜地鑽研疆域圖、研究排兵布陣，整個人瘦得脫了相。偶有閒暇之時，便一個人待在後廚釀酒。

長相思，長相思……她心目中的酒，到底是什麼樣的呢？

宋楚河問了自己千百遍，卻沒有答案。

他知道自己已經沒有資格與她共度一生，但仍然執拗地想釀出她說過的酒。

此時此刻，宋楚河凝視著手中的酒壺。他終於帶著陳香的長相思回來，卻有人想利用她，讓她淪為權勢的犧牲品！

宋楚河想到這裡，眸色驟然冷下來，手指一鬆，酒壺落到地上，哐的一聲，摔得粉碎。

他的眉宇攏著，無聲探手，拿起一塊碎片。

那碎片上沾著濕潤的酒意，有些黏。

他反手將碎片緊緊握住，鮮血滴滴落下，痛感隨之而來。

只可惜，手心再痛，也不能抵消心中的痛。

宋楚河怔然看著自己的血，居然有一絲快意。

當年，他辜負了她，合該這麼痛。

可她呢？她分明是無辜的，為何要捲入這波譎雲詭的政治中來？

就在宋楚河出神之際，書房的門被人一下推開。

他怒目而視。「我不是說過，不許進來……」

話音未落，他便呆住了。

立在眼前的，不是別人，正是他心心念念的那個人。

長相思，唯念卿。

趙念卿立在門口，見宋楚河坐在地上，身旁一片狼藉，手心還滲著血，頓時變了臉色。

她快步走過去，蹲下身，一把拉過宋楚河的手，將碎片扔得老遠。

「宋楚河，你這是在幹什麼？你瘋了嗎?!」

宋楚河眼眶微紅，二話不說，一把拉過趙念卿，擁入懷中。

趙念卿徹底愣住了。

這闊別多年的擁抱，既熟悉，又陌生，彷彿瞬間將這些年所有的空白填滿。宋楚河彷彿還是那個聰慧狡黠的少年，而她便是那個爽朗愛笑的少女。

但這感覺只在趙念卿心中停留了一瞬，隨之而來的，是這些年裡經歷的離別、不甘、憤恨、思念……百感交集湧上心頭，最終化成一腔委屈，衝破心頭的防線，傾瀉而出。

趙念卿一把推開宋楚河，怒道：「別碰我！」

宋楚河不肯鬆手，聲音裡透著艱難。「念卿……」

趙念卿眼神恨恨，聲音卻帶著微微顫抖。「當年是你背棄了我，如今又來充什麼好人？我要嫁誰，與你有什麼相干？」

宋楚河目不轉睛地盯著她，道：「當年都是我的錯，我不該背棄妳……如今我回來，就是想盡力彌補。北僚是蠻夷之地，北僚大王子生性殘暴，麻木不仁，他突然提出要娶妳，必然是摸清了我們之前的關係，萬一妳真的嫁過去，定然會被他折磨。

「我與巴圖耶交手多年，知道此人好戰，他如今願意議和，不過是因為北僚王的命令。北僚王已年近古稀，待他百年之後，巴圖耶定然會捲土重來，到了那時，妳便會……」

宋楚河眼裡滿是痛色，已然說不下去。

按照巴圖耶的性子，八成會將趙念卿捆到戰前叫陣。

宋楚河蒼白的手指死死扣在趙念卿的手臂上，他不敢去想那些畫面，更不敢放開她。

這一切，趙念卿何嘗不知？

就算巴圖耶陰險狡詐，但她身不由己。

因為，對靖軒帝來說，嫁出一位公主，即能換來幾年的和平共處，是一樁划算買賣。

既然她終究要為大靖犧牲，又何必搭上更多人呢？

趙念卿定了定神，拂開宋楚河，站起身。

「宋楚河，本宮再告訴你一遍，和親也好，不和親也罷，都是本宮自己的事，與你沒有一絲一毫的關係。從你當年離開的那日開始，我們之間再無瓜葛。琴弦難續，恩斷義絕，你再怎麼彌補，我也不會原諒你。」

她眼眶猩紅，盯著宋楚河，一字一句道：「你妄自作主，插手我的事，只會讓我更加厭惡。識相的，就滾遠些！」

趙念卿說完，轉身要走。

宋楚河一把拉住她的衣袖，沈聲道：「念卿，妳原諒我也好，不原諒我也罷，但北僚是虎狼窩，妳萬萬不可答應官家！」

趙念卿聽了這話，冷然一笑。「怎麼，怕我將來的夫君勝過你？」

夫君二字如同針尖一般，刺痛了宋楚河。

趙念卿看清他眼中的痛苦，沒再耽擱，抽回衣袖，大步而去。

宋楚河回過神來，強撐著暈眩的身子追上去。

「念卿，妳別走……」

趙念卿不理會他，只吩咐身旁的侍衛。「皇兄要鎮國公禁足，你們可要將人看牢了，萬一他偷偷跑掉，唯你們是問。」

侍衛們面色一凜，忙道：「是！」

房中不斷傳來宋楚河的聲音，趙念卿深深看了門框後的人影一眼，終究扭頭走了。

趙念卿回到馬車上，竹心見她眼眶泛紅，嚇了一跳。

「長公主，您怎麼哭了？沒事吧？」

趙念卿這才發現面頰上滿是淚痕，抬起手來，正想擦拭，又看見衣袖上的斑斑血跡。

她怔了怔，彷彿有一口氣堵在胸口，悶得生疼。

竹心小心翼翼地問：「長公主，現在咱們去哪兒？」

趙念卿略一思量，道：「去東宮。」

東宮正有客在。

之前趙蓁大病一場，寧晚晴時不時前去探望，如今她的身子終於好些了，隨著嫻妃前來道謝。

「妳的臉色雖然好了些，但怎麼瘦了一圈？」寧晚晴拉著趙蓁的手說話，只覺得她下頜尖尖，襯得那雙圓圓的眼睛更大了。

但這雙眼睛裡，沒有了以往的雀躍，取而代之的，是黯然神傷後的沈靜。

趙蓁道：「皇嫂莫要擔心，不過是因為天熱，胃口不好，再多調養幾日就沒事了。」

嫻妃也說：「妳皇嫂遣人送來的補品都快堆滿庫房，妳可要快些好起來才是。」

趙蓁淡淡一笑。「是，一定不讓母妃和皇嫂擔心。」

嫻妃見趙蓁有些無精打采，遂道：「本宮還有些宮務要處理，先回宮了。妳好好陪陪太子妃，晚些回來也無妨。」

嫻妃說完，向寧晚晴告辭。

殿中只留下寧晚晴和趙蓁。

若是從前，趙蓁肯定要嘰嘰喳喳講個不停，現在卻沈寂得很，完全不像她。

寧晚晴靜靜看著趙蓁，心情有些複雜。「蓁蓁……和之前比，妳似乎變了不少。」

趙蓁抬起眼簾，看向寧晚晴。「皇嫂是覺得，我的話變少了，有些不習慣嗎？」

「我也說不上來。」寧晚晴凝視她的眼睛。「就是覺得，妳似乎懂事了些。」

趙蓁垂眸一笑，低聲道：「其實，也沒什麼，只不過是這一場雨、一場病讓我明白了，有些人再好，也只是我的過客，他有他的路，我有我的路。而我真正要在意的、關心的，應該是我的血親、摯友……」

寧晚晴沈默片刻，道：「蓁蓁，妳會遇見更好的。」

趙蓁揚了揚嘴角，眼裡卻沒有多少笑意。

「有也好，沒有也罷，我不在意了……畢竟，我身為公主，婚事也由不得自己。對了，聽說北僚大王子想迎娶姑母，是真的嗎？」

還未等到寧晚晴回答，元姑姑便匆匆而來。

「啟稟太子妃，太子殿下請您去前廳，長公主殿下來了。」

寧晚晴道：「姑母來得正是時候。蓁蓁……」

趙蓁起身。「皇嫂，我陪妳一起過去。平日姑母待我不薄，這樣的時候，我也想看看有沒有能幫得上忙的地方。」

寧晚晴點頭，與趙蓁一道去了前廳。

前廳中，趙霄恆與趙念卿已經坐定。

寧晚晴和趙蓁到了，正要向趙念卿行禮，趙念卿卻擺了擺手，單刀直入地問：「關於和親一事，皇兄怎麼說？」

趙霄恆沈吟片刻，道：「此事尚未有定論。」

趙念卿一笑。「恆兒，你若想騙別人，或許還成；要騙本宮，卻沒那麼容易。皇兄是什麼樣的人，本宮比你更清楚。」

趙霄恆與寧晚晴對視一眼，道：「姑母，並非孤不想說，而是孤也不確定父皇最終會如何抉擇。孤已經向父皇求得三日時間，若北僚大王子還不鬆口，只怕……」

聽中靜默片刻，這結果可想而知。

畢竟，對於靖軒帝而言，有什麼比江山穩固更加重要？

趙念卿咬唇，抬起眼簾，直視趙霄恆。「那本宮問你，你如何看待和親之事？」

趙霄恆迎上她的目光。「撇開私情不談，若對方誠心議和，和親便是錦上添花，可以為兩國的長治久安多一重保障。可依照孤的判斷，巴圖耶不過是想一石三鳥，藉由和親，既全了他父王的命令，又能牽制大靖皇室，還能藉此拿捏舅父及身後的北驍軍。不得不說，他確實是下了一步好棋。」

趙念卿聽罷，神情黯然幾分。「連你都這麼說了，想必皇兄也不會拒絕。如今他最想要的，就是大局穩定，民意順從。」

趙蓁聽了這話，忍不住道：「難道我們真的沒有別的辦法了嗎？」

趙念卿閉了閉眼。「只要和親能換得一時安寧，讓我們有機會重振旗鼓，本宮身為大靖長公主，便責無旁貸。」

趙蓁一時語塞。

在她心中，趙念卿一直是我行我素、特立獨行的，實在沒想到趙念卿會說出這樣的話。

「姑母，您怎麼能這麼快認命呢，如今我們不是正在想辦法嗎？」

趙念卿苦笑一聲。「傻孩子，有些人錯過了，便是一生。所以，嫁誰都是一樣的。」

終歸是心如枯槁，毫無波瀾。

「姑母。」

這一次，出聲的是寧晚晴。

她起身，鄭重其事地走到趙念卿面前。「姑母是不是還在為當年舅父拒婚的事傷心？」

趙念卿沒想到寧晚晴會突然提起此事，偏過頭去。「提這些做什麼？」

寧晚晴溫言道：「姑母可知，當年舅父為何拒婚？」

「還能為何。」趙念卿面色發白。「皇兄冤枉了宋家，他心裡對皇兄有恨，自然也厭惡本宮。」

「錯了。」寧晚晴直截了當地打斷她。「舅父與姑母兩情相悅，又怎會不想與您結為連理？說句不恰當的話，當時父皇便是看中這一點，想藉婚事將舅父誆騙回京，好乘機卸了他的兵權。舅父提前識破此局，才以戰事繁忙為由，拒了賜婚。」

「什麼！」趙念卿驚得站起來，難以置信地看著寧晚晴。「妳的意思是，皇兄利用我，想再次對宋家下手？」

寧晚晴無聲頷首。

趙念卿霎時眼中氤氳，自言自語道：「這麼說來，他不是因為恨我才拒婚的……他為何不告訴我？」

她說著，抬腳就要離開。

「宋家一起一落，已是人丁凋零，皇兄怎麼忍心這樣對待我們?!不行，本宮要找他當面問清楚！」

寧晚晴連忙拉住了趙念卿。

「姑母少安勿躁，正是因為您性子直率，舅父才一直不敢告訴您。我將此事告訴姑母，是想讓您知道，舅父心中是有您的，您不要輕言放棄。沒到最後一刻，結果還未可知。」

宋楚河拒婚一事壓在趙念卿心頭多年，方才得知真相，自然有些激動，但她在寧晚晴的提醒下，很快冷靜下來。

「事到如今，當真還有轉圜的餘地嗎？」

趙霄恆沈聲道：「未必沒有。妳們可還記得北僚二王子？」

寧晚晴腦海中立即浮現出那雙深棕色的眼睛。「殿下說的是恩朔？」

「不錯。」趙霄恆繼續道：「原本孤還有些納悶，為何恩朔願意將姿態放得如此之低，跟在巴圖耶身旁？遣人查證之後才發現，因為母親是漢人，恩朔在北僚皇宮裡不受喜愛，但北僚王子嗣不多，健康長成的王子，只有他和巴圖耶。

「巴圖耶性子暴躁，又嗜殺好色，在北僚朝堂的人緣並不好；恩朔出身卑微，但對誰都恭敬有禮，大臣們反而對他讚譽有加，所以北僚王才破例，允許他與巴圖耶同來大靖。不過，巴圖耶將恩朔視為眼中釘，處處打壓他，甚至在遞給禮部的帖子上，都將他抹掉了。」

寧晚晴若有所思。「若是尋常的王子，得知此事，定然要大怒一場，可恩朔非但沒有提及此事，甚至還稱了巴圖耶的心意，扮成他的侍衛。如此心性，只怕不凡。」

趙霄恆唇角微勾，寧晚晴總是能很快理解他的所思所想。

「況且，孤聽田升說，驛館還發生了一件事。」

趙念卿忍不住追問道：「什麼事？」

趙霄恆壓低聲音道：「恩朔有一侍女，被巴圖耶玷污，且丟了性命。」

趙念卿微微一驚，趙蓁想起巴圖耶第一次見到她時，那不懷好意的模樣，怒道：「這巴圖耶簡直禽獸不如！」

寧晚晴蛾眉緊攏。「連弟弟的人都不放過，真是喪心病狂。不過，這或許能成為我們的機會。畢竟，敵人的敵人，便是朋友。」

第九十八章

京城驛館。

「二殿下，事情已經辦好了。」

侍從垂眸拱手，恭恭敬敬立在恩朔面前，臉上還有一絲沈痛之意。

恩朔坐在案前，面前擺著一本中原的兵書，淡聲道：「葬在我母親身邊了？」

侍從回答。「是，按照您的吩咐，讓蓮如姑娘去跟夫人作伴了。」

恩朔道：「蓮如客死異鄉，實屬不幸。回到北僚之後，記得厚待她的家人。」

「是。」

侍從抬起眼簾，小心翼翼地看了恩朔一下。他知道蓮如對恩朔來說，並非普通的奴婢，恩朔如此平靜，反而讓人擔憂。

「二殿下，蓮如姑娘已經去了，還請您節哀順變。」

恩朔翻書的手指頓了頓。「哀傷也好，悲痛也罷，都於事無補。不必擔心我，做好你的分內事便好。」

侍從躬身應下，心頭忍不住嘆氣。二殿下明明天資聰穎，又待人寬厚，為什麼偏偏總被大殿下欺負？

他搖著頭走出去，卻見另一名侍從急匆匆地邁了進來。
「二殿下，有您的信。」
恩朔有些意外，放下手中書本，接過信箋，可信封上一個字也沒寫。
他拆開信箋一看，眸色一凝。「送信的人呢？」
侍從愣了愣，道：「已經走了。」
恩朔又問：「他可有說別的什麼？」
侍從回想一下，道：「那人說，他家主子會一直等您。」
恩朔思量片刻，將手上的信送到油燈旁。火舌很快舔舐了信紙，吞沒上面的文字。
「不能讓任何人知道此事。」
侍從忙道：「小人明白。那二殿下打算赴約嗎？」
恩朔垂眸，看了桌上的兵書一眼，沈聲道：「所謂『上兵伐謀，其次伐交』，不去見一面，怎知是敵是友？」
夜半時分，馬車悄無聲息地離開驛站，一路駛向城西。
城西乃是京城的鬧市，夜晚的街道雖然無人，但長街上的燈籠和牌匾看起來依舊華美，幾乎能想像出白天熙攘的場景。
馬車停在一座不起眼的院落前，侍從撩起車簾。「二殿下，到了。」

恩朔下了馬車。

為了不引人注意，他特意換了一身漢人常服，到了陳舊的院落前，抬眸一瞥。

牌匾上的字跡已經有些模糊，看不清原來寫的是什麼。附近的草木也長得很深，一看便是許久沒有人住過。

恩朔沒說什麼，沿著階梯上去，叩響了暗褐色的木門。

很快便有人來開門，此人不是別人，正是于書。

于書道：「二王子裡面請。」

恩朔見于書面色如常，院落中也沒什麼帶兵器的侍衛，遂帶上侍從進去。

這院落不算大，看起來四四方方。東南角的長廊下面，放著一臺落滿灰塵的花樓織機。

不知怎的，恩朔看到這花樓織機，總覺得似曾相識。

「二王子果然準時。」

恩朔回頭一看，見趙霄恆信步走來。

褪下太子衣冠之後，趙霄恆與他一樣，身著漢人長衫。不知道的人，還以為他們是好友相聚。

恩朔微微欠身。「見過太子殿下。」

趙霄恆唇角微牽。「二王子不必多禮，坐吧。」

兩人坐在樹下的石桌前，于書帶人奉茶之後，便安靜地立於一旁。

趙霄恆端起茶盞，緩緩飲了一口，不疾不徐道：「二王子一路過來，可還順利？」

恩朔自然明白他的所指，道：「殿下放心，我王兄的人沒有跟來。」

趙霄恆微微頷首。「有勞二王子深夜奔波了。」

「辛苦談不上，不過……」恩朔看向趙霄恆。「殿下這麼晚找小王來，所為何事？」

趙霄恆不再兜圈子，道：「敢問二王子，如何看待大靖與北僚議和一事？」

恩朔不假思索地回答。「我們兩國交戰多年，可謂兩敗俱傷。依小王看來，再打下去，實在不是長久之計，不如各自休養生息，議和共處。」

「孤也正有此意。」趙霄恆沈聲道：「可令兄似乎不是這麼想的。」

恩朔道：「皇兄所想，小王不敢妄加揣測。」

趙霄恆笑了聲。「二王子，明人不說暗話，大王子素來仇視漢人，如今來大靖議和，只是迫於北僚王的命令。他想要長公主和親，不過是在挑戰我們，如果我們不答應他，他便能順理成章地慫恿北僚王繼續開戰；如果我們答應了他，便等於接受他的牽制，這哪裡是議和的態度？」

恩朔面色微僵。「殿下，雖然小王也誠心想與大靖議和，但小王人微言輕，王兄要做的事，我沒有權力干涉，一切皆要聽王兄的安排。」

趙霄恆定定看著他。「二王子直言磊落，又以大王子馬首是瞻，但大王子一直仇視漢人，來日若他掌權，不知會不會給二王子留下一線生機？」

恩朔聲音沈了幾分。「殿下到底想說什麼？」

趙霄恆凝視恩朔。「二王子才幹不凡，難道就沒有想過取而代之？」

恩朔面色一變，站起身。「殿下若是來離間我與王兄的，大可不必。我與王兄雖非一路人，但也不會公私不分，王兄安危事關北僚國運……」

「不錯，大王子確實關係到北僚國運。」趙霄恆打斷了他的話。「你應該比孤更了解大王子，若是北僚未來由他執政，將會連年戰亂，不但北僚的子民遭殃，連大靖的百姓也會受到牽連。」

恩朔面色僵了僵，沒有開口，卻也知道，趙霄恆說的是實情。

趙霄恆繼續道：「方才二王子提到公私，但何為公，何為私？大王子為了一己之私，多年以來不斷打壓你，就連你身邊的無辜之人，都要被他侮辱至死。難道，二王子真的想坐以待斃？」

這句話彷彿一記重錘，狠狠地敲擊了恩朔的心。

那個位置……若說他沒有想過，是不可能的。

同為北僚王的兒子，但從小到大，巴圖耶處處欺負恩朔、壓制恩朔。

不僅巴圖耶如此，連巴圖耶的母妃也時常欺負他的母親。

想起幾日前慘死在巴圖耶房中的蓮如，恩朔不覺握緊了拳頭。

「坐以待斃也好，取而代之也罷，都是小王自己的事，不勞殿下費心。」

趙霄恆不疾不徐道：「孤本來也不關心北僚的王位之爭，不過是想選一個合適的盟友罷了。」

恩朔沈著臉，沒說話。

趙霄恆見他神色鬆動，話鋒一轉。「二王子可來過這裡？」

恩朔道：「未曾。」

趙霄恆笑了笑。「這裡原本的主人姓王，是做織布生意的。為了將生意做得更大，遂舉家搬去了北疆，再也沒有回來。」

話音落下，恩朔驀地看向趙霄恆。「這裡是？」

趙霄恆道：「聽聞二王子的母親是京城人士，孤便盡了些地主之誼，找到了令堂當年的家——也是二王子在京城的家。」

恩朔難以置信地環顧四周，終於想起來在哪裡見過花樓織機了。

小時候，北僚王宮的人都不喜歡他們母子，奴僕自然也怠慢他們，連他身上的衣衫，都是他的母親用花樓織機織布，然後一針一線縫製而成的。

恩朔立在這庭院之中，一時百感交集。

趙霄恆說：「漢人也好，北僚人也罷，誰不是血肉之軀？若無戰亂，便無殘殺，二王子可以入京祭祖，孤也可以造訪北僚，四海昇平不好嗎？」

恩朔沈默半晌，才緩緩開口。「小王可以和殿下合作，但我有一個條件。」

趙霄恆道：「二王子請講。」

恩朔說：「王兄素來小心謹慎，身邊的心腹個個身經百戰，要殺他並非易事。此事若是敗露，由小王一力承擔，絕不拖累殿下；若是成了……」

恩朔抬起頭，目光直視趙霄恆。「還請殿下答應聯姻之事。」

趙霄恆長眉微攏。「二王子為何執著於聯姻？長公主她……」

「小王知道長公主與鎮國公關係非同一般，本不想棒打鴛鴦。」

恩朔冷靜道：「若王兄身死，他的勢力定然對我群起而攻之。殿下應當知道，小王在北僚朝中根基不深，如果身後沒有大靖的支持，恐怕舉步維艱。若殿下能允諾小王，小王一定盡力而為。」

東宮裡，氣氛沈重。

「恩朔當真這樣說？」寧晚晴面上帶著憂慮。

趙霄恆頷首。「他還承諾，若是娶了姑母，定然會好好待她。」

恩朔與趙念卿年紀接近，又沒有娶正妃，這一番話倒是出自真心。

趙念卿的面色蒼白如紙，兩隻手緊緊交疊在一起，骨節微微發白。

寧晚晴走過去，握住她的手。「姑母，殿下還未答應恩朔，不如我再去找他一次。」

「不必了。」趙念卿無聲搖了搖頭。「恩朔是個清醒冷靜的人，他能說出這樣的話，便是權衡利弊後做的選擇。若是我們不答應，他便沒有退路，自然不會對巴圖耶動手。」

一旁的趙蓁，心頭也有些沈重，怔然看著趙念卿起身，目光轉向眾人。

「恆兒。」趙念卿的語氣異常平靜，甚至沒有一絲波瀾。「你去告訴恩朔吧，本宮答應了。」

此言一出，眾人齊齊愣住。

寧晚晴最先開口。「姑母，可是您與舅父好不容易解開誤會，舅父還在禁足，甚至不知道您已經原諒了他。」

趙念卿淡淡一笑。「既然如此，那便不要讓他知道，我原諒他了。一個恨他的人離開，總比一個愛他的人離開要好，至少他不會那麼傷心，不是嗎？」

眾人沈默下來。

趙蓁眼眶有些紅。「姑母，可是您明明和鎮國公兩情相悅啊！你們等了彼此那麼久，難道要這樣放棄？」

趙念卿看著眼前的小公主，如從前一般，伸手摸了摸她的頭。「妳還小，什麼都不懂。

「姑母像妳這麼大的時候，也以為喜歡一個人，便是天大的事，當他棄我而去時，恨得心都在滴血。那段日子，我本來生無可戀，可是多年過去，我仍然好好地活著。

「等妳再長大些，就會知道，感情雖然重要，但不是人生的全部。人這一生，不能只為了一個人、一段情而活；緣分到了便珍惜，緣分沒了便放手，如此而已。」

趙念卿淡聲道：「等了這麼多年，終於知道他當年的苦衷，我也釋懷了。只要他心中有我，無論我走到哪裡，都會有一份牽掛，這就夠了。」

她說罷，將手中的寶石羽毛扇子遞給趙蓁。

「這是本宮最喜歡的扇子，是出宮立府之時，母后贈的。之前在九龍山上燒壞了，又找人重新造了一把。

「母后送我出宮時說過，希望我能一世自在，這些年裡，我過得也還算不錯。待我出嫁後，妳便是皇室唯一的公主了，現在姑母把這把扇子送給妳，也願妳一世自在，能嫁給自己想嫁的人。」

這把扇子小巧精緻，但落到趙蓁手上，卻好似有千斤重，壓得她心口生疼，鼻子微酸。

「姑母……」

趙念卿也忍不住紅了眼眶，勉強笑著拍拍趙蓁的肩頭。「占了姑母的好東西還哭。」

她說完，又看向趙霄恆與寧晚晴。「你們二人一路走到今日，也是不易。待我走後，你們要繼續相互扶持，莫要讓姑母失望。」

趙霄恆沈吟片刻，終究是艱難地應下。

寧晚晴極力忍著淚水，咬唇點頭。

如今上有靖軒帝咄咄逼人，下有巴圖耶虎視眈眈，局勢難改，一定會有人犧牲。

殿中安靜片刻，趙念卿又道：「待我出嫁之後，再放他出來吧，省得他……」

趙念卿說到一半，有些哽咽，穩了穩心神後，再次開口。

「恆兒，你舅父不容易，待我離開京城之後，你多去看看他，別總是讓他一個人，也別讓他總是飲酒。」

趙霄恆心中難受，卻只得一一應下。

與此同時，他心中也升起了自責之情。若是他能再強大一些，是否就能留住姑母了？

趙念卿交代完所有的事，微微側目，看向窗外層巒疊嶂的皇宮。

這座皇宮之外，她愛的人還在等著她，可她卻再也出不去了。只能從一座牢籠，換到另外一座牢籠。

但這就是她身為公主的責任，代價是永失所愛與自由。

趙念卿拎起裙裾，從容不迫地邁出房門，坦然奔赴自己的命運。

時至半夜，雅然齋裡的燈火，還一直亮著。

嫻妃路過趙蓁的寢殿，見門虛掩著，便緩緩推門而入。

「蓁蓁，這麼晚了，怎麼還不睡？」

趙蓁已經沐浴過，長髮如海藻一般鋪陳在背後，抱著雙膝坐在榻上，見到嫻妃進來，才緩緩抬起頭。

「母妃……」

嫻妃見趙蓁眼睛有些腫，微微一愣。「妳這是怎麼了？」

趙蓁將趙念卿要和親的事，一五一十地告訴了嫻妃。

嫻妃對此事早有耳聞，卻沒想到最終還是走到這一步，心下也有些遺憾。

「皇室的女人，表面看著光鮮，實際上各有各的苦楚。我入宮時，妳姑母還小，因太后寵愛，過得無憂無慮，時常跟著珍妃姊姊出宮去玩，每次都要帶好些新奇玩意兒回來。滿宮裡的女人，要麼謙卑謹慎，要麼心機獻媚，唯有她活得像一顆太陽，讓所有人都羨慕……」

嫻妃回憶起當年，面上不知不覺又多了一絲惋惜。

「若是宋家沒有出事，只怕她與鎮國公早就結成連理，舉案齊眉了……可惜後來鎮國公背負家族存亡，遠走天涯；而她情意難平，在這紙醉金迷的皇城裡，日日醉酒麻痺自己。所以說，這世上之事變幻難測，非人力可改。」

趙蓁默默聽完嫻妃的話，不覺抱緊了自己的膝頭。

嫻妃見狀，輕輕撫了撫她的後背。「人總有身不由己的時候。別想了，妳身子才好，早些睡吧。」

趙蓁無聲點頭。

待嫻妃走後，趙蓁依舊輾轉反側，難以入眠。

皎潔的月色在夜空伴著她，就這樣到了天明。

第九十九章

天光大亮時，宮女小瑟叩門進來，見趙蓁靠坐在床榻邊，眼底烏青，有些詫異。

「公主，您是不是沒睡好？」

趙蓁沒有回答，只問：「這個時辰，下朝了嗎？」

小瑟想了想，道：「若無意外的話，應當是下朝了，公主怎麼突然問起這個？」

趙蓁道：「我要去見父皇。」

小瑟有些訝異。趙蓁從九龍山回來，得知靖軒帝為了包庇皇后母女，而置她於不顧的事後，就沒有主動去請過安，今日怎麼突然想起要去福寧殿了？

但她不敢多問，立即取來衣裙，為趙蓁更衣梳妝。

半個時辰後，趙蓁收拾妥當出門，在長廊上遇到嫻妃。

嫻妃見趙蓁衣著一新，便問：「這是要去哪兒？」

趙蓁避開她的目光，低聲道：「去給父皇請安。」

嫻妃有些意外，卻沒有多說什麼，只道：「好，早去早回，母妃等妳一起用午膳。」

「嗯。」趙蓁輕輕點頭，走了沒兩步，又停下來，道：「母妃，女兒此去，不知要多久才能回來。萬一女兒沒有趕上午膳，母妃就一個人吃吧，莫要等我。」

趙蓁頓了頓，又道：「就算女兒不在，母妃也要好好照料自己，莫要為不值當的事和不重要的人憂心。」

嫻妃聽罷，忍不住笑了笑。「妳這孩子，什麼時候學會關心母妃了？」

趙蓁道：「若現在開始學，母妃可會覺得太晚？」

嫻妃愣了愣。「怎麼會晚呢？」

趙蓁唇角微揚，輕輕道：「母妃，我走了。」

嫻妃點了點頭。

趙蓁深深看她一眼，才離開了雅然齋。

嫻妃總覺得今日的趙蓁有些奇怪，但哪裡奇怪，又說不上來，定定目送女兒離開，才將一顆心放下，回了寢殿。

如今已是盛夏，但靖軒帝依舊多披了一件外衣。

自趙霄恆與趙念卿進了御書房後，靖軒帝便一直咳嗽個不停。

待他咳嗽微緩，李延壽才敢遞上茶水。

靖軒帝就著茶水喝了一口，才勉強將胸中起伏壓下去。

「和親之事，想必念卿已經知道了？」這聲音比從前蒼老不少，沙啞中帶著遲暮的頹然，可依舊十分威嚴。

趙念卿頷首垂眸。「是，臣妹已經知曉了。」

靖軒帝嗯了一聲，放下手中茶盞，悠悠道：「大靖與北僚交戰多年，雖然我們大勝一場，卻也付出不少代價。眼下最好的辦法，便是接受巴圖耶的提議，兩國聯姻。」

趙念卿一言不發地聽著，蒼白的面容上，沒有一絲血色。

靖軒帝眸色深沈地看著她。「朕知道妳心有所屬，但在國事面前，那些兒女情長不過瑣事，不值一提。身為公主，理應為大靖奉獻一切，這道理妳可明白？」

趙念卿早料到靖軒帝有此一言，故而回應也是淡淡的。

「皇兄放心，臣妹明白。」

靖軒帝勾了勾唇角。「明白就好。母后聽聞此事之後，便病倒了，若是此時見到妳，恐怕會更加傷懷，妳還是莫要去慈寧宮了。」

此言一出，趙念卿身形微僵，抬頭看了靖軒帝一眼。

靖軒帝的眼神裡，滿是審視與命令，趙念卿便知，他是怕她向太后求情，斷送了兩國聯姻的機會。

於是，趙念卿的語氣也冷了幾分。「皇兄放心，既然臣妹答應和親，便不會反悔，皇兄實在不必如此。」

靖軒帝聽了這話，面上不悅。「還未嫁出去，便敢這樣對朕說話？妳很快就要成為北僚的大王子妃，這脾氣需得收斂收斂，免得無故挑起兩國爭端。」

趙霄恆立在一旁。「父皇，姑母深明大義，不會做出有損國體之事。」

靖軒帝見趙霄恆為趙念卿說話，不由哼了一聲。

「朕早就說過，這和親一事是板上釘釘，你仍是一意孤行，幾日過去，還不是要答應北僚？早知如此，不如當時就拍案落定，免得夜長夢多。」

趙霄恆知道與靖軒帝爭執無意義，沒有答話。

靖軒帝道：「此事既然定下，太子去通知禮部準備。念卿留下，朕有話同妳說。」

趙霄恆看了趙念卿一下，趙念卿卻給了他一個安慰的眼神。

趙霄恆心中無奈，只得從命離去。

待趙霄恆走後，靖軒帝對趙念卿道：「為了避免妳與鎮國公之事鬧得人盡皆知，影響聯姻，這些日子，你們不要再來往了。」

不提宋楚河還好，一提起宋楚河，趙念卿心中的酸楚便翻湧而上。但為了不牽連宋楚河，她只得緊緊咬住下唇，將頭低下。

「是。臣妹本來就與他非親非故，以後更是毫無瓜葛。」

靖軒帝聽了這話，面色稍霽。「那就好。妳要時時刻刻記得，自己是大靖的公主，萬萬不能做出有辱大靖之事。」

「大靖的公主，可不只姑母一位。」

少女的聲音猶如夜鶯，清脆又好聽，一下打破了御書房中的沈悶。

趙蓁邁入房中，走到近前，規規矩矩行了個禮。「兒臣參見父皇。」

靖軒帝許久沒有見到趙蓁，只覺得她似乎比從前長高了些，如今正如一朵綻開的花，光彩奪目。

「蓁蓁怎麼來了？」靖軒帝不冷不熱道：「沒見父皇在議事嗎？」

趙蓁道：「兒臣就是為了和親之事而來。」

此言一出，殿中人都有些意外。

趙念卿壓低了聲音說：「蓁蓁，這裡不是妳該待的地方，快些回去。」

趙蓁置若罔聞，抬眸看向靖軒帝。「兒臣聽聞父皇為兩國和親一事煩心，特地來為父皇解憂。」

靖軒帝生出了幾分興趣。「如何解憂？」

趙蓁看了趙念卿一眼，朗聲道：「兒臣自請出嫁北僚，促兩國邦交，結秦晉之好，請父皇允准。」

話音未落，趙念卿的神情為之一震。「蓁蓁，妳在說什麼？妳瘋了嗎?!」

趙蓁卻繼續道：「父皇有所不知，巴圖耶早在入京時，便在宮外見過兒臣，對兒臣生出傾慕之情。此事，太子妃可以作證。」

靖軒帝挑眉。「說下去。」

「父皇挑選和親人選，不就是希望能長久、穩定地待在北僚，促進兩國邦交嗎？姑母對巴圖耶心有反感，即便勉強成婚，只怕也難把心思放在巴圖耶身上。但兒臣不同，兒臣可以利用巴圖耶對兒臣的好感，努力打消他對大靖的敵意。如此一來，兒臣豈不是比姑母更適合嫁過去？」

「不可！」趙念卿聲音提高了幾分，央求地看著靖軒帝。「皇兄，蓁蓁不過是個孩子，如何牽制得住巴圖耶？他是酒色暴虐之徒，萬一對蓁蓁……皇兄怎麼捨得？」

趙念卿說到一半，說不下去了。

靖軒帝的眸光卻閃了閃，道：「蓁蓁，妳說的可是真的？」

「兒臣不敢欺瞞父皇，兒臣自幼受父皇教導，知道天家兒女無私情，如今父皇正當用人之際，蓁蓁自願替姑母出嫁。」

趙蓁立在殿中，語氣堅定，面上沒有一絲猶豫。「蓁蓁願做北僚大王子妃，日後還要入主北僚王宮，當北僚王后。說不定，到時候整個北僚，都是我大靖的囊中之物了。」

「好！好！」靖軒帝陰冷的眸子終於亮了起來，讚嘆道：「不愧是朕的女兒！嫻妃將妳教得如此懂事，朕心甚慰。」

對於靖軒帝而言，趙蓁的確是更好的選擇。

趙蓁唯一的牽掛便是嫻妃，而嫻妃又在他的後宮裡，相當於抓住了趙蓁的軟肋。

相比之下，趙念卿還有太后照拂，不會那麼聽他的話。

於是，靖軒帝徐徐將目光轉向趙念卿。

「念卿，妳怎麼想？」

趙念卿知道趙蓁是為了她，頭搖得像撥浪鼓一般。

「皇兄，萬萬不可！蓁蓁不過是一時衝動，她根本不知道北僚是什麼樣的，更不清楚北僚大王子的為人……」

靖軒帝打斷她。「成大事者，不拘小節。依朕看，蓁蓁確實比妳更適合嫁去北僚。」

趙蓁順勢謝恩。「多謝父皇。」

靖軒帝頗為滿意。「蓁蓁，妳為朕解了燃眉之急，可有什麼想要的？」

趙蓁揚起一抹笑。「父皇當真想獎勵兒臣？」

靖軒帝心情大好。「君無戲言。」

趙蓁聽了，深吸一口氣，道：「若真如此，兒臣希望，父皇能為姑母與鎮國公賜婚。」

「什麼?!」

靖軒帝聽罷，驚得差點站起身。陡然吸入的一口氣，又讓他劇烈地咳嗽起來。

趙念卿不可思議地看著趙蓁。「蓁蓁，妳……」

趙蓁對她笑了笑。「姑母，這確實是蓁蓁的願望。」

她說罷，對靖軒帝深深一拜。「還請父皇成全。」

靖軒帝眸色更深，實在沒料到趙蓁會有此一求，沈下了臉。但君無戲言，若要反悔，只怕為人不齒。

「此事，朕要好好思量一番。」

趙蓁道：「多謝父皇。若父皇能遂了兒臣的心願，兒臣便能安心離京了。」

趙蓁說完，沒再看靖軒帝一眼，拉著趙念卿出了御書房。

御書房外，姑姪倆相對而立。

趙念卿眼眶泛紅，心頭複雜，只覺得說什麼話都是蒼白無力。

趙蓁主動開了口，道：「姑母不要自責，這是蓁蓁心甘情願的。」

趙念卿又生氣、又感動。「誰允許妳這樣做了？」

「我知道姑母不允，所以才先斬後奏的。」趙蓁笑容清淺，卻比從前看著成熟了幾分。「姑母與鎮國公兩情相悅，若就此錯過，實在太可惜。至於我，若是嫁不到喜歡的人，那嫁誰都是一樣的，既然如此，不如讓我的婚事變得更有價值些。」

「妳這個丫頭……」趙念卿哽咽起來。「妳如此行事，嫻妃怎麼辦？」

趙蓁努力翹了翹嘴角。「所以，待我走後，要請姑母和嫂嫂多多照料我母妃了。我還沒敢告訴她，不知她知道後，會不會怪我？」

趙蓁說著，輕輕拍了拍趙念卿的手。「姑母不必擔心我，您要好好的，我也會開創出一番新的天地來。」

驕陽烈烈，落在年輕少女的面龐上。她目光執著，神情堅定，彷彿當年奮不顧身的趙念卿一樣。

兩日之後，聖旨傳下，冊封趙蓁為長康公主，嫁與北僚大王子巴圖耶為妻。

巴圖耶萬萬沒想到靖軒帝居然換了人！

趙蓁於他而言，不過是個小公主，沒了趙念卿便沒有籌碼，他拿什麼與宋楚河相搏？

他想入宮面聖，但趙蕭恆以靖軒帝身子不適為由，將他拒之門外。

巴圖耶設法奔走，可不知怎的，消息傳到了北僚。北僚王得知靖軒帝許婚，喜不自勝，來信催促巴圖耶回去，盡快籌備婚事。

就這樣，巴圖耶憋著一肚子的火，率領一眾侍從回了北僚。

孰料，車隊離開大靖，即將接近北僚國都之時，巴圖耶突然在城中一間妓院內暴斃。

北僚王悲痛欲絕，遣人徹查妓院，連巴圖耶的侍從們都被嚴刑拷問一番，卻查出了巴圖耶與多名貴族女子有染。

一時間，北僚王庭上下蒙羞，民怨沸騰。

北僚王由悲轉怒，這才將侍從們放了，又安排人將巴圖耶的死因瞞下，對外只稱突發疾病而亡。

兩個月後，這場風波才逐漸平息。而與大靖商議好的婚事，也自然落到了恩朔頭上。

東宮中，趙霄恆放下信紙，唇角勾起一抹笑意。

「這恩朔倒是有幾分本事，不但取了巴圖耶的性命，還讓他連死都不得安寧。」

寧晚晴剝開手中的鮮橘，橘肉一瓣一瓣呈現在眼前，令人垂涎。

她不緊不慢地撕掉上面的經絡，道：「那巴圖耶本就是咎由自取，他禍害了多少姑娘？只怕到了陰曹地府，都有鬼要找他算帳。」

她說完，將一瓣橘子遞給趙霄恆。

趙霄恆張口接下，橘子的汁水很足，清甜爽口，令人開胃。

「這件事，總算是告一段落了。如今我們與恩朔是友非敵，蓁蓁嫁過去，應該也不會被欺負。」

寧晚晴點了點頭。「妾身瞧著，恩朔倒是挺好。」

「哦？」趙霄恆有些意外。「晴晴何出此言？」

寧晚晴道：「恩朔來信說，可遵從大靖的習俗舉行一場婚禮，回到北僚之後，再按照北僚的規矩辦一場。想來因為他也算半個大靖人，故而想在母親的故土成親，遂按照大靖的規矩，替蓁蓁備了一份豐厚的聘禮，裡面除了金銀珠寶以外，還有不少北僚民間的小玩意兒和話本子，看起來對蓁蓁的喜好，倒是花了一番功夫研究。」

趙霄恆聽罷，不禁笑了笑。「若是他真能對蓁蓁好，多少能撫慰蓁蓁幾分。」

寧晚晴點了點頭。「是啊，妾身也沒有想到，平日裡嬌憨率真的小公主，在關鍵時刻居然會挺身而出，只為了成全舅父與姑母。」

趙霄恆道：「要改口叫舅母了。」

寧晚晴一怔。「父皇答應賜婚了？」

趙霄恆沈聲道：「如今他最看重和親之事，為了讓蓁蓁安心遠嫁，自然會答應她的要求。況且，北疆初定，但長治久安還得靠舅父，他若再利用姑母去拿捏舅父，只會加深彼此之間的隔閡。」

寧晚晴輕嘆一聲。「人就是這樣，當初舅父勢力初立，父皇便想用婚約誆騙他回京，卸他兵權。如今舅父強大了，父皇再生氣，也只敢命他禁足，這不是欺軟怕硬是什麼？」

「不管父皇是不是欺軟怕硬，他們的婚事總歸定了下來，也是一件好事。」趙霄恆拿起一方手帕，輕輕為寧晚晴擦拭手指。

這動作十分輕柔，擾得寧晚晴有些癢，笑著躲開。

「今年的喜事不少，蓁蓁要出嫁，舅父也要娶妻……只是北僚才塵埃落定，不知他們誰先誰後？」

第一百章

「公主，這麼熱的天，您怎麼還想出來呀？萬一得了暑熱，可怎麼好？」

春桃一面幫趙蓁打傘、一面小聲嘀咕著。

趙蓁不以為然道：「我很快就要離開這裡了，在走之前，多看看也好。」

春桃不解地看著熙熙攘攘的街頭。這裡的人，沒有一個認識的，公主到底來看什麼？或許連趙蓁自己也不知道。

她靜靜地向前走，兩旁的小販依舊如往常一般熱情，招呼道：「姑娘，買朵絹花吧？您膚色白，生得美，戴起來肯定好看！」

換作以前，趙蓁可能笑笑就走了，今日卻來者不拒，從街頭到巷尾買了一路，直到春桃手上的東西多得拿不住傘，她才作罷。

主僕幾人走得累了，趙蓁便找了一家茶館歇腳。坐了一頓飯的工夫之後，趙蓁帶著春桃去了另外一條巷子。

這巷子有些窄，連馬車駛入都有些費勁，好不容易到了趙蓁所指的民宅門口，春桃就率先下了馬車。

春桃在民宅門口瞧了瞧，只見胡桃木色的大門虛掩著，時不時有人進出，每個人手中都抱著一個布兜子或者菜籃子，進去的時候空空蕩蕩，出來之後便裝得鼓鼓囊囊。

春桃有些好奇。「公主，這是什麼地方？怎麼有這麼多人？」

趙蓁徐徐下了馬車，立在石階下面，緩緩抬頭，看向熟悉的大門，淡淡道：「這裡是無名書局。」

「無名書局？」春桃從沒聽過這間書局，忍不住嘟囔。「這書局的名字，取得也太不用心了吧。」

趙蓁笑了笑。「妳不懂。」說完，拎起裙裾，拾階而上。

可是，還沒走到書局門口，她眸色一凝，停住了腳步。

古香古色的門廊下，男子一襲白衣，信步而出。

他身形偏瘦，但挺拔好看，猶如一棵春日裡的青竹，直而不折。

黃鈞看見趙蓁的那一刻，神情微微一怔。

周圍聒噪的蟬鳴，彷彿頃刻之間安靜下來，她安安靜靜地立在臺階下，就這樣毫無預兆地出現在他眼前。

不過片刻，黃鈞斂了神色，幾步走來，對趙蓁一揖。

「公主。」

這一聲公主，彷彿將兩人曾經的種種抹去，不動聲色地劃清兩人的界線。

趙蓁心中苦笑。

她抬起眼簾，看了他一會兒，方才開口。「黃大人改了休沐的日子？」

黃鈞面色一頓，溫言道：「是，今日恰好休沐，所以出來走走。」

趙蓁輕輕嗯了聲，不禁凝視起眼前之人。

黃鈞似乎比之前清瘦了些，原本白皙的臉也黑了不少，許是日日頂著烈日出去查案曬的，但面部線條看起來更顯剛毅。

與趙蓁不同，黃鈞依舊如從前一般，恭謹守禮地垂著眼，不敢看她。

兩人一時無話，未免尷尬，趙蓁問：「黃大人可找到了什麼好書？」

黃鈞答道：「有一些。若是公主有興趣，微臣便贈予公主……」

「不必了。」趙蓁低聲打斷他。「這世上的好書何其多，我還是自己去尋吧，就不奪人所愛了。」

黃鈞面色僵了僵，道：「好。」

趙蓁斂了神色。「若是黃大人沒有別的事，那我先走了。」說完，拾階而上。

她路過黃鈞身旁時，黃鈞突然伸手，握住她的手臂。

趙蓁微微一驚，不可思議地看向黃鈞。

之前，就連她去黃府探望黃鈞時，他都是拘謹、靦覥的，生怕冒犯了她，從來不會主動碰觸她。

然而，此時此刻，就在這光天化日之下，人來人往的書局門口，他卻以這種方式，攔住了她的去路。

春桃先是瞪大了眼，隨即喝斥出聲。「大膽——」

黃鈞的隨從阿堯見狀，連忙將春桃拉到一旁。

清風貫穿的門廊下，只留下黃鈞與趙蓁。

僵持之下，趙蓁先開了口。「黃大人這是做什麼？」

黃鈞定定看著趙蓁，眸中有隱匿的痛色，心中情緒如驚濤駭浪，卻無處宣洩，最終只化成一句無力的話。

「蓁蓁……對不起。」

趙蓁愣了愣，隨即對上他的目光。「你……」

黃鈞眉宇緊攏，有些艱難地開口。「我沒有想到……會變成這樣。」

他知道，自己終其一生都會與黑暗的勢力相抗，但她卻是空中明月，是這世上最純潔、最珍貴的所在，怎能讓她因為他，被那些污濁沾染？

他推開她，本來是想保護她，卻萬萬沒有想到，她會自請出嫁北僚，不遠萬里和親。

趙蓁見他一臉歉疚，輕輕笑了笑。「你該不會以為，我是被你傷了心，一氣之下，才自請和親的吧？」

黃鈞不語，但眸中深藏的痛苦已經說明一切。

趙蓁道：「說實話，之前我確實因為你的事傷懷過，但那些都過去了。和親之事，與你無關，是我自己的決定。」

「當真沒有轉圜的餘地了嗎？」黃鈞目不轉睛地看著她。「只要妳說不想，我就算拚了性命，也會求官家收回成命。」

趙蓁靜靜凝視他，忽然想起在九龍山的那一夜，黃鈞守在她身邊時，也是這樣的眼神。可惜，這世上有些事情，終究是不能兩全。

「我是大靖的公主，受百姓奉養，自然要回報萬民。」趙蓁語氣從容，面色平靜。「這些日子，我也想明白了。你有你想做的事，我也有我要守護的人，只是我們的路終究不同罷了。」

黃鈞與趙蓁相隔不過一尺，但他看著眼前的姑娘，卻覺得遠如千里，遙不可及。

趙蓁深深看了黃鈞一眼，一字一句道：「保重……正清哥哥。」

她說完，輕輕拂開黃鈞的手，走進他身後的無名書局。

春桃連忙跟上，本想數落黃鈞幾句，但見他失魂落魄地立在臺階上，一時有些不忍，便直追趙蓁而去了。

阿堯急忙過來。「大人，您在這兒等了多日，才等到公主，怎麼才說幾句話就走了？」

黃鈞怔然收回空落落的手。「公主心意已決，說與不說，有什麼區別？」

阿堯道：「您啊，什麼都好，就是什麼事都憋在心裡！您若早些向公主表明心意，如今也不會眼睜睜地看著公主離開。」

黃鈞苦笑了聲。「即便早些互通心意，她可能還是會挺身而出，為長公主替嫁。」

阿堯不解。「為何？」

黃鈞沒說話。

旁人或許覺得趙蓁不諳世事，任性妄為。但在黃鈞眼中，她是這世間最善良、最美好的姑娘。

清風拂來，黃鈞白袍微揚，在無名書局門口默然站了一會兒，才抬步離去。

他與她，終究是要背道而馳了。

趙蓁與恩朔的大婚，訂在九月初六。

京城紅楓遍染，美得令人沈醉。

大婚當日，趙蓁依制從雅然齋出發，前往慈寧宮、福寧殿，拜別太后和靖軒帝。

自從大靖與北僚議和之後，靖軒帝的身子便一日不如一日，到了趙蓁出嫁的日子，已然起不了床，只能勉強斜倚在床榻上，接受趙蓁的跪拜。

他看著面前的趙蓁，她身上的嫁衣鮮紅，照亮了晦暗的寢殿，只是她卻不似從前那般，愛圍著他親親熱熱地叫父皇了。

「蓁蓁，過來。」靖軒帝的聲音有些吃力。

趙蓁聽話地跪到床榻邊，頭依然低著。

她面上蛾眉精緻，眼尾緋紅，唇珠點絳，盛放正烈，卻沒有多少笑意。

靖軒帝垂眸看她。「妳……可怨父皇？」

趙蓁道：「兒臣不敢。」

靖軒帝聽了這話，不禁笑了聲。「如今，連實話也不肯同父皇說了。」

「罷了，妳就算不說，朕也知道。」靖軒帝的聲音越加蒼老。「妳也好，妳皇兄也罷，心裡終究是無法原諒朕的。但朕不後悔，朕所做的一切，都是為了大靖，為了百姓……」

趙蓁緩緩抬頭。「父皇自有父皇的苦衷，兒臣不懂國家大事，不便置喙。父皇若要問父女之情，兒臣只能說，也許從九龍山那夜——父皇在兒臣與皇室名譽之間，選擇了後者開始，就已經變了。

「又或許，父皇從來都沒有變過，只是兒臣從前天真，總以為父皇待兒臣是不一樣的。」趙蓁勾起一抹自嘲的笑。「終究是兒臣錯了。」

靖軒帝想說什麼，卻劇烈地咳嗽起來。李延壽連忙上前遞上茶水，但靖軒帝推開了他。

靖軒帝目不轉睛地看著趙蓁，眸中似有情緒湧動，動了動唇，卻不知道該說些什麼。

這時，外面響起一聲高唱。「吉時已到——」

趙蓁聽見了，應聲叩拜。「兒臣拜別父皇，願父皇福壽綿長，健康安樂。」

靖軒帝伸出手，想像趙蓁小時候一般，摸摸她的頭，可才觸及到她頭上的冰冷華勝，便停住了動作。

「去吧。」
靖軒帝收回了手，虛弱地閉上眼。
趙蓁垂眸再拜，復而站起，沒有留戀地轉身離去。
禮樂奏起，響徹了整個皇宮。
嫻妃等在門外，一見到趙蓁，眼眶便紅了。
趙蓁安慰她。「母妃，兒臣雖然走了，但留下不少話本子給您，若是有空了，可以翻一翻，打發時間。」
嫻妃哽咽著說：「妳這丫頭，嫁得遠遠地也好，省得本宮看了煩心。」
趙蓁笑中含淚，道：「這些年，母妃將女兒撫養長大，當真是辛苦了，請受女兒一拜。」說罷，退開一步，鄭重地拜下去。
嫻妃連忙扶起她。「傻孩子，同母妃說這些做什麼。」
趙蓁站起，忍不住與嫻妃相擁而泣。
寧晚晴溫言道：「今日是大喜的日子，都別傷心了。若是哭花了妝，可就不好看了。」
趙念卿也道：「就是，別哭了。妳再哭，姑母就不讓妳去了。」
趙蓁不禁破涕為笑。
趙念卿心疼地看著趙蓁。「蓁蓁，真是苦了妳了，姑母對不住妳……」

趙蓁卻搖搖頭。「姑母若真覺得對不住我，待您與姑父成婚之時，記得送些喜餅去北僚，讓我也沾一沾您的喜氣。」

趙念卿紅著眼答應下來。

嫻妃擦了擦眼睛。「好了，我們都不哭了。」

她說罷，幫趙蓁正了正衣襟，叮嚀道：「日後去了北僚，一定要好好照顧自己，切莫任性妄為。但若有人欺負妳，也不可默默忍受，得學會保護自己。」

趙蓁聽話點頭。

寧晚晴將一只精巧的小盒子遞給她。「蓁蓁，這是皇嫂送妳的大婚賀禮。」

趙蓁打開盒子，發現裡面放著一支精美的荷花簪，有些訝異。

「這不是從前我送妳的那支嗎？」

兩人第一次見面時，寧晚晴為趙蓁解了圍，趙蓁便買下兩支簪子，一支是杜鵑寶石簪，一支是荷花簪。杜鵑寶石簪一直放在趙蓁的妝奩裡，荷花簪則送給了寧晚晴。

寧晚晴拿起荷花簪，輕輕插在趙蓁的髮間。

「不錯，皇嫂雖不能時時陪在妳身旁，但妳看到這簪子，就要記得，我和妳皇兄仍然惦念著妳。」

寧晚晴說著，湊到趙蓁耳邊，用只有她們二人能聽見的聲音耳語。

「我們已經在北僚布下了間影衛，妳若遇到什麼困難，就讓人拿著這簪子，去城裡找接頭人幫忙。這簪子重新改過，上面有一處機關，裡面藏了接頭人的藏身處，千萬收好。」
趙蓁沒想到寧晚晴為她安排得如此細緻，有些感動。「多謝皇嫂，我記下了。」
禮官再次催促，嫻妃心中有再多不捨，也只能為趙蓁蓋上蓋頭。

在眾人的相送之下，趙蓁終於到了宮門口。
文武百官靜候在側，周昭明也在列。他重新入伍，擢升為將軍，一身鎧甲，威風凜凜。
趙霄恆立在所有人的正中央，靜靜注視由遠及近的趙蓁。
恩朔站在另一側，今日他身著漢人婚服，寬肩窄腰，劍眉星目，倒是讓人刮目相看。
看著趙蓁的儀仗緩緩逼近，原本平靜的他，竟逐漸緊張起來。
趙蓁走近，在禮官的引導下，拜別太子，又接受了百官朝拜，算是表達對公主和親的感激之情。
黃鈞也在人群之中，遠遠凝望那一抹纖弱的身影，情緒萬千，卻只能生生塞回心裡，盼著她能一生順遂，長樂無憂。
文武百官拜過之後，趙霄恆看恩朔一眼，低聲道：「恩朔王子，事到如今，有些話，孤要說在前面。」
恩朔斂了神色。「殿下請講。」
趙霄恆道：「蓁蓁是孤最疼愛的妹妹，如今為了兩國和談，遠嫁千里，還請王子好好待她。若有一日，孤得知她受了委屈，就是付出再大的代價，也會為她討回公道。」

恩朔聽罷，鄭重答道：「殿下放心，我一定好好對待公主。」

趙霄恆見他神色誠懇，拉起趙蓁的手，遞到他手中。「如此甚好。孤的妹妹，便交給你了。吉時已到，去吧。」

隔著紅紗蓋頭，趙蓁看不清趙霄恆的眉眼，但她會深深記得，這一刻兄長的手是那麼的暖。

禮樂再次奏響，紅毯鋪地，鮮花開道。

恩朔攜著趙蓁的手徐徐向前，趙蓁華服蜿蜒曳地，一片錦繡，這是屬於大靖公主獨一無二的風華，供世人瞻仰。

走到婚車前，恩朔扶著趙蓁踏上馬凳，看她入了婚車，才翻身上馬。

趙蓁在婚車中坐定，手心張開，裡面躺著一方乾淨的男子手帕。

春桃有些詫異。「公主，這是哪裡來的？」

這手帕上繡著一行北僚文字，便是手帕主人的名字，趙蓁恰好識得。

她指尖輕觸手帕，低聲道：「恩朔方才給的。」

恩朔許是怕她躲在車裡哭，故而特意悄悄塞了一方手帕給她。這無言的體貼，讓趙蓁心情好了幾分。

趙蓁勾起唇角，道：「春桃。」

春桃忙應聲。「公主，怎麼了？」

趙蓁笑問：「妳說，這北僚的話本子，有大靖的好看嗎？」

京城的百姓見這位北僚王子居然穿了漢人的婚服，對他生出不少好感，一邊撿喜娘跟宮女撒出的喜錢、一邊大聲說著吉祥話。

婚車及儀仗緩緩駛出皇宮，恩朔騎著馬，行在最前面。

一時之間，祝福之聲如山呼海嘯般傳來，連皇宮中都能聽見。

趙霄恆與寧晚晴肩並著肩，立在宮城上，全城歡騰盡收眼底。

「殿下。」寧晚晴輕輕拉了拉趙霄恆的衣袖。「蓁蓁會幸福的，是嗎？」

這聲音中藏著不確定，但也充滿了期待。

「會的。」趙霄恆側目看她。「且無論恩朔人品如何，只要大靖國力漸盛，北僚上下便不敢小覷蓁蓁。」

寧晚晴重重點頭，笑道：「那殿下可要努力了。」

趙霄恆伸出手來，輕輕握住寧晚晴的手。「只要有妳陪著孤，一切都會越來越好的。」

寧晚晴看著他的眼睛，笑容清淺，神情篤定而信賴。「是，一切都會變得更好。」

兩人十指緊扣，手牽得更緊。

清風繾綣，恣意溫柔，趙霄恆徐徐靠近寧晚晴，低頭吻住了她的唇。

宮牆外，一輪紅日冉冉升起，一時光芒大盛，天空被染成溫暖的淡黃色，也照亮了這座古老的城池。

也許，屬於他們的最好的時代，即將到來。

尾聲

三年後。

又是一年夏日，宮中草木漸深，小太監守在御書房門口，聽著綿延不絕的蟬鳴聲，不由昏昏欲睡。

就在他差點瞇上眼時，被人一掌推醒。

「在這兒打瞌睡，不要命了？」

小太監一個激靈，立即清醒過來，連忙俯身行禮。「福生公公。」

福生嗯了一聲，道：「喜歡看話本子，也不是不行，但可別日日熬夜看，當心耽誤白日的正經差事。」

小太監聽得面紅耳赤，忙道：「多謝公公提醒，小人記下了。」

福生道：「罷了，換班的時辰也差不多了，你且去吧。」

小太監受寵若驚，連聲道謝，離開了御書房。

片刻後，御書房中的交談聲斷斷續續地傳出來。

福生知主子還在忙著，遂如尋常一般，立在外面靜候。

「《大靖律典》已經修改完畢，不知官家覺得如何？」

黃鈞立在御書房中，修身如竹，站得筆挺。

趙霄恆坐在龍椅上，神色從容，緩緩合上面前的《大靖律典》。

「朕已經看過了，但還有些地方需得斟酌一二，晚些再告訴你。」

黃鈞拱手道：「是。官家若有疑慮，請隨時傳喚微臣。」

趙霄恆笑了笑。「好。今日是端午，黃卿還是早些回去吧。」

黃鈞應聲告退。

待黃鈞走後，福生邁入御書房，提醒道：「官家，時辰差不多了。」

趙霄恆輕輕頷首，站起身。

「去坤寧殿吧。」

午後的坤寧殿格外安靜。

宮人們見趙霄恆過來，正要叩拜行禮，趙霄恆卻擺了擺手。宮人們立即會意，無聲地跪在一旁恭迎。

趙霄恆輕輕推開寢殿大門，目光一轉，便見寧晚晴斜靠在榻上，手中捧著《大靖律典》，正看得認真。

趙霄恆含笑靠近，低聲問道：「還沒看完？」

寧晚晴發現是他，連忙做了一個噓的動作。

兩人的目光齊刷刷看向床榻裡的女兒。

正值夏日，孩子穿得輕薄，肉乎乎的小胳膊露在外面，讓人看了忍不住想捏一捏。

孩子躺在母親身旁，睡得正酣，也不知是不是夢見了什麼好吃的，小嘴微微嘟著，時不時咂巴兩下，十分有趣。

趙霄恆與寧晚晴對視一眼，有默契地噤了聲。

寧晚晴起床穿鞋，趙霄恆則用被褥擋在床榻外側，以防孩子翻滾下來，才和寧晚晴輕手輕腳離開寢殿。

兩人去了外間。

趙霄恆問道：「睡了多久？」

寧晚晴笑著說：「今日一早便鬧著出去玩，元姑姑和思雲帶她去御花園走一圈，回來的路上就睡著了，到現在還沒醒呢。」

趙霄恆摟過寧晚晴。「朕問的是妳，可有好好休息？」

寧晚晴唇角微揚，側頭看他。「妾身不睏，新版的《大靖律典》還沒看完呢。」

趙霄恆道：「今日正清還問起了這事，但我們已經準備了三年，如今到了最後關鍵，還是要再認真核閱才是，不必著急。」

提起黃鈞，寧晚晴忽然問道：「如今他還是孑然一身？」
趙霄恆點了下頭，唇邊漾起一絲笑意。
「是。如今他升任大理寺卿，差事就更多了，聽說他以此為藉口，拒絕了所有媒人。外面還有人在傳，朕對大理寺太過嚴苛，以至於大理寺卿的婚事都被耽擱了。」
寧晚晴聽了，也忍不住笑起來。「黃鈞不娶，只怕心裡還沒有放下當年之事。」
趙霄恆道：「朕也不知，他從未提過。照朕看，孑然一身也比娶個心意不通的女子要強。對了，恩朔回信了。」
馬上就要舉辦小公主的周歲宴，寧晚晴想邀趙蓁回來赴宴，故而趙霄恆差人將信送去了北僚。
如今恩朔已經成了北僚王儲，他屏棄以往的強軍政策，利用北僚四通八達的地域，發展商貿。而趙蓁嫁過去後，將中原的農耕術、織造術等技藝帶入北僚，逐漸改善了北僚百姓的生活。
三年下來，北僚的百姓們反而比以往四處征戰時過得更加富足，於是對新任王儲和儲妃極為擁護。
寧晚晴問：「恩朔信中怎麼說？」
趙霄恆長眉微攏。「恩朔本來是答應蓁蓁回大靖省親的，但巧的是，蓁蓁有身孕了，他便有些擔憂。」

「當真？」寧晚晴笑吟吟道：「幾個月了？」

趙霄恆道：「不過三月有餘，胎象才穩不久，所以並未張揚。」

寧晚晴點了點頭。「若是這樣，恩朔不想讓蓁蓁回來，也是人之常情，這時候還是得多注意才好。等蓁蓁平安生產之後，我們再找機會見面也不遲。」

趙霄恆笑道：「恩朔原本也是這樣勸說蓁蓁的，但妳也知道蓁蓁的脾氣。去年妳生產之時，她恰好陪著恩朔尋訪民間，錯過了見姪女第一面的機會。而今，我們的孩子要周歲了，她這個做姑姑的，哪裡肯再錯過？纏了恩朔一天，恩朔只得答應了。」

寧晚晴忍俊不禁。「可見恩朔對蓁蓁不錯。」

「可不是嗎？」趙霄恆道：「兩個月前，他派使臣例行入京，回去的時候，拉走了兩車話本子，不必問都知道是給誰的了。恩朔不放心蓁蓁一個人，打算陪她一起回來。」

寧晚晴笑逐顏開。「那就熱鬧了。」

話音未落，兩人便聽見內室傳來窸窸窣窣的聲音。

趙霄恆與寧晚晴一愣，當即止住了話，一齊起身，向內室快步走去。

小公主躺在床榻上，睡足之後，精神格外好，一雙葡萄似的大眼睛滴溜溜地轉。

她一見趙霄恆走來，立即笑彎了眼，伸出手來，咿咿呀呀的要人抱。

趙霄恆連忙抱起她。「寶兒乖，父皇來了。」

小公主依戀地蹭著趙霄恆的脖子，咯咯笑起來。

寧晚晴只覺得心都要化了，也伸手輕輕拍了拍她的後背。

殿中溫馨平靜，殿外蟬鳴聲聲，美好常在。

——全書完

2023年10月出版

娘子套路多

文創風 1198～1200

應是她執念太深，病死了也無法真正放下，
只能看著未婚夫背棄諾言，成家立業，這種人生不要也罷！
重生的她，要為自己、為家人平反冤屈，男人閃邊去吧！

重生為洗刷冤情，卻意外撿到夫君／遲裘

不能怪她孟如韞重活這一世，變得步步思量、精打細算。
前世的她身為罪臣之女，家破人亡，只得孤身上京投靠舅舅；
但世事難料，她最終落得病死，未婚夫也背棄承諾，另娶他人成家立業……
說不難受是假的，但如今因著莫名機會重新回到十六歲入京時，
既然已知道投靠舅舅後不得善終，不如趁機帶著丫鬟另尋出路！
於是她乾脆在酒樓落腳，靠著賣詞賺錢，也好避開無緣的未婚夫；
但如今的她只是個孤女，想靠一己之力為家人平反，談何容易？

不黏不膩，享受一起努力的半糖愛情／南風行

2023年10月出版

勞祿命女醫

當穩婆接生一次的收入，一半都要拿來繳稅，
有房有馬那就有雜稅，修屋也有修屋稅，
就算啥都沒有，一個人每月也要交一百文的稅，
真是萬萬稅，沒人告訴過她，古代的稅這麼多啊？

文創風 1201 1

梅妍一穿越就是棄兒，隨著撿到她的婆婆居無定所，
雖然身分低下，但身為穩婆的她不怕沒生計，畢竟哪戶都要生產。
這不？才搬到新居秋草巷，半夜就有人喊著需要穩婆出診救人！
有上輩子的婦產科經驗，她不似在地穩婆迴避難產，保下母子打出口碑。
這趟出師順利，讓她不但有了生意，還獲得擔任縣衙查驗穩婆的機會，
只是她天性負責，又要為照護先前的產婦，幾乎每天忙得團團轉，
總算所有事務告一段落，她才慶幸能夠睡到自然醒，卻被施工噪音吵醒，
嗚嗚嗚，這秋草巷破敗已久，縣令早修晚修都好，為什麼要現在修啊？

文創風 1202 2

被判為妖邪會要人命，但那些身體徵狀根本就是生病，這讓梅妍怒火中燒，
幸好縣令非昏庸之輩，聽她有憑有據的解釋，這才順利救下遭誣陷的百姓。
不過這妖邪案的水也太深，竟然引來許多有心為民的大佬隱身市井關注?!
她一個小穩婆竟入了他們的眼，生活除了忙，就是忙，想喘息一下都難，
生活才剛穩定，又要她去照顧育幼堂的孤兒，她一個人哪有能力啊？
無奈上天自有安排，下起冰雹，她住得最近，總不能眼睜睜看著孩子出事，
孰料到了現場，竟有不配合的熊孩子作亂，所幸出現一群將士及時幫了忙，
原來是返鄉療傷的大將軍鄔桑的麾下，返鄉？這就是施工噪音的主因了吧？

文創風 1203 3

梅妍發現育幼堂的女孩們知足惜福，卻不知為何對新衣服有點害怕，
直到其中一個女孩被擄走，才知道每當她們穿上新衣就會「被」消失。
妖邪案、樣貌精緻的孤兒消失，都證實有權貴在做見不得人的勾當，
也讓她更加警惕自己平民的身分，即便跟大佬們有些來往，也不可放鬆。
所以……鄔桑大將軍離開前把三隻狗放她家是什麼意思？讓她當狗保母？
好嘛，照顧孤兒女孩們、代替遠在前線的軍醫幫鄔桑換藥，能者多勞唄！
孰不知能者不但多勞還多災，先前她在公堂上查體，如今卻關進大牢裡，
啊！原來把狗放她家，是想要保護她嗎？可惜狗狗無法對抗陰謀啊……

文創風 1204 4 完

梅妍體驗了被劫獄的刺激，只可惜劫她的不是英雄，是無恥梟雄，
幸虧她利用機智跟一點安眠藥，順利在月黑風高時落跑成功，
不過她沒被歹人弄死，卻差點把自己摔死，所幸鄔桑和狗狗及時相救。
沒想到這幫歹人的頭子竟是郡上太守，背後更牽扯到皇帝信任的護國寺，
但後續與只能坐在輪椅上養傷的她無關，如今她只管複診，日子悠哉許多，
唯一煩惱的是各種直球丟來的鄔桑，堂堂大將軍天天幫她推輪椅是怎麼回事？
沒辦法繼續裝傻，她也對他確實有好感，便在流螢漫天的池塘邊互訴情意，
誰知隔兩天這傢伙居然上門提親？等等、等等！這進度太飛越了，她拒絕！

軟萌小軟糖，餘生給你多點甜／途圖

2021年9月出版

登唐入室

她向來柔柔弱弱、不與人爭，
因此，他沒想到她竟會為了他與人吵架，
她說，他在的一天，她便安心當將軍夫人；
倘若他為國捐軀了，她為他守寡便是！
她這麼理所當然的一番話，他聽著聽著，竟有些心醉了……

文創風 986 **1**

一穿過來就是大婚之日，她的小心臟實在承受不住這般大的驚嚇呀！
她唐阮阮，個性就跟軟糖一樣，軟軟的、甜甜的，誰都能捏一下，
重點是她唯一拿得出手的長項就只有做零食，除此之外啥都不會，
這般沒才能的她竟是天選之人？這中間是不是有什麼誤會啊？天大的那種！
莫名其妙讓她穿越過來，要她救夫婿一家、救大閔朝，是否太為難她？
偏偏她這人又不愛與人爭，上天叫她嫁，她也只能嫁了，連回個嘴都不敢，
幸好這被賜婚的新郎官似也有滿腹委屈，撂下話就甩頭走人，真是可喜可賀啊！
待她緩過勁來，再好好想想該怎麼當這個救夫救國的將軍夫人吧……

文創風 987 **2**

說起已故的公公鎮國公，那是當今聖上的伴讀兼好友，忠君愛國的好漢，
但好人不長命說的就是這種人，據說三年前在跟北齊議和時，他因貪功送了命，
而且當初死在無人谷的還有夫君的大哥，就連二哥都身受重傷，斷了右臂！
秦家父子四人瞬間折了兩個半，死的不僅被潑髒水，活的還伴君如伴虎，
從此夫君秦修遠便一肩挑起鎮國公府的重擔，殺得北齊軍聞風喪膽，掙下軍功，
按照原本的設定，新婚之夜唐阮阮的原身一命嗚呼，接著他會被奪兵權、誣謀反，
皇帝下令秦府滿門抄斬後，北齊趁機舉兵進犯，大閔從此生靈塗炭、民不聊生，
還好，她來了。既然她是天選之人，那麼她會好好守護這忠勇世家、好好寵愛他！

文創風 988 **3**

雖然她只會做些零食、小點，但她既來之則安之，每天待在小廚房裡煮東煮西，
還別說，她唐阮阮經手的東西，沒有一樣不令人垂涎三尺、讚不絕口的，
如今不單牢牢抓住夫君的胃，就連上至婆婆、下至奴僕都愛極了她，
但也並非所有秦家人都喜歡她，喪夫後有憂鬱症傾向的大嫂就沒給過她好臉色，
原來朝廷文武官向來不合，以左相為首的文臣看不慣武將做派，時常口誅筆伐；
而武將們又覺得帝都繁華全賴他們浴血奮戰，文臣們只懂得耍嘴皮子，
於是她這個內閣首輔之女就被指婚給了鎮國將軍秦修遠，用來調解文武之爭，
糟的是，原身差點成了左相的兒媳，而秦家懷疑公公和大哥冤死是左相搞的鬼，
所以她這個跟左相有那麼點關係的文臣之女，便一直無法得到大嫂的喜愛，
都說家和萬事興，希望有朝一日她的美味吃食能夠順利修補妯娌間的關係啊……

文創風 989 **4** 完

他當初不滿皇帝賜婚，所以不肯與她圓房、故意給她難堪，
後來他習慣了每日回來都要看一眼她在不在小廚房裡，心裡盼著有無新吃食嚐，
再後來，他看到她用心對待他身邊的人、用心對待他，他怎能不心悅她？
聽見他的表白，知道他如今一心護著她、想對她好，唐阮阮心裡是滿滿的歡喜，
秦修遠以前吃了太多苦了，所以她希望餘生能讓他多嚐點甜，
而參加朝廷一年一度舉辦的美食令，便是她要送給他的第一道甜，
因為過往奪冠的彩頭都是些奇珍異寶，可今年皇上放話說會允諾一件事，
她曉得他心裡一直想替公公和大哥洗刷冤屈，因此，這回的彩頭她勢在必得！

風 文創 1223

小虎妻智求多福 4 完

國家圖書館出版品預行編目資料

小虎妻智求多福 / 途圖著. --
初版. -- 臺北市 : 狗屋出版社有限公司, 2024.01
冊 ; 公分. --（文創風 ; 1220-1223）
ISBN 978-986-509-489-8（第4冊 : 平裝）. --

857.7　　112020320

著作者　途圖
編輯　安愉
校對　陳依伶
發行所　狗屋出版社有限公司
地址　台北市104中山區龍江路71巷15號1樓
電話　02-2776-5889～0
發行字號　局版台業字845號
法律顧問　蕭雄淋律師
總經銷　知遠文化事業有限公司
電話　02-2664-8800
初版　2024年1月
國際書碼　ISBN-13　978-986-509-489-8

本著作物由北京晉江原創網絡科技有限公司授權出版

定價290元
狗屋劃撥帳號：19001626
網址：love.doghouse.com.tw　E-mail：love@doghouse.com.tw